KB102014

주무르면 다 고침! 3

강준현 현대 판타지 소설

초판 1쇄 찍은 날 § 2019년 1월 17일
초판 1쇄 펴낸 날 § 2019년 1월 24일

지은이 § 강준현
펴낸이 § 서경석

총괄팀장 § 최하나
편집책임 § 김대용
편집 § 김경민
디자인 § 고성희

펴낸곳 § 도서출판 청어람
등록번호 § 제387-1999-000006호
등록일자 § 1999. 5. 31
어람번호 § 제1-2995호

주소 § 경기도 부천시 부일로 483번길 40 서경B/D 3F (우) 14640
전화 § 032-656-4452 팩스 § 032-656-4453
http://www.chungeoram.com
E-mail § chungeorambook@daum.net

ISBN 979-11-04-91920-6 04810
ISBN 979-11-04-91881-0 (세트)

목차

16. 지난 일은 흘려보내고

김일교 교수의 분향소는 많은 이들로 북적이고 있었다. 양옆으로 화환이 너무 많아 화환의 리본만 떼어내 복도 벽에 붙였는데 벽도 부족할 정도다.

　장례식장을 찾은 사람의 수가 그 사람 인생을 모두 말해주는 건 아니겠지만 추모 행렬이 이어지는 것이 적어도 사람들에게 인정받는 삶을 산 건 분명해 보였다.

　'괜히 겁을 먹었나 보네.'

　예상대로 아는 얼굴이 많았다. 한데 그 사람들이 자신의 얼굴을 기억하지 못했다.

　하긴 교수님들의 경우 한 해 100명이 넘는 인원을 가르치고, 학생들의 경우 자신이 속한 학년에서 두드러진 활약을 보이지 않는 이상 동기도 모르는 경우가 있다.

무엇보다도 검은색 양복을 입은 사람들이 많으니 설령 서로 안면이 있는 사람조차도 지나치기 쉬웠다.

'봉투가……?'

이제 보니 돈만 달랑 챙겨왔다.

분향소 입구에 봉투가 준비되어 있었기에 자신의 이름을 적은 후 구석으로 갔다.

두 장을 가져왔는데 두 다발의 돈이 한 봉투엔 절대 들어가지 않을 것 같아서였다.

'수표가 있었으면 좋았을걸.'

두툼한 두 개의 봉투를 내밀자 책상에 앉아 돈을 받던 이의 눈이 커졌다.

봉투를 뜯어볼 필요도 없이 열려 있어 얼마가 들어 있는지 확인을 한 모양이다.

다행히 차례를 기다리는 이들이 있어 방명록에 이름을 적고 분향실로 들어갔다.

분향 차례를 기다리면서 분향실 한쪽 의자에 앉아 멍하니 은사님의 영정 사진을 바라보고 있는 사모(師母)를 봤다.

은사님과 두 번 같이 중국에 간 적이 있었는데 그때 사모도 동행을 해서 잘 알았다.

두삼의 차례가 됐다.

향을 꽂으며 영정 사진 속 빙긋이 미소 짓는 은사님을 봤다.

'평소에 그렇게 웃으시지… 이제야 찾아와 죄송합니다, 선생님. 그리고… 정말 감사합니다.'

절을 하는데 눈물이 툭 하고 바닥에 떨어졌다. 참으려 했는데 마음대로 되지 않았다.

"…얼마나 애통하십니까."

가장 무난한 말로 상주인 은사님의 두 아들과 딸에게 위로를 전한 후 맞절을 했다.

김일교는 의사라는 직업을 자식들이 잇길 바라진 않았는지 세 자녀 중 한의사는 없었다.

사모께 인사를 드려야 하나 싶어 돌아보니 자신을 빤히 바라보고 있었다. 얼른 다가갔다.

"…늦게 와서 죄송합니다, 사모님."

"아니다… 힘들게 살았던 게지. 잘 지내니?"

"선생님 덕분에 사람답게 살고 있습니다."

"간혹 네 얘길 하곤 했단다. 자신이 조금만 더 엄격하게 했더라면 훌륭한 한의사가 됐을 거라고."

"…선생님만큼 저한테 잘해주신 분이 어디 계시다고요. 평생 가슴에 품고 살 겁니다."

"좋아하시겠구나. 그래, 요즘은 뭘 하니?"

"장충동 근방에서 마사지 숍을 하고 있습니다."

"침은 손에서 놓은 거니?"

"……."

"선생님이 염려하던 대로구나. 지금은 바쁘니 좀 이따 얘기하자. 밥 먹고 기다리렴."

"…네."

인사만 드리고 가려고 했는데, 하실 말씀이 있는 것 같으니 생각을 바꿀 수밖에 없었다.

구석 자리에 앉자 도우미가 와서 육개장과 음식을 세팅해 준다.

밥을 말아 몇 숟갈 먹어보지만 입맛이 없었다.

'한 잔만 마실까.'

상에 놓인 녹색 병이 마시라고 유혹한다.

사모와 얘기해야 해서 많이 마실 순 없지만 반병 정도는 괜찮을 것 같다.

까득! 어느새 뚜껑을 따고 종이컵에 술을 따랐다.

두 잔 연거푸 마셨지만 약간 쓴맛 나는 물을 마시는 기분이다.

목표(?)로 했던 반병을 비우고 마저 마실까를 고민할 때였다.

"형! 두… 삼이 형 맞죠?"

사람들을 의식했는지 '삼'는 거의 들리지 않게 부르며 다가오는 이가 있었다.

"류현수?"

류현수는 잘 따르던 1년 후배였다. 얼굴은 익숙한데 몸은 예전에 비해 1.5배로 불은 모습이다.

"헐? 방금 의문형? 날 못 알아보다니 서운한데요."

척하니 옆자리에 앉는다. 그는 서글서글한 성격 탓에 누구에게든 살갑게 굴어 싫어하는 사람이 드물었다.

"…알아보는 게 용한 거 아니냐? 무슨 일이 있었기에 이렇게 쪘어?"

"저 전문의 과정 전에 군에 갔었거든요. 전문가 과정 때 체력이 달린다니 체력이나 키우자고 열심히 운동했는데 그게 살이 됐어요. 그나저나 오랜만인데 술 한 잔 주세요."

"근무 중 아니야?"

연한 푸른색 의사 옷을 입고 있었다.

"저 올해 전문의 과정 4년 차예요. 내년 시험을 위해 업무에서 손 떼고 공부하고 있어요."

한의사도 전문의 과정이 있다.

1년 인턴, 3년 레지던트. 전체 한의사 중 전문의는 20퍼센트 정도에 불과했다.

"술은 줄 수 있지만 저기 있는 친구들은 내버려 둬도 괜찮고?"

류현수와 함께 온 세 명이 어찌할 바를 몰라 상을 내려다보고 있었다.

"아! 얘들아, 앉아. 여긴 너희들 3년 선배, 한두삼. 얼굴 알고 있지 않냐? 형, 애들 몰라요?"

"글쎄."

"…안녕하세요, 선배님. 말씀 많이 들었어요."

제법 예쁘장하게 생긴 여자를 필두로 셋은 인사를 하며 앉았다.

"반가워요. 좋은 말이었기를 바라요."

"형, 애들이 불편해하잖아요~ 말 편하게 해주세요!"

"밀어붙이는 건 예나 지금이나 똑같네. 그나저나 전문의 따면 이곳에 남는 거냐?"

"경해대는 T.O가 항상 부족하잖아요. 얜 이곳에 남을 거 같고, 쟨 고향에 내려가서 아버지랑 같이 일한대요. 나랑 은수는 한강대학병원에 지원해 보려고요."

"…한강대학병원?"

"거기 이번에 한방의학과 신설하잖아요. 며칠 전에 정식 공고가 났어요. 확실히 큰 병원이라 그런지 엄청 많이 모집하더라고요. 근데 형은 요즘 뭐 하세요?"

"나야… 조그마한 가게."

"오! 한의원 냈나 보네요. 어디에요? 잘돼요?"

"장충동 근처에. 그럭저럭."

류현수만 있었다면 솔직히 말했을 것이다. 하지만 오늘 처음 보는 후배들에게 말하고 싶진 않았다.

"오! 밥 얻어먹으러 가도 돼요?"

"와라. 그거 뭐 못 사주겠냐. 근데 교수님은… 어쩌다 돌아가신 거냐?"

부고 소식을 들었을 때부터 궁금했었다. 차마 사모에게 물어볼 수 없었는데 마침 물어볼 상대가 생긴 것이다.

"올 초에 위암 말기 판정을 받으셨어요."

"매년 건강검진 받으셨을 텐데?"

"위 외부에 암이 자랐대요. 그래서 매년 하던 내시경으로 발견할 수 없던 거죠."

"경해대병원에서 치료하신 거야?"

"아뇨. 말기 암인 걸 알고는 신경절단술만 받으시고 퇴원을 하셨대요."

죽음에도 행복한 죽음이 있다고 강조한 분다운 선택이었다.

'조금 일찍 찾아뵀으면……'

자신이 치료를 한다고 해도 배영옥처럼 완치가 될 거라는 보

장은 없었다. 그러나 이미 치료한 경험이 있어서인지 아쉬움이
남았다.

"한 잔 드세요."

분위기를 알았을까 류현수가 잔을 내밀었다.

"상갓집에선 건배를 안 하는 거야."

"…그래요? 형한테는 매번 가르침만 받는 것 같네요. 모든 선
배가 다 형 같았으면 좋을 텐데."

"누구 괴롭히는 사람이 있나 보네."

"네. 있어요, 자기 잘난 맛에 사는 사람!"

"…임동환 선배?"

잘난 척이란 말에 바로 떠오르는 인물이었다.

"왜 아니겠어요. 그 인간이 있다고 했을 때 다른 병원으로 갔
어야 했는데, 아! 그랬으면… 흠! 아무튼 2년간 죽을 뻔했습니
다."

은수라는 아가씨를 흘낏 보며 말을 바꾸는 걸 보니 둘이 사
귀는 모양이다.

"명령받는 입장에서 보면 좋을 수만은 없는 거야."

"와아~ 대박! 형이 그 인간 편드는 거예요?"

"편을 드는 게 아니라……."

"그 인간이 형 보건의로 근무할 때 어떻게 했는지 알아요? 해
인이 누나한테 엄청 찝쩍댔어요. 그러다 형이 그 일 당한 다음
에… 홉!"

은수가 옆구리를 찌르자 그제야 자신이 무슨 말을 하고 있는
지 안 듯 말을 멈추고 눈치를 본다.

"…다음에 뭐?"

"아, 아무것도 아니에요."

"두 사람이 사귀게 됐다고?"

"…알고 있었어요?"

"응. 근데 네가 착각하고 있는 게 하나 있어. 해인이랑은 내가 공중보건의 6개월 정도 됐을 때 헤어졌어. 너무 멀리 떨어져 있다 보니 내가 시간 좀 갖자고 했어."

거짓말이다. 오늘에서야 알았다.

정신없을 때 주해인은 이별을 통보했고 섬을 벗어날 수 없을 때라 그냥 인정할 수밖에 없었다.

"……."

탓하려면 공중보건의 기간을 기다려 줄 거라고 생각한 자신의 오만을 탓해야 했다.

이 거짓말은 주해인을 위한 마지막 배려였다.

"이만 일어나야겠다."

"가야 해요?"

"사모님이랑 얘기하기로 했거든."

핸드폰을 건네는 류현수에게 번호를 찍어주었다.

사모가 분향실에서 나와 손짓을 하고 있었기에 얼른 마무리를 했다.

사모와 함께 자리를 옮긴 곳은 장례식장 입구 근처에 오가는 사람이 많지 않은 계단이었다.

그녀는 아직까진 푸르른 나무를 잠시 보다가 품에서 봉투 하나를 꺼내 건넸다.

두삼이 아까 냈던 부의금 중 하나였다.

"미안해한다는 건 잘 알았으니까. 이건 가져가. 너무 많이 주는 것도 실례야."

"아, 아닙니다."

"다음에 돈 많이 벌면 그때 맛있는 거 사서 집에 한 번 와. 얼른 받아."

"…저 요즘 돈 많이 벌고 있습니다."

"좋은 소식이네. 그래도 이건 받아. 얼른!"

엄한 목소리에 결국 받아야 했다.

"그리고 이건 선생님이 너한테 주라고 남긴 거야. 사람을 써서 찾아야 했는데 와줘서 쉽게 전달하네."

사모는 비단 보자기에 싸인 뭔가를 건넸다. 일단 받아 들고 물었다.

"이게 뭔데요?"

"네가 직접 확인하렴. 그리고 그것과 함께 유언도 한마디 남기셨어."

유언이라는 말에 자세를 바로 했다.

"'말 같지도 않은 약속은 잊어버려라. 그리고 나에게 했던 약속을 지켜라!' 라고."

"……."

기억난다. 중국으로 가는 비행기 안에서였다.

양의학 책을 보는 자신을 보고 은사님이 왜 양의학 책까지 보느냐고 말했다.

'한의학을 발전시켜 양의학 못지않게 많은 환자들을 구하려고요! 그러려면 양의학에 대해서도 알아야죠.'

'네가 그럴 수 있겠냐?'

'음, 너무 거창하죠? 하지만 목표를 높이 세우고 열심히 노력하다 보면 언젠가는 할 수 있지 않을까요?'

'무슨 일이 있더라도 열심히 노력하겠다고 약속할 수 있느냐?'

'당연하죠! 하늘에 대고 약속합니다.'

분명 치기 어린 대답이었다.

한데 돌이켜 보면 은사님은 제자가 그 꿈을 이루길 바랐는지도 모른다. 그 이후부터 실력이 좋은 중의학 의사들을 소개시켜 주거나, 중국 책을 해석해 주는 등 여러모로 도움을 줬었다.

복잡한 심정으로 비단 보자기를 풀었다. 오래되어 색이 바랬지만 고급스러움은 여전한 나무 상자였다.

"아!"

상자만 보고도 그 안에 뭐가 들어 있는지 알 수 있었다. 교수님이 침술 실습을 할 때 항상 볼 수 있었던 침 세트가 든 상자였다.

보물처럼 아끼던 침 세트로, 수업 시간에 동기 중 한 명이 만졌다가 30분 가까이 잔소리를 듣고 수업 시간 내내 손을 들고 있어야 했다.

"…제가 이걸 받을 자격이 있습니까?"

"뭔지 아는 것 같네. 자격은 무슨, 원주인이 주면 그걸로 된 거지. 대신 아껴서 잘 써줘. 제 기능을 못 하고 구석에 박혀 있으면 슬퍼하실 거야."

"……."

"선생님이 앞에 안 계신다고 대답도 안 하니?"

"…네."

"안 계시다고 내외하지 말고 가끔 놀러 와도 돼."

대답을 듣고 나서야 사모는 기쁜 듯 빙긋이 웃었다. 그러고는
어깨를 토닥여 준 후 장례식장으로 들어갔다.

"후… 끝까지 어려운 숙제를 내주시는군요."

두삼은 다시 상자를 비단 보자기에 싼 후 장례식장을 향해
고개 숙여 인사했다.

*   *   *

쇼핑백을 구해 보자기를 잘 넣고 장례식장을 벗어나 택시를
타러 병원 입구로 향했다.

나가는 길은 많았지만 택시를 타기에 병원 입구만 한 곳이 없
었다.

하지만 10초도 되지 않아 후회했다.

장례식장 근처 주차장과 연결된 병원 입구에서 나오는 의사
차림의 여자를 보고 걸음을 멈췄다.

여자 역시 두삼을 보고 놀란 표정을 지으며 멈췄다.

먼저 움직인 사람은 두삼이었다.

담담한 표정으로 여자 앞으로 가서 인사했다.

"오랜만이다."

"…그래, 오랜만이야. 교수님 장례식장에 온 거야?"

"응. 방금 인사드리고 이제 가려고."

"나도 지금 가는 중이야."

"그렇구나."

헤어진 연인을 오랜만에 만나니 어색함이 있었다.

"이제 전문의겠네?"

"아, 응."

그러나 시선을 피하지 않고 서로 바라보자 그런 어색함이 차츰 사라졌다. 해인의 목소리에서 느껴지는 담담함을 자신 역시 담담하게 받아들일 수 있는 것을 보니 시간이 약임을 새삼 느낀다.

장례식장에서의 류현수 말이 마음에 걸렸지만 지금 그걸 따져 봐야 무슨 의미가 있을까 싶었다.

마음이 떠난 사람에게 미련을 가져봐야 그것만큼 추해지는 것도 없다. 물론 미련이 있지도 않지만 말이다.

"응. 잘 지내지?"

"우여곡절이 있었지만 지금은 잘 지내."

"다행이다."

"혹시 아직 신경 쓰고 있으면… 그러지 마. 네가 옆에 있었으면 오히려 더 괴로웠을 거야."

"그래, 자신보단 다른 사람을 챙겨주는 건 여전하네."

"그렇지 않아. 이젠 사회의 때가 묻어 적당히 이기적이고 적당히 뻔뻔하게 살고 있어."

이제 그만 돌아간다 입을 떼려 한 순간이었다.

"커피나 한잔할래?"

"장례식장에 갔다가 들어가 봐야 하지 않아?"

"퇴근하고 들러도 괜찮아."

"…그럼 그러자."

거절하고 도망치듯 가는 것도 이상할 것 같아서 그러자 했다. 주차장 너머에 있는 제법 큰 카페로 자리를 옮겼다.

"케이크랑 디저트 몇 개 시켰으니까 점심 겸해서 먹어."

"고마워. 의외네, 취향도 다 기억하고."

"그러게. 나도 의외네."

"여자 친구는?"

"아직. 딱히 관심도 없고."

연인에 대한 얘기는 적당히 마무리하고 분위기가 어색해지기 전에 얼른 화제를 돌렸다.

"병원 생활은 어때?"

"학생일 때 생각하던 것과 다르더라. 예전에는 솔직히 현실만 강요하는 김일교 교수님이 별로였어. …근데 막상 병원에서 생활하다 보니 교수님 말씀 중에 틀린 게 없더라."

"힘내. 그래도 꿈은 이뤄야지."

주해인의 꿈은 교수였다.

"글쎄, 전엔 할 수 있을 거라고 생각했는데 요즘은 과연 내가할 수 있을까 의심이 돼. 에휴~ 무거운 얘긴 그만하자. 넌 요즘뭐 하고 지내?"

"장충동에 작은 가게 하나 냈어."

"한의원?"

"아니. 마사지 숍. 의학에 도움이 될까 틈틈이 배워둔 것이 직업이 돼버렸네."

주해인은 안타깝다는 듯 바라보았다.

"잘 살고 있으니까 그렇게 안 봐도 돼."

"…그래."

이후론 누가 결혼했고, 누군 가게를 차려 망했고, 누군 돈을 많이 벌고 따위의 시시콜콜한 얘기였다.

주해인과 임동환의 결혼이 임박했다는 얘기도 자연스레 나왔고, 두삼은 별 미련이 없는 관계로 그저 듣고만 있었다.

"점심시간 끝나겠다. 이제 슬슬 일어날까?"

"…그래. 참! 전화번호는? 알려줘야 결혼할 때 연락을 할 거 아냐."

카페를 나오며 전화번호를 불러주자 주해인은 통화 버튼을 눌렀다.

"그게 내 전화번호야. 혹시 근처에 오면 연락해. 밥이나 같이 먹자."

"알았다. 그럼 간다. 고생해라."

손을 흔들어 준 후 돌아섰다. 그리고 병원 정문 쪽으로 걸어가 마침 오는 택시에 올랐다.

'마주하길 잘했네.'

종이가 타고 나면 재가 남듯이 수년을 열렬히 사랑했는데 감정의 찌꺼기가 남지 않았을 리가 없었다.

그래서 만나게 되면 그 찌꺼기로 인해 심장이 다시 뛰면 어쩌나, 혹시 그녀가 다시 시작하면 어쩌나 따위를 걱정했었다.

하지만 기우였다.

감정의 변화가 전혀 없었다고 하면 거짓말이겠지만 심장이 다시 뛰는 일은 없었다.

이번 일로 지난 일을 잊기 위해선 정확히 마주해서 부딪혀야 함을 어렴풋이 깨달았다.

"장충동으로 가주세요."

목적지를 말하고 사이드 미러로 점점 멀어져 가는 병원을 보며 중얼거렸다.

'행복하게 살아라.'

물론 미련은 없었다.

*　　　*　　　*

"야! 거기 조심해! 상자에 있는 '요주의'라는 붉은 글씨 안 보여? 아까 사장님이 안에 있는 물건에 흠집이라도 생기면 오늘 하는 일 헛일이라고 하는 소리 들었어, 못 들었어?"

아침부터 하란의 집 이사 때문에 수선스럽다.

물건을 조금만 옮기면 된다더니 대형 트럭 2대와 크레인, 지게차까지 동원되어 짐을 나르고 있다.

"어? 나의 예쁜 누나 오늘 이사 와요?"

나연섭이 발코니로 나오며 말했다.

"…언제부터 하란이가 너의 누나가 됐냐?"

"처음 누나를 딱 봤을 때 '나의 운명이다!'라는 생각이 들었거든요. 솔직히 첫눈에 반한다는 거 믿지 않았는데 이젠 믿습니다."

"하긴 상상은 네 자유니까 마음껏 해라. 그리고 오늘 오는 게 아니라 회사 일 때문에 며칠 더 미뤄졌다."

"에이~ 그래요. 오늘 집들이 선물 사 들고 가려고 했더니. 어? 가만… 형이 근데 그 사실을 어떻게 알아요? 설마! 혹시 형 나의 누나랑……."

"…네 상상 속에서 난 좀 빼줄래? 손님 중에 하란이 어머님이 계셔. 그래서 아는 것뿐이야."

"아하~ 월요일 날 오전에 오셨던 그분 말씀이구나?"

"그래."

"음, 다음에 오실 때 인사를 드려야겠네요."

"그러든가. 근데 외출 나가냐?"

"네. 엄마랑 동대문에 가서 옷 좀 사려고요. 예전 옷들이 조금 작아져서 입을 옷이 없네요."

자랄 나이라 그런 건지, 영양 잡힌 식사와 꾸준한 운동 덕분인지 연섭은 하루가 다르게 자랐다.

전엔 내려다봤는데 요즘은 거의 눈높이가 비슷했다.

"즐겁게 보내고 와라."

가능하면 외출을 권장하고 있었다.

나연섭이 스스로 낫고 싶다는 생각이 들게 만드는 것이 주목적이지만 혹시나 최악의 경우라도 그가 살아갈 의지를 가지길 바라는 마음에서였다.

'얼른 나았으면 좋겠다.'

오향희와 하하호호거리며 대문을 나서는 나연섭을 보며 생각했다.

예전에 비하면 많이 밝아졌지만 때때로, 특히 화장실에 들어갈 때 심한 자괴감을 느낀다는 걸 두삼은 알고 있었다.

시간이 지날수록 의지가 강해지는 것이 아니라 다시 예전처럼 돌아갈 가능성도 있었다.

"가만히 앉아 있으니 쓸데없는 생각만 나네. 음… 약초나 말려볼까."

차를 단숨에 마신 후 옥상으로 향했다.

옥상으로 올라가는 길은 뒤쪽 베란다 쪽에 있었다.

"가을이 되니까 옥상도 꽤 좋구나."

창고로 쓸 수 있는 옥탑이 있고 길게 그늘막이 쳐져 있어 의자만 갖다놓으면 발코니 부럽지 않았다. 다만 한여름엔 너무 더웠다.

물론 단점이 장점이 되기도 했는데 약초 말리기엔 이만한 곳이 없었다.

밤에 옥탑에 넣어놨던 약초를 꺼내 햇볕이 좋은 곳에, 그늘막 아래에 널었다.

'집이 좋긴 좋네.'

다양한 조경수와 잔디로 이루어진 정원, 일견 미술관처럼 보이는 건물, 자신의 집도 세련되고 좋다고 생각했는데 하란의 집과 비교하면 아주 평범했다.

옥상 위에서 주변을 두리번거리고 있는데 연예인들이 주로 타는 커다란 밴 한 대가 집 쪽으로 오는 것이 보였다.

"왔네."

일요일이 아님에도 한강대학병원에 가지 않고 기다린 이유는
저 밴 때문이다.

마당이자 주차장으로 들어오는 모습을 보고 아래로 내려갔
다.

1층으로 내려가자 검은색 티에 검은색 타이즈를 입은 이효원
이 코치, 그리고 처음 보는 사내와 들어왔다.

"오빠, 저 왔어요."

"어서 와. 훈련 마치고 오는 길이야?"

"오빠가 그러라면서요."

"그럼 바로 볼까?"

"바로 오는 길이라 씻지도 못했는데……."

"족욕통에 담그면 돼. 발을 본 후에 정 찝찝하면 씻어도 되
고."

"그래요, 그럼."

대기실로 안내한 후 족욕통을 갖다줬다.

"혹시 다른 이상은 없었어?"

이효원이 훈련을 하는 곳에 세 번 방문을 했다. 그때마다 통
로를 찾지 못해 발에 머물다가 기운이 사라지는 증상은 변함이
없었다.

원래는 몇 차례 더 증상을 살필 생각이었다. 그러나 자신의
몸이 예전과 다름을 확실하게 느낀 이효원 본인이 먼저 치료를
요청했다.

"전과 달리 쉽게 피곤해져요. 처음엔 재활 훈련을 시작한 지
얼마 되지 않아 체력이 붙지 않아서 그런가 싶었는데 갈수록 더

힘이 없어요. 오전에 스케이트를 타고 나면 오후엔 타기가 힘들
정도예요."

"스케이트를 탈 때만 유독 그렇지 않아?"

이효원을 살피다가 알게 된 건데 그녀의 기가 활발하게 움직
일 때는 스케이트를 탈 때뿐이었다.

이유는 모른다. 그저 오랫동안 스케이팅을 타면서 자연스레
몸이 그렇게 적응했다고밖에 볼 수가 없다.

"맞아요! 체력 훈련을 할 땐 버틸 만해요."

"기가 부족해서 그래. 이제부터 체력 훈련만 하고 스케이트
훈련은 내가 하라고 할 때만 해."

이효원의 입을 열리기 전에, 뒤에서 처음 본 남자가 먼저 입을
열었다.

"어떻게 그렇게 확신을 하는 거요?"

"누구……?"

이효원을 보곤 낮게 물었다.

"제 물리치료와 체력 관리를 해주시는 한의사 선생님이세요."

"아! 전에 말했던."

얼른 일어나서 인사했다. 처음 봤지만 한의학계에서 보자면
선배 아닌가.

"안녕하세요. 제64회 한두삼입니다."

한의사 국가시험 회차를 말했다.

"…아, 그, 그래요. 난 이방익, 55회요."

'이방익, 이방익……. 익숙한 이름인데. 낯도 익고.'

가물가물할 뿐 떠오르진 않았다.

"이방익 선배님이시네요. 말씀 편하게 하세요."

"그건 천천히 하기로 하고 방금 전 질문에 대한 답부터 해줘야겠소. 맥을 짚었을 때 기가 약간 부족하다는 느낌은 있었지만 약을 써서 충분히 보했다고 생각했소. 근데 맥도 제대로 짚지 않고 그렇게 말하는 거요?"

목소리는 점잖았지만 말하는 바를 들어보면 자존심이 상한다는 얘기였다.

'아까 인사를 할걸. 그랬으면 효원이만 듣게 했을 텐데.'

이효원의 주변엔 스태프가 많았다. 그래서 이효원이 인사를 시켜주지 않는 이상 일일이 인사하지 않았다. 한데 하필이면 한의사라니.

학생이나, 인턴, 레지던트에게 배움을 전할 때처럼 특별한 경우가 아니라면 다른 의사 앞에서 그 사람의 실력에 대해 왈가왈부하는 건 금기였다.

만약 그렇게 한다면 싸우자는 얘기밖에 되지 않았다.

물론 몰라서 한 말이니 그 정도까진 가지 않겠지만 상당히 곤란했다.

'음… 사실대로 말하면 더 자존심을 상하게 할 것 같은데. 그렇다고 어설프게 얼버무리는 것도 좋은 방법은 아닌 것 같고.'

이효원을 전담하는 한의사가 실력이 나쁠 리가 없다. 그런 사람에게 어설픈 변명이 통할지 의문이다.

고민을 하던 두삼은 결정을 내리고 조심스럽게 입을 열었다.

"선배님도 아시다시피……."

자존심이 상한 사람을 기분 좋게 만드는 마법의 단어는 아니지만 기분을 덜 상하게 만들 수 있는 말로 설명을 시작했다.

"음식으로 기를 보충한다고 해도 그것이 즉각적으로 기로 흡수되는 건 아니잖습니까?"

"흠, 그야 당연히 그렇죠. 그래서 꾸준히 관리하고 보충하는 거 아니겠소."

"그런데 약효가 발휘되기도 전에 기운이 빠지면 어떻게 되겠습니까. 솔직히 말씀드리자면 제가 기에 대해서 선천적으로! 민감합니다. 몸에 떠도는 기운과 흡수된 기운을 구분할 수 있습니다."

일부러 선천적임을 강조했다.

실력과는 무관하고 운이 좋은 케이스임을 은연중에 알리는 것이다.

이렇게까지 해야 하나 싶었지만 내친걸음이다. 다행히 이방익은 이해했다는 듯 고개를 끄덕이며 말했다.

"효원 양의 다리 속 뼛조각을 찾은 것도?"

"그렇습니다."

"하면, 한 선생의 말에 따르자면 멀쩡하던 기운이 빠져나가는 것인데 무엇 때문이라 생각합니까?"

"효원이의 특이체질과 부상당한 발 때문입니다."

"특이체질?"

"편의상 쓴 단어입니다. 다른 운동을 할 때는 기의 움직임이 심하지 않습니다. 스케이트를 타면 기의 움직임이 갑자기 왕성해지죠. 그리고 그 기운이 다친 다리로 내려갔다가 올라오질 못하고 그곳에 머물다가 사라집니다."

"…그런 기의 변화를 다 느낀단 말입니까?"

"선천적으로 느껴지네요. 대답이 되었으면 전 확인할 것이 있어서."

의도하지 않았던 실수에 대해 나름 성의를 보였다고 생각하곤 돌아서 이효원에게 갔다.

이효원이 살짝 고개를 내밀며 낮은 목소리로 말했다.

"한의사라고 말해줄 걸 그랬나 봐요?"

"이미 늦었거든. 발 좀 보자."

발을 잡고 기를 느끼는 동안 이방익은 바싹 붙어서 바라봤다.

기가 발할 때 빛이 나는 건 자신에게만 보인다는 걸 알면서도 괜히 긴장된다.

'카메라가 있으면 찍을 기세군. 가만……!'

카메라 하니까 그의 이름과 얼굴이 왜 낯설지 않았는지 알 수 있었다.

TV에 자주 나오는 유명한 한의사로 사상체질과 전문의인데 전문 분야보다도 오히려 물리치료와 마사지로 유명해진 인물이다.

허리가 아파 제대로 움직이지 못하던 사람도 그가 몇 번 주무르면 일어났고, 오십견으로 팔이 제대로 움직이지 못하던 사람도 팔을 움직였다.

훨씬 대단했던 할아버지가 계셔 목표로 삼진 않았지만 한때 존경했던 이였다.

"발목 근처 구허, 상구혈을 통해 진맥을 하는 거요? 나도 거길 만져봤지만 기가 전혀 느껴지지 않던데……."

"현재 효원이의 구허혈과 상구혈은 기가 통하지 않고 있습니다. 그러니 당연히 느낄 수 없었을 겁니다."

"그런 것까지 알 수 있다니 대단하군. 현재 상태는 어떤가?"

"기가 서서히 사라지고 있는 상탭니다."

"용천혈로 빠져나가는 건가? 아니, 현재 혈이 제 기능을 못 하고 있으니 특정한 혈로 나간다고 보기 어렵겠군. 어떤 식으로 치료를 할 생각인가."

"글쎄요. 지금 생각하고 있는 건 근육부터 왼발과 같이 자리를 잡아볼까 하고 있습니다."

경맥, 낙맥, 혈은 해부학적으로 보면 존재하지 않는다. 그저 피부와 근육에 나타나는 반응점과 그 반응점을 연결한 경로가 경혈, 경락이다.

혈이 있는 위치는 실제로는 빈 공간이 아니다. 혈관, 신경 따위가 지나가기 때문에 혈을 누르는 것만으로 몸이 마비되거나 팔 전체를 못 쓰거나 하는 신기한 현상이 일어나는 거다.

즉, 맥과 혈이 막혔다는 건 그 경로에 독소가 쌓이거나 사혈이 고여 있거나, 그것도 아니면 근육이 뒤틀리며 맥이 끊긴 것을 보아도 무방하다.

물론 혈과 맥은 언급한 것보다 훨씬 더 복잡하고 밝혀지지 않은 것들이 많지만 말이다.

이효원의 치료 방향을 생각하며 두삼은 생각을 최대한 단순화시켰다. 그에 일단 보이는 것부터 고치자 판단했다.

"마사지와 물리치료를 할 생각이군? 하지만 그것만으로 근육을 자리 잡는 건 쉽지 않을 텐데?"

"곧바로 좋아질 방법이 없으니 일단 해봐야죠."

마사지와 물리치료 말고 한 가지 방법이 더 있지만 얘기하지 않았다.

"…원인조차 파악하지 못했던 나에 비하면 원인을 파악하고 치료 방법까지 강구하고 있었다니, 한 선생 참 대단하군."

"감사합니다."

"어떻게 하는지 봐도 되겠나?"

"…물론입니다."

뭘 보려는 건지 모르겠지만 싫다고 말하긴 힘들었다. 대화를 마친 후 효원에게 말했다.

"지금부터 다리 상태를 살필 거야. 그 전에… 씻고 올래?"

운동을 마치고 바로 달려온 이효원에게서 땀 냄새가 슬슬 올라오고 있었다. 국민 요정이라고 해도 다를 게 없었다.

"그, 그래서 씻고 한다고 했잖아요!"

냄새가 난다는 말에 상처받았는지 이효원은 얼굴을 붉히며 소리쳤다.

"그, 그게, 효원아."

                    *   *   *

"……!"

욕실에 준비해 둔 바디 워시 향으로 무장한 이효원이 나오고 첫 치료가 시작됐다.

먼저 근육이 말랑말랑할 정도로 마사지를 했다.

"와아~ 오빠도 마사지 잘하시네요."

"이걸로 밥 먹고 사는데 잘해야지. 근데 이제부터는 많이 아플 거야."

"어느 정도요?"

"글쎄다. 내가 겪어본 건 아니라서."

"마취를 하면 안 되는 거예요?"

"네 근육의 움직임을 파악해야 하거든. 일단 왼발부터 살펴볼게."

장딴지의 근육과 근육 사이에 손가락을 넣고 꾹꾹 누르며 점점 아래로 내려갔다. 그녀는 비명도 지르지 못하고 입만 벌렸다.

"많이 아파?"

"…차, 참을 만해요."

"제대로 말해야 해. 왼 다리는 몇 번 안 하겠지만 오른 다리는 제대로 자리를 잡을 때까지 반복해야 해."

협박처럼 느껴졌을까, 얼른 대답했다.

"…눈앞이 하얘질 정도로 아파요."

"그럼 좀 살살할게."

"아악! …사, 살살하는 거 맞아요?"

"응. 입에 물을 거라도 줄까."

"…네."

입에 재갈을 물리는 이유는 참다가 이가 상하지 말라는 의도이기도 했지만 집중을 하기 위해서였다.

현재 만질 때마다 경직되고 꿈틀거리는 근육의 움직임을 기억해서 오른 다리의 움직임 역시 그렇게 만들어야 했다.

두삼의 손은 거침없이 계속됐다.

이효원은 참으려고 두 손을 꼭 쥔 채 건네준 수건을 악물었다. 그러나 소리가 새어 나오는 건 어쩔 수 없었다.

그 모습이 외국인 코치의 눈엔 야만스럽게 보였을까, 내내 가만히 지켜보던 그가 인상을 쓰며 말했다.

"고통스럽게 만드는 게 무슨 치료라는 거요! 내 눈에는 아프게 하는 걸로밖에 보이지 않소!"

치료할 때 아무도 데리고 오지 못하게 하든지 해야겠다. 사사건건 이러면 치료하기 힘들다.

막 말을 하려는데 이방익이 나섰다.

"밀턴 코치. 당신이 고칠 수 없다면 나서지 마세요. 근육을 바로잡는 일인데 아프지 않은 게 이상하죠."

"미국으로 가면……."

"수술한 곳이 미국임을 잊지 마세요. 그리고 그들이 어떤 결론을 내렸는지도."

"……."

"한 선생. 계속해도 돼."

"…감사합니다."

미국에서 내린 결론이 뭐였는지는 듣지 않아도 알 수 있다. 자신이라 해도 똑같이 얘기했을 거다.

왼 다리의 반응을 머릿속에 담아두고 오른 다리를 잡았다.

"지금보다 더 아플 거야."

"…참을 수 있어요. 헤헤……."

식은땀을 뻘뻘 흘리면서 괜찮다는 듯 미소 짓는 모습이 안쓰러웠다. 그러나 적어도 한 번은 겪어야 할 일이었다.

왼 다리의 경우는 근육의 모양을 살피기 위해서였고, 오른 다리는 사실상 시술이었다.

수술한 발목 부근의 장딴지근, 가자미근, 앞정강근은 왼발과 달리 깔끔하지가 않고 조금 달랐는데 뼈가 부러지면서 손상되고 회복되는 과정에서 변형이 일어난 것이다.

일단 흡착된 부분은 떼어내 정확히 구분 지어준 후 차후 똑같이는 아니더라도 비슷하게 만들어줘야 했다.

뿌드득!

기로 내부를, 눈으로 외부를 동시에 봐서인지 흡착되어 있던 근육이 떨어지는 소리가 귀에 들리는 듯하다.

마치 배경음처럼 '악!' 하는 소리가 이어서 들렸지만 무시하고 계속했다. 같이 아픔을 공감하기보단 빨리 끝내주는 것이 이효원을 돕는 일이었다.

빨리 끝낸다고 했지만 15분이 넘게 계속됐다. 그리고 손을 뗐을 땐 이효원은 녹초가 되어 있었다.

마치 사우나에 들어갔다가 나온 사람처럼 땀에 젖은 모습으로 물었다.

"…끝났어요?"

"일단은."

"…그럼 저 여기서 잠깐 잘게요. 온몸에 힘을 너무 줬는지 일어날 힘도 없네요."

"인상 쓰느라고 주름이 생겼으니 오빠가 얼굴마사지 해줄게."

"…피이~ 병 주고 약 주네요. 잘 참았으니까 서비스로 전신

마사지도 해줘요."

"그렇게. 그리고 집 근처에 숙소 마련해. 운동할 수 있는 체육관은 내가 알아볼게."

"그럴 필요 없어요. 치료받는 동안 하란 언니 집에 머물기로 했거든요. 그리고 웬만한 운동기구는 다 준비해 놓는다고 했어요."

아까 이삿짐이 많은 건 이 때문인가?

"가까워서 좋네. 화장품은 내가 임의로 해줄게."

"…곧 광고 찍어야 한다는 거 염두에 두세요."

"자고 일어나면 놀랄 거다. 물론 좋은 쪽으로."

"…제발 그랬으면 좋겠네요."

따뜻한 수건과 그녀에게 맞는 화장품을 가져오니 이미 잠들어 있었다.

"고생했다."

고통이 여운이 가시지 않은 건지 인상을 쓰며 잠든 이효원에게 중얼거린 후 수건을 씌웠다.

자고 있다고 해도 약속한 일은 해야 했다.

＊   ＊   ＊

"오빠, 차 드세요."

마사지실 청소를 마치고 나오자 한미령이 차를 내밀었다.

"아, 고맙다. 손님은?"

"계산하고 가셨어요. 팁이라고 이만 원 주고 가서서 팁 통에 넣어뒀어요."

"다음에 오시면 서비스해 드려야겠네. 그나저나 너무 늦어서 어떻게 하냐?"

오늘은 손님이 많았다. 꽉 차서 돌려보낸 손님도 있었는데 벌써 11시가 넘었다.

"괜찮아요. 재미있는데요."

배시시 웃는 모양이 예의상 한 말은 아닌 것 같다.

"미령아, 앉아볼래?"

대걸레를 놓고 앉는 걸 보고 말을 이었다.

"요즘 마사지 실력 많이 늘었더라."

"다 언니랑 오빠 덕분이죠."

"그래서 다음 주부터 얼굴마사지는 따로 분리해서 영업을 할까 해."

"네? 아, 아니에요. 전 아직 멀었어요."

"마사지는 부족하지만 얼굴마사지는 충분해. 대단한 전문가를 키우는 게 아니잖아. 그리고 설령 그렇다고 해도 경험이 없는 전문가는 없어."

"하지만 아직 손님의 몸 상태를 파악하는 건 젬병이나 다름없잖아요."

얼굴 피부는 피시술자의 몸 상태의 영향을 많이 받는다. 몸이 나쁜데 아무리 비싼 화장품을 바르고 마사지를 해봐야 일시적으로 좋아 보일지 모르지만 나중이 되면 똑같아진다.

그에 환자의 몸 상태를 파악하고 간단히 조치할 수 있는 마사지도 병행해서 가르쳐 주고 있다.

"그건 시행착오를 최대한 적게 겪게 하고 네 미래를 위해서 가르쳐 주는 거지 모든 걸 알아야 돈 받고 마사지를 할 수 있는 건 아냐. 그리고 한동안 얼굴마사지를 원하는 사람들은 내가 먼저 체크할 거야. 그러니 걱정 말고 해."

"…알았어요. 근데 손님이 있을까요?"

"첫술에 배가 부를 순 없지. 그리고 손님들 중에 얼굴마사지만 따로 안 하느냐고 묻는 손님들이 제법 있었으니까 괜찮을 거야."

"…열심히 할게요."

"그래, 그 말이면 돼. 혜경이 누나 나온다. 드디어 끝났나 보다."

"어? 근데 얼굴 표정이 별론데요."

"그러게. 무슨 일 있었어요?"

마사지실에 성희롱이나 추행을 할 시 경찰서에 신고한다는 포스터까지 붙여놨는데 혹시 문제가 있었나 싶어 얼른 물었다.

다행히 걱정하던 문제는 아니었다.

"아니, 손님 상태가 조금 이상한 것 같아서."

"뭐가 이상해요?"

"특별한 건 아니고, 속이 더부룩하고 소화가 안 된다고 해서 네가 가르쳐 준 혈 자리를 눌러봤거든. 근데 반응이 다른 사람들과 조금 달라서."

"어떻게요?"

"평소엔 누르면 아파하는 이들이 대부분이었어. 그리고 끝나고 나면 위가 편하다고 했는데 이 손님은 전혀 반응이 없어. 아프지도 않대. 그래서… 손님 나온다!"

옷을 갈아입은 40대 후반의 남자 손님이 마사지실에서 나왔다.

두삼은 잠깐 망설이다가 계산을 하고 나가는 그에게 말했다.

"손님, 제가 잠깐 맥을 좀 잡아봐도 되겠습니까?"

"…왜요?"

"저희 직원이 마사지를 하면서 뭔가 조금 이상했다고 해서요."

"얼른 집에 들어가서 자고 싶은데……."

"5분도 걸리지 않습니다."

"…어떻게 하면 되는 건데요?"

"손만 주시면 됩니다."

"허참, 무슨 마사지 숍이 한의원 같은지."

남자는 가볍게 투덜거리면서도 손을 내밀었다.

두삼은 그의 맥을 잡고 기를 그의 몸속으로 넣었다.

그리고 잠시 후 위의 전정부(아랫부분) 바깥쪽에 암 덩어리를 발견했다.

'불행 중 다행이군. 초기 암이야. 근데 어떻게 말을 한다.'

속 시원하게 암입니다, 라고 말하면 좋겠지만 병원에서 철저하게 검사를 받은 사람도 암이라고 하면 일단 부정하고 본다.

담담하게 '그렇습니까?'라고 할 사람이 몇 명이나 될까. 게다가 마사지 숍에서 그런 말을 들으면 화를 낼지도 몰랐다.

그렇다고 어정쩡하게 말해줘서 병원에 가질 않으면 죽음을 방치하는 것과 같았다.

문득 외벽에 생긴 암 때문에 돌아가신 은사님이 떠올라 입을 열었다.

"위의 아랫부분에서 나쁜 기운이 감지됩니다."

"…나쁜 기운이요?"

"병원에 가서 정확한 검사를 해봐야겠지만 혹이 아닌가 싶습니다."

"…암이라고 말하는 거요? 올 초에 내시경을 했을 땐 멀쩡했는데?"

"외벽에 있는 것이라 내시경으로 발견이 안 됐을 겁니다. 암인지는 저도 확신을 못 하겠습니다. 다만 크지 않으니 반드시 병원에 가세요. 빠를수록 좋습니다."

"……."

"혹시나 가볍게 생각하실까 말하는 건데 저희 한의대 교수님도 매년 건강검진을 받으셨지만 위 외벽에 발생한 암에 유명을 달리하셨습니다. 원하신다면 한강대학병원에 아는 분이 있으니 소개시켜 드리겠습니다."

남자는 멍하니 서서 생각에 빠져 있었다. 아마 나름 판단을 내리고 있을 것이다.

얼른 메모지에 민규식 원장의 전화번호와 이름을 적어서 그에게 건넸다.

"꼭! 연락하십시오. 꼭입니다!"

남자는 뭔가를 말하려는 듯 몇 번이고 입을 실룩였다. 그러나 자신의 일인 양 간곡하게 말하는 두삼을 보고 화를 낼 수 없었던지 돌아서서 나갔다.

다행히 메모지는 손에 꼭 쥔 채였다.

"그 사람 전생에 나라를 구한 게 분명해. 술 깬다고 들어간 마사지 숍이 하필 자네 가게였다니 말이야."

초기 암에 걸린 손님에 대한 얘기를 들은 민규식이 간단한 평을 했다.

"검사를 받지 않으면 소용없잖습니까? 아직 연락이 안 왔다면서요."

"그 사람이 자네 말을 무시할까 겁나는 모양이군. 어째 자네가 더 안달이야."

"걱정이 되네요."

"걱정 말게. 며칠 내로 연락이 오든가, 아님 다른 병원이라도 갈 거야. 검사를 못 받을 만큼 가난할 것 같지도 않고."

"확신하십니까?"

"확신하네. 생각해 보게. 누군가가 자네에게 암이라고 대놓고 말하진 않았지만 비슷하게 말하면 어떨까?"

"…병원에 가서 검사를 하겠죠."

아닐 거라고 하면서도 꼬리에 꼬리를 무는 걱정 때문에라도 검사를 하게 될 것이다.

"나라면 말이야, 일단 암 보험이 있나 확인부터 한 후에 움직일 걸세. 보험사엔 미안하지만 어쩌겠나? 일단 나부터 살아야지."

"아! 그럴 수도 있겠군요."

"그러니 걱정 말게."

"…감사합니다. 원장님 덕분에 좀 편안해지네요."

"다행이군. 오늘 부른 이유는 다름 아닌……."

똑똑!

노크 소리가 끝나기도 전에 문이 벌컥 열리며 소아과의 김진선 교수가 들어왔다.

그녀는 달려왔는지, 숨을 급히 내쉬었다.

"헉헉! 원장님. 급하지 않으면 한 선생 좀 빌릴 수 있을까요?"

"무슨 일인가? 급한 일이면 나도 가지."

"원장님은 원장님 일을 하셔야죠. 뉴스를 보시면 아실 겁니다. 당장 필요해요. 가요, 한 선생."

그녀는 이미 자신의 손을 잡아끌고 있었다.

어리둥절했지만 일단 그녀를 따라 움직일 수밖에 없었다.

"엘리베이터로 뛰어요! 헉헉!"

엘리베이터로 뛰어가자 경비원이 엘리베이터를 잡고 있었다. 오르자마자 그녀는 닫기 버튼을 쉴 새 없이 눌렀다.

"무슨 일이십니까?"

그녀는 숨을 돌리느라 말을 하기 힘든지 말 대신 손가락을 들어 엘리베이터에 있는 모니터를 가리켰다.

교통사고 현장이었다.

사고로 인해 흉측하게 구겨진 버스와 트럭, 승용차들이 보였고 그 밑에 자막이 크게 적혀 있다.

[현장학습을 가던 버스, 강변북로에서 트럭과 추돌. 가까운 병원으로 학생들 이송 중]

"하아! …위급한 환자들이 방금 전에 들어오기 시작했는데 상황이 좋지 않아요. 멀리 이동할 수 없는 환자를 태운 구급차가 우리 병원으로 줄지어 온다는 얘기에 도움을 청하러 온 거예요."

급하게 말하던 그녀는 잠시 숨을 돌린 후 다시 설명을 이어나갔다.

"현재 급하지 않은 수술은 뒤로 미루고 있으니 수술할 의사는 부족하지 않아요. 다만 그들이 수술실에 들어갈 때까지 바이탈(Vital)을 잡아줄 사람이 필요해요."

한강대학병원은 하루 수술 건수만 150건이 넘을 만큼 대규모 병원이었다. 수술할 의사들은 많다는 얘기다.

다만 의사가 많은 것과, 동시다발적으로 들어오는 생명이 위급한 환자를 처리할 수 있는 능력은 별개였다.

응급수술이 필요하다고 무작정 수술을 시작하는 건 아니다. 일단 환자의 바이탈을 잡은 후, 어디가 이상이 있는지 확인을 한 후 수술에 들어간다.

한데 그 과정이 순식간에 이루어지는 게 아니다 보니 조치를 취하는 중 죽는 경우가 많았다.

"하지만… 이곳이 의사가 없는 곳이라면 모를까, 한의사의 영역을 벗어납니다."

"그럼 그냥 죽는 걸 지켜보겠다는 건가요?"

"……."

"선생님, 처음엔 한의사라고 하셔서 좋지 않게 봤던 게 사실이에요. 하지만 한 선생님은 충분히 실력이 있잖아요?!"

"……."

급한 상황에 자신의 말이 속상했던 것일까.

"실력이 있으면서 분야가 다르다는 말로 회피하는 건가요? 그런 식으로 회피하면 마음이 편한가요?"

"…회피를 하지 않아도 편한 건 아닙니다."

"…무슨 말인지 모르겠어요. 우선! 말싸움할 시간이 없으니 나중에 싸워요. 일단은 환자가 먼저예요."

그녀는 자신이 입고 있던 가운을 벗어 건넸다.

"안에 마스크 있어요. …지금부터 당신이 취하는 모든 행위는 제가 책임져요. 부탁해요."

엘리베이터가 2층에 이르자 그녀는 대답도 듣지 않고 나갈 준비를 했다.

그런 그녀의 뒷모습을 보고 있자니 한숨이 나왔다. 동시에 마음속에서 알 수 없는 열망이 불타올랐다.

'이 병원엔 왜 이렇게 열혈 의사들이 많은 거야? 원장한테 옮은 건가?'

고개를 절레절레 흔들곤 가운을 걸치고 마스크를 했다.

'어쩌면 나도 옮았을지도 모르지.'

그래, 어차피 마음이 불편할 거라면 회피하지 않는 쪽이 더 낫다.

문이 열림과 동시에 응급실로 뛰었다.

응급실에 도착했을 때 가장 먼저 반기는 건 진한 피 냄새였다. 그리고 의사들의 고함 소리.

정신이 없었다.

수술실에 들어가 보고 의료 경험이 있다고 하지만 솔직히 이런 상황에선 인턴만도 못한 것이 사실이다.

짜악!

그때 정신이 번쩍 들게 김진선이 등을 쳤다.

"정신 차려요! 직접적인 조치는 담당 의사에게 맡겨요. 그저 접근해서 환자 상태를 파악하거나 조용히 조치를 취한 후 저에게 말해줘요. 따라와요. 일단 저 환자부터 해주세요."

그녀는 의사, 간호사 해서 몇 명이 붙어 있는 곳을 가리켰다.

침대엔 피투성이의 초등학생이 누워 있었는데 긴급한 상황인지 그들은 정신없이 움직이고 있었다.

"BP(혈압) 80에 40. 계속 떨어집니다!"

"혈액을 쥐어짜!"

"선생님, 아무래도 동맥이 터진 것 같습니다. 빨리 수술실에 들어가지 않으면……."

"그걸 누가 몰라! 어디가 터졌는지 확인도 안 하고 절개부터 할 거야!"

"아! 선생님, 맥박이 안 뜁니다!"

"심정지 상태입니다!"

심폐소생술을 시행할 때 접근해 환자의 발목을 손으로 잡았다.

분위기로 인한 흥분 상태여서일까, 두삼의 손에선 한꺼번에 많은 기운이 뿜어져 나오며 유독 밝게 빛났다.

쏟아져 들어간 기운은 다른 곳보다 우선적으로 동맥과 정맥 쪽을 훑으며 지나갔다.

'배대동맥이 터졌어!'

제법 길게 찢어져 버린 배대동맥에선 피가 연신 왈칵왈칵 쏟아졌다. 혈액을 공급해도 소용이 없는 이유가 있었다.

쏟아져 들어간 기운을 파이프 모양으로 만들어 찢어진 배대동맥을 막음과 동시에 연결했다.

지금까지 만들어본 적 없는 크기였다. 한데 그동안 꾸준히 해 오던 일이라 그런지, 아님 위급 상황에 실력 이상의 능력을 발휘한 건지 모르지만 모양이 만들어지며 출혈을 잡았다.

아니, 잡았다고 생각했다. 재수 없게 심폐소생술을 하느라 누른 심장의 압력과 혈액주머니를 짜 넣는 압력이 만나며 막아둔 혈관의 한쪽이 조금 더 찢어졌다.

퓨슉!

'젠장!'

"혈액 짜 넣지 마요!"

크게 소리친 후에 새로운 기의 파이프를 만들어 틈을 막았다.

"맥박이 돌아왔어요! BP 85/45, 90/50. 차츰 안정화되고 있어요."

손을 떼고 옆에 있는 김진선에게 말했다.

"배대동맥 파열입니다. 배꼽에서 좌측 45도 방향 10센티미터 아래쪽이에요. 일단 막아놨어요. 다른 곳도 살필까요?"

"…아, 아니에요."

김진선이 두삼을 데리고 온 것은 그의 신기한 한의학 기술로 양의학이 할 수 없는 부분을 보조하기 위해 데려온 것이다.

고통스러워하는 환자가 있으면 마취를 시켜주고, 혹시나 검사 장비를 사용할 수 없을 경우 다친 부위를 찾아내 주면 족하다고 생각했다.

한데 이건 생각을 뛰어넘었다.

혈액 팩을 쥐어짜도 힘들 만큼 동맥이 찢어졌는데 그걸 막을 수 있을 거라곤 상상도 못 했다.

'…도대체 이 사람 뭐야?

당장에라도 어떻게 했는지 묻고 싶었다. 하지만 초등학생을 치료하던 의료진들의 시선이 자신과 두삼에게 집중되어 있는 걸 보고 정신을 차렸다.

좀 전에 두삼이 소리친 것 때문이리라.

"…험! 지금 뭣들 해? 환자 안정화됐으면 얼른 검사를 하고 수술 들어가야지."

"…아! 네, 네!"

"이쯤에서 배대동맥 파열이니까 서둘러 혈관외과 전철희 선생님께 연락해. 한 선생은 다음으로 가죠."

김진선이 다시 손을 잡고 끌었다. 근데 그때 방금 전 환자를 보던 의사가 말했다.

"김 선생님, 전철희 선생님 15분 전에 수술실에 들어가셨습니다. 나오려면 적어도 30분은 걸릴 텐데요."

"다른 선생님들은?"

"정규 수술과 현재 다른 분들 환자까지 보고 있어서 가능할지……."

김진선이 두삼을 쳐다봤다. 막아둔 배대동맥이 얼마나 버틸수 있을지 묻는 것 같았다. 얼른 귀에다가 대고 속삭였다.

"서너 시간은 문제없을 겁니다."

"한두 시간은 괜찮을 거야. 일단 검사부터 해. 혹 이상이 생기면 바로……."

그녀는 살짝 말을 바꿔 옮겼다.

그때였다. 민규식이 나타났다.

"이러고 있을 것 같아 비상을 걸고 바로 내려왔지. 통제는 내가 할 테니까 김 선생이랑 한 선생은 일 봐. 급하면 내가 수술하면 돼."

민규식이 나타난 이상 다른 걸 신경 쓸 필요는 없었다.

바로 다른 환자를 보기 위해 움직였다. 한데 처음 몰려왔던 환자들의 경우 응급처치가 완료된 상태였다. 세 명은 수술실로 들어갔고 수술 대기 중인 환자 또한 바이탈이 완벽하게 잡힌 상태로 검사 중이었다.

"긴장 풀지 말아요. 곧 환자가 들어올 거예요. 이제부터가 진짜 문제예요."

그녀의 말이 끝나기 무섭게 사이렌 소리가 들리기 시작했다. 그리고 곧 피투성이 환자를 태운 침상이 응급실로 들어왔다.

"환자 들어갑니다! 나이 12세. 트럭과 부딪힌 버스에 타고 있던 학생인데 부서진 창밖으로 튕겨져 나갔다가 승용차에 2차 충돌한 환잡니다."

119 구급대원의 외침에 대기 중이던 의사와 간호사들이 서둘러 환자에게 붙었다.

"모니터 붙이고 혈관 잡아. 상태가 많이 안 좋아. 정형외과, 신경외과에 콜해. 기도 확보한다."

옷을 자르고 몸에 붙어 있는 금속류를 제거한 후 심전도 모니터를 부착시키고, 기도를 확보하는 동안 두삼은 환자의 발을 잡았다.

발부터 위로 올라가면서 학생의 몸을 스캔하기 시작했다.

'왼쪽 넙다리뼈 골절, 대퇴부 골절, 소장 파열. 갈비뼈도 세 개나 부러졌어.'

더욱 나쁜 건 부러진 갈비뼈 하나가 폐를 찌르고 있었고 비장에 출혈도 있다.

불행 중 다행이랄까. 머리에서 피가 흐르고 있었는데 두부 골절은 있어도 뇌의 손상은 없었다.

파악을 마친 두삼은 출혈 몇 곳을 잡은 후 옆에 있는 김진선에게 말했다.

"…전신 MRI가 따로 없네요. 나중에 설명해 주셔야 해요."

"…그건 여기부터 끝내고 말하죠."

말하는 사이에 이미 두 명의 환자가 추가로 들어와 있었고 그중 한 명은 맥박이 점점 약해지고 있었다.

*　　　　*　　　　*

"수고하셨습니다, 홍 선생님."

"전 선생도 고생했네."

간담도를 맡고 있는 홍치수가 나가고 난 후에 혈관외과를 맡고 있는 전철희 과장은 레지던트를 향해 지시를 내렸다.

"마무리는 후일이랑 창수가 해. 다른 사람들은 다음 수술 준비하고."

"예! 선생님."

봉합을 할 두 명을 남겨놓고 수술실을 나왔다. 그리고 피범벅이 된 마스크와 옷, 장갑을 벗곤 수술실 옆에 있는 의자에 잠시 앉았다.

"후우~ 오늘 빡세네."

아침 7시부터 시작한 수술. 겨우 마치고 나왔을 때 교통사고 환자들이 들어오는 바람에 곧바로 수술실에 들어와야 했다.

한데 아직 끝난 게 아니다. 수술 중이라 바깥 사정에 대해 자세히 알 수 없지만 환자가 계속 밀려오고 있다는 얘기는 들어 알고 있었다.

"점심 먹는 건 사치겠지?"

아침에 나오면서 먹은 죽 한 그릇은 이미 소화가 된 지 오래였다. 점심은 우유와 초콜릿으로 때워야 할 가능성이 높았다.

외과는 힘들다.

성형외과를 제외하고 매년 지원자들이 줄어드는 것만 봐도 짐작할 수 있다.

생명을 다루는 것이라 실력 있는 의사도 시시비비에서 자유로울 수 없고, 응급 상황이 자주 발생해 출퇴근이 들쑥날쑥이다. 게다가 휴식 시간이 없을 만큼 업무 강도가 높은 날이 많다.

병원 입장에서도 외과는 환영받지 못한다. 돈이 안 되기 때문이다.

안전한 곳에서 일하며 항상 건강에 신경 쓰는 이들이 외과적인 사고를 많이 당할까, 아님 일반 소시민이 많이 당할까.

당연히 후자다.

응급의학과나 일반외과에 비하면 혈관외과가 낫다고 할 수 있지만 오십보백보다.

'우리 병원은 좀 다르지만 말이야.'

한강대학병원의 다른 병원의 외과는 조금 달랐다.

일단 원장인 민규식이 외과 출신이라 그런지 외과의 힘이 컸고 월급 역시 적지 않았다. 또한 의료 분쟁이 일어나면 특별한 문제가 있지 않는 이상 민규식이 나서서 막아줬다.

'게다가 특별 보너스도 많고.'

사명감으로 시작한 외과지만 그렇다고 가난하게 살고픈 생각은 없었다.

긍정적인 생각을 하며 힘든 것을 이겨낸 그는 자리에서 일어났다. 지금쯤이면 수술 준비가 됐을 것이다.

"이 환자는 어디가 이상이 있지?"

"배대동맥 파열입니다."

간호사가 화면에 환자의 차트를 띄웠다.

"음, 다른 곳은 큰 문제가 없군. 한데 누가 바이탈을 잡은 거지? 어레스트(심정지)까지 온 환자라면 긴급 수술을 했어야 하는데…… 사진 띄워봐."

간호사는 CT 사진을 띄웠다.

사진을 보던 전철회는 인상을 쓰면서 모니터 가까이 다가갔다.

"이 사진 뭐야? 잘못 올린 거 아냐? 화면상으로 출혈이 전혀 없잖아?"

"그게… 원장님 말씀으론 손을 써둔 것이라고."

"뭔 헛소리야! 배대동맥 파열인데 무슨 수를 썼다는 거야? 막아뒀으면 사진에 보여야 하는데 아무것도 보이지 않잖아. 배대동맥 파열 맞아?"

"열어보시는 게……."

"열어서 아니면? 최 간호사가 책임질 건가? 당장 원장님 모셔와."

"…알겠습니다."

간호사가 수술실에서 나가려는데 민규식이 들어왔다.

"자네라면 이러고 있을 줄 알았어. 배대동맥 파열 맞으니까 얼른 수술하게. 미적거리다 처치해 놓은 게 터지기라도 하면 어쩌려고?"

"사진엔 멀쩡한데요."

"내 말을 믿게 내가 헛소리라도 하던가. 책임은 내가 질 테니 얼른 열어서 확인해 보게."

다른 사람이 그랬다면 헛소리로 치부했을 것이다. 하지만 민규식이 말하니 일단 믿을 수밖에 없었다. 그는 환자를 두고 헛소리를 할 위인이 아니었다.

"…알겠습니다. 수술 시작하겠습니다."

결정을 내린 전철희의 손속은 빨랐다.

복강 내 피를 빼내기 위해 끼워둔 배액관을 뺀 후 구멍 난 배를 조금 더 절개했다.

"리트렉터. 석션."

시야를 확보한 그는 손가락을 이용해 배대동맥을 찾았다. 그리고 찾은 순간 그의 눈은 찢어질 듯이 커졌다.

"어, 어떻게 이런 일이……!"

찢어진 동맥이 보였다. 한데 투명한 막이라도 있는 듯 혈액이 찢어진 것을 무시하고 흐르고 있었다.

＊　　　　＊　　　　＊

한강대학병원 긴급회의.

병원장인 민규식이 주최하는 회의로, 한 달에 한 번 있는 정기 회의 외 특별한 일이 있을 때 열었다.

수술, 혹은 바쁜 일이 있으면 참석하지 않아도 되는 회의였기에 몇몇 빠진 사람이 있었지만 대부분 참석해 삼삼오오 얘기를 나눴다.

회의의 내용은 대부분 이틀 전 일어났던 사고에 관한 것이었다.

그때 민규식이 들어왔다. 얼굴에 은은한 미소가 드리워진 것이 좋은 일이 있나 보다.

그는 자리에 앉자마자 이틀 전에 일어난 사고에 대한 치하부터 했다.

"이번 일 모두 고생 많았어요. 각자 할 일이 있음에도 솔선수범해서 나서준 덕분에 단 한 명의 환자도 잃지 않았습니다."

짝짝짝짝!

박수 끝에 내과를 총괄하는 센터장이 말했다.

"원장님의 빠른 대처 덕분 아니겠습니까?"

"허허허! 저야 뒤늦게 나와 지켜본 것뿐이죠. 직접 환자를 본 선생님들이 정말 고생 많으셨습니다."

몇 명밖에 가지 않은 다른 병원에선 사망자가 나온 반면 위급한 환자 십여 명이 한꺼번에 들이닥치는 상황에서 한 명의 환자도 잃지 않았다는 건 자부심을 가질 만한 일이었다.

그에 서로의 얼굴에 금칠을 했다.

훈훈한 분위기에서 민규식은 말을 이었다.

"여러분들의 노력 덕분이었는지 어젯밤에 보건복지부 장관에게 연락이 왔었습니다."

"설마, 재난 대응 응급 병원 지원이 결정된 겁니까?"

갈수록 대형 사고가 늘어감에도 응급 의료에 대한 병원 투자는 지지부진이다. 언제 일어날지도 모르는 일에 큰 조직을 운영한다는 건 병원에서도 부담이 될 수밖에 없었다.

그에 국가 차원에서 전국적으로 병원을 지정해 정부지원금으로 응급의료센터를 지원할 계획이었다.

대부분 국공립병원이 지정될 거라고 예상하고 있었는데 이번 일로 한강대학병원이 거론된 것이다.

"확정된 건 아닙니다만 긍정적으로 생각하고 있다고 하더군요."

"하하하! 장관님께 직접 전화가 왔다면 됐다는 뜻이 아닙니까. 축하드립니다."

외과 센터장이 기뻐하며 말했다.

그가 기뻐할 수밖에 없는 것이 응급의료센터는 외과와 밀접한 연관이 있었다. 매년 지급되는 수백억의 지원금을 받게 되면 외과에 대한 지원이 많을 수밖에 없었다.

"한데 지방에 있는 병원들도 포함되는 겁니까?"

"그렇게 될 것 같습니다."

"이런 말을 해선 안 되지만 이번 사고가 우리 병원에겐 호재가 되었군요. 하하하!"

"어느 병원에서도 하지 못한 이효원 양의 재수술에 이어 이번 일로 국민들의 평판 역시 어느 때보다 좋으니 어쩌면 당연한 걸 수도 있겠네요. 허허허!"

병원 대부분의 과가 유기적으로 이어져 있다 보니 외과만큼은 아니더라도 다들 이익이 되었기에 분위기는 더욱 좋아졌다.

민규식 역시 기분이 좋았지만 너무 들뜨는 건 지양해야 했다.

"허허허! 샴페인은 완전히 결정되었을 때 좋은 자리에서 터뜨립시다. 오늘 바쁜 여러분을 모이게 한 건 다름 아니라 과를 나누지 말고 협조를 해달라고 부탁드리기 위해섭니다."

병원장이자 이사장의 절대적인 신임을 얻고 있는 민규식의 강력한 카리스마에 하나인 것처럼 보이지만 각 센터마다 알력이 존재했다.

조직별로 매출을 비교하고 그에 대해 평가를 하는데 없을 수가 없다.

그에 민규식은 그런 알력을 없애려 하기보단 공동의 목표를 만들기 위해 노력했다.

응급의료센터에 대한 정부 지원을 먼저 말한 것 역시 이러한 맥락이었다.

"그럼 부탁합니다. 오늘 회의는 여기서 끝내요."

협조 요청에 대한 얘기는 공동의 목표가 있어서인지 좋은 분위기에서 끝났다.

우르르 일어나 각자의 일터로 돌아갔지만 두 사람은 그대로 남아 있었다.

"전 선생이랑 김 선생은 일이 없나?"

"여쭙고 싶은 게 있습니다."

"저도요."

전철희와 김진선이 말했다.

"무슨 말인지 짐작이 가는군. 여기는 보는 눈이 있으니 내 방으로 가서 차를 마시며 얘기하지."

민규식은 두 사람을 데리고 원장실로 이동했다. 그리고 차를 타서 두 사람 앞에 놓으며 말했다.

"일단 전 선생부터 말해보게."

"그제 응급실에서 환자들 봤던 사람 누굽니까?"

말이 떨어지기가 무섭게 물어오는 전철희. 민규식은 피식 웃으며 대답했다.

"내가 아는 친굴세."

"우리 병원 소속입니까? 그렇다면 저희 과로 보내주십시오."

"말기 신부전 환자들 때문인가?"

말기 신부전 환자들의 경우 노폐물 제거를 담당하는 신장 기능이 30퍼센트 이하로 떨어지면서 이틀에 한 번 3시간 정도의 혈액 투석을 해야 살아갈 수 있다.

문제는 반복된 투석으로 혈관이 약해져 쓰지 못하게 된다. 다른 혈관을 이용하거나, 혈관 이식, 마지막엔 인공 혈관을 이용하고 있지만 그마저도 한계가 있다.

"그뿐만이 아닙니다. 능력의 끝이 어디까지인지 모르지만 그 사람만 있다면 혈관 수술의 난이도를 대폭 낮출 수 있습니다!"

"이해하네. 하지만 아쉽게도 아직 직원이 아니네. 열심히 설득하고 있지만 본업이 따로 있어 쉽지 않군. 그리고 설령 직원이라고 해도 자네 과에 소속은 될 수 없네."

"…소아과로 가는 겁니까?"

"아니, 그는 한의사일세."

"아!"

"물론 한의사에 한정할 생각은 없네. 그러기엔 너무 탐나는 능력이거든. 그렇지 않나? 김 선생?"

"탐나고, 대단하죠. …근데 어디까지가 한계인가요?"

"솔직히 짐작만 할 뿐, 나도 자세히는 모르네. 다만 기를 이용한다고 하더군. 기를 이용해 혈관을 막거나 신경을 차단하고 몸의 내부를 살필 수 있다고 말해주었어."

"…그게 가능한 일인가요?"

"직접 보지 않았는가?"

길게 설명하지 않았다. 어차피 받아들이느냐 마느냐의 문제지 가능과 불가능의 문제는 아니었다.

"그렇군요… 그럼 언제 영입을 하는 겁니까? 당장 도움을 받아야 할 환자가 있습니다!"

"노력 중이네. 과거에 일이 있던 모양이야. 조금씩, 조금씩 환자들과 부딪히다 보면 괜찮아질까 해서 부탁하고 있지만 여전히 머뭇거리고 있지… 해서 이번에 다른 일을 맡겨볼까 해."

"과거요?"

"무슨 일을요?"

동시에 각각 다른 질문을 했다.

"과거 얘긴 잊어주게. 어쩌다 보니 알게 됐지만 말을 옮길 수야 없지. 그리고 무슨 일을 맡길지는 곧 알게 될 걸세."

대답을 회피한 민규식은 씨익 웃으며 차를 마셨다.

*   *   *

'뭐지? 기를 사용하는 게 왠지 수월해진 기분인데?'

나연섭의 항문조임근을 조이면서 한결 쉽게 된다는 느낌을 받았다.

'기가 늘어난 것 같기도 하고……. 기분 탓인가?'

이틀 전, 간만에 온몸의 기를 탈탈 끌어다 썼다. 그 덕에 오랜만에 약재를 고기 썹듯이 먹어야 했다.

"됐다. 아침 운동은 여기까지 하자."

"고생했어요, 형. 근데 이거 자꾸 하니까 진짜 변이 황금색으로 나오던데요."

"그렇다고 했잖아. 난 잠깐 옆집에 다녀올게."

"엥? 형이 무슨 일로 우리 누나한테 가는 거예요?"

"일하러 가는 거거든. 그리고 하란이 만나러 가는데 네 허락을 맡아야 하는 거냐?"

"당연하죠! 내 누난데."

"……."

워낙 당당하게 말하니 말문이 막힌다. 그래서 무시하고 가려는데 연섭이 방으로 들어가며 외쳤다.

"잠깐만요. 같이 가요!"

잠시 후 머리에 헤어 젤을 바르고 나타났다.

"가서 뭐 하게?"

"형 일하는 동안 누나랑 놀려고요."

"…쫓겨나도 난 모른다."

"착한 누나가 그럴 리가 없죠. 가요."

당당하게 앞장서 가는 나연섭을 따라 하란의 집으로 갔다.

"어서 와. 아직 집이 정리되지 않은 상태라 좀 어지러워. 연섭이라고 했지? 잘 왔어."

티셔츠에 생활한복 같은 편안한 바지를 입은 하란이 두 사람을 반겼다.

"안녕하세요, 누나. 집 완전 좋네요. 그림을 좋아하시나 봐요?"

외부도 미술관 같더니 내부도 복도가 미술관처럼 꾸며져 있다. 여기저기에 풍경화와 모니터가 걸려 있는데 모니터는 아름다운 풍경 영상을 보여줬다.

"옛날 버릇 때문인지 집에 있는 걸 좋아해. 근데 가끔 풍경도 보고 싶고. 그래서 이렇게 꾸며둔 거야. 이쪽으로 앉아. 오빠, 효원이 뒤뜰에서 산책 중이야."

정장을 입었을 때와 분위기가 달랐다. 집이라 그런지 무척 털털하게 느껴졌다.

물론 다르게 느끼는 사람도 있었다.

"와아~ 우리 누나 저렇게 입고 있으니까 완전 패션디자이너 같지 않아요? 정장을 입으면 섹시한데 평상복을 입으니까……."

이효원을 데리러 간 사이에 나연섭이 호들갑을 떤다. 그러다 단어를 생각하는지 머뭇거렸다.

"입으니까, 뭐?"

"더 섹시해요!"

"…혈기왕성하네. 아무래도 기를 좀 줄여야……."

"우와아아아악~"

나연섭은 괴상한 감탄사를 터뜨리며 말을 씹었다. 이효원이 온 것이다.

"효원이 누나죠? 진짜죠? 저 누나 팬이에요."

"…누구?"

연섭이의 반응에 당황한 건지, 낯선 사람이 어색한 건지 이효원은 놀란 표정으로 물었다.

두삼은 머리를 긁적이며 말했다.

"미안하다. 아는 동생이야."

"그래요? 반가워요."

자신의 아는 동생이라니 안심을 한 건지 평소 표정으로 돌아와 인사했다.

"나연섭입니다! 누나가 한국에서 한 경기는 다 봤어요. 지난번 올림픽 때도 러시아에 가서 봤고요. 그때 정말이지 환상이었어요."

"어머? 고마워요. 좋아해 주니 기분이 좋네요."

"누난 저의 영웅이에요. 혹시 괜찮으면 악수라도……."

이효원은 반갑게 손을 내밀었고 나연섭은 공주라도 만난 듯 공손히 고개를 숙이며 두 손으로 그녀의 손을 잡았다.

'나의 누나'에 이어 '나의 작은 누나'가 생기는 순간이었다.

"재미있는 애네요. 근데 저 애, 많이 아파요?"

소란스러운 만남이 끝나고 이효원과 피트니스 룸으로 자리를 옮겼다.

웬만한 피트니스 클럽이 부럽지 않을 정도로 다양한 운동기구가 준비되어 있어 훈련과 치료를 병행하기에 딱 좋았다.

"왜 아프다고 생각해?"

"손목요. 자포자기해서 스스로 그은 거 아녜요? 오빠랑 함께 있는 것도 그렇고……."

"음… 그래, 예상한 대로 환자도 맞고……. 하여간 조금 불편하게 해도 잘 대해줘."

"당연하죠? 누구완 달리 진짜 팬이잖아요."

"…나도 팬이거든. 직접 경기장을 찾아가서 보진 않았지만 웬만한 시합은 인터넷에서 다 봤어. 그리고 네가 선전하는 커피 얼마나 좋아하는데."

"아~ 네네."

딱히 믿는 눈치는 아니었다.

"그나저나 시설 정말 좋다. 작은 아이스링크만 있으면 이곳에서 모든 테스트가 가능하겠어."

"하란 언니가 필요하면 수영장 얼려서 링크로 써도 된다고 했어요. 가볍게 타는 정도는 가능해요."

"수영장이 있어?"

"정원 밑이 수영장이에요."

"…대박."

'대박'이라는 말 이외에 다른 말이 떠오르지 않았다.

부러움도 잠시, 치료를 위한 테스트에 들어갔다.

"뭐부터 할까요?"

"일단 러닝머신 위에서 뛰면 돼."

"그게 다예요?"

"한 손은 나에게 주고."

"그럼 불편할 것 같은데. 이런 식이란 말이잖아요?"

러닝머신에 올라간 그녀는 두삼의 손을 잡은 채 가볍게 달렸다.

"…불편하고 어색하네. 그럼 어쩌지? 손으로 체크해야 하거든."

마땅히 손을 대고 있을 만한 곳이 없다. 한데 이효원은 잡고 있던 손을 등쪽으로 옮겼다.

"여기에 올리고 있음 되죠."

"아, 그럴까?"

어색하게 허리에 손을 댔다.

"참나, 마사지할 때 온몸 구석구석을 더듬었을 텐데 새삼스럽게 왜 그래요?"

옳은 말이다. 마사지할 땐 아무렇지 않았는데 지금 허리에 손을 올리는 건 뭔가 묘했다. 치료의 연장선인 건 마찬가진데 말이다. 장소가 바뀌어서 그런 건가?

"구석구석은 아니지 않냐?"

"왠지 못 만져서 억울해하는 말투인데요?"

"누가 억울하다고… 얼른 뛰기나 해."

"네네~ 정 아쉬우면 오늘 구석구석 마사지해요. 모른 척해줄게요."

"못 하는 소리가 없네. 누가 마사지해 준다고 그랬어?"

효원은 혀를 날름 내밀곤 뛰기 시작했다. 그리고 그녀는 운동을 시작하자마자 장난기 어린 얼굴을 지우고 뛰는 것에 집중했다.

두삼은 얼른 기를 내부로 보낸 후 근육의 움직임에 집중했다.

'일단 분리해 둔 대로 움직이고 있긴 한데……'

첫 수술 후 재활 훈련이라는 명목으로 1년 가까이 운동을 하면서 오른발의 근육은 잘못된 상태로 자리를 잡아버렸다.

사흘 전에 강제로 구분을 짓고 흡착된 부분을 떼어냈지만 운동을 시작하자 다신 예전처럼 돌아가려 했다.

기운을 이용해 원기둥처럼 만들어 근육과 근육 사이에 끼웠다.

버틸 수 있을까 걱정했는데 아니나 다를까 제대로 버티지 못하고 '픽'하고 부서져 버린다.

'하나가 안 되면 여러 개로 하면?'

한 개, 두 개, 세 개, 네 개……

점점 늘리다 보니 기운으로 근육을 꽉 잡고 있는 것처럼 되어 버렸다.

"…다리가 뭔가 이상해요."

"음, 그럴 수밖에. 강제로 교정한 상태거든. 이제 그만 뛰어도 돼."

고정하는 데 기운의 절반이 사라져 버리니 맥이 빠지는 기분이다.

"오빠가 대단한 능력을 가지고 있다는 건 알고 있었지만 고작 허리에 손을 올린 것만으로도 다리 근육을 고정한다는 게 가능해요?"

"다른 사람들이 있다면 시늉이라도 했을 거야. 그러니 다른 사람한텐 비밀이다."

"…날 믿는다는 말처럼 들리네요?"

"비슷해."

사실 믿기보단 귀찮아서라는 표현이 더 정확할 것이다. 치료하는 데 6개월이 걸릴지 1년이 걸릴지 모르는데 연극할 자신이 없었다.

"꼭 비밀을 지킬게요!"

"고맙다."

어차피 말해봐야 믿어줄 사람이 있을까 싶었다. 솔직히 직접 경험하지 않으면 이해하기 힘든 능력이었다.

"오빠가 믿어주는데 그 정도는 해야죠. 근데 몸의 일부를 잡고 있으면 몸 전체를 볼 수 있는 거예요?"

"그 덕분에 네 다리의 뼛조각을 찾았잖아."

"…몸 전체란 말이죠?"

"응. 근데… 왜, 왜 그러냐?"

대수롭지 않게 대답하는데 이효원이 양손을 엑스 자로 만들어 가슴을 막았다.

"…오해 마. 뼈, 근육, 혈관이 보인다는 거야. 거길 봐봐야 혈관과 지방, 유선만 보여. 볼 것도 없는……."

"……!"

지금 내가 무슨 말을 하고 있는 거지?

그렇게 손 올리고 있지 마!

더 어색해지잖아!

피트니스 룸은 어색한 기운으로 가득 차 침묵만 감돌았다.

17. 진상들

"아~ 날씨 좋다. 이런 날은 야외에 나가야 좋은데."

한가한 토요일 오후, 푸른 하늘을 보니 공연장에 가고 싶어진다.

물론 마음뿐이다. 마사지 숍의 손님이 없다 뿐이지 할 일은 많았다.

길게 하품을 하던 신혜경이 말했다.

"아함~ 여자를 사귀어봐."

"야외에 나가고 싶다는데 여자 얘기가 왜 나와요?"

"혼자 나가는 것보다 둘이 가는 게 낫지 않나? 옆집 아가씨랑 잘 어울릴 것 같은데."

하란이와 야외에 나가는 걸 상상해 버렸다.

"…별소릴 다하네요. 행여나 하란이 듣는 데서 그런 소리 하지 마세요. 전 비슷한 사람끼리 만나야 잘 산다고 생각해요."

사랑을 1+1=3이 되는 더하기라고 말하는 사람이 있다. 하지만 두삼은 빼기라고 생각한다.

각자가 가진 성격이든, 욕심이든 하나씩 빼나가면서 서로에게 맞춰가는 것.

한데 한쪽이 일방적으로 빼야 하는 경우라면 막말로 본전 생각이 날 수 있다.

"사랑을 하다가 데인 적이 있나 보네."

"⋯⋯."

"네 말이 틀렸다고 생각하지 않아. 결혼은 현실이니까. 근데 너무 멀리 보면 아무것도 못 해. 한 스텝씩 밟다 보면 극복할 수 있어. 그리고 설령 극복 못 하면 뭐 어때. 사랑했으면 되는 거 아닌가?"

"누나의 사랑학개론 잘 들었어요. 근데 그걸 들으니 더 나가고 싶어지네요. 우리 그냥 토요일도 확 놀아버릴까요?"

"사장이 놀자면 직원들이야 얼씨구나 하지. 근데 우리 착한 사장님이 망하는 건 못 보겠다."

"망하지 말라고 손님이 오시네요."

직장인으로 보이는 사내가 대문을 지나 안으로 들어오고 있었다.

"어? 최 실장님, 아니, 이번에 사장으로 승진하셨으니 최 사장님이라고 해야겠네요."

하란의 회사 직원인 최익현이었다.

"하하! 오랜만입니다."

"네. 여긴 웬일이세요? 하란이네는 옆집인데."

"마사지 숍에 뭐 하러 왔겠어요. 마사지받으러 왔죠. 일 때문에 스트레스를 받아서인지 찌뿌듯하네요."

"아! 그러네요. 잘 오셨어요. 서비스 팍팍 해드릴게요. 우리 누님 잘하니까……"

"두삼 씨에게 받았으면 하는데요."

"그래요, 그럼."

여자 마사지사를 꺼리는 이들도 있었다.

족욕을 시킨 후 간단히 발마사지를 한 후에 마사지실로 이동했다.

최익현의 몸은 여느 직장인과는 조금 달랐다. 운동을 많이 하는지 탄탄한 근육질에 균형 잡힌 몸매였다.

편히 쉬라고 묵묵히 하고 있는데 최익현이 물었다.

"두삼 씨는 애인 없어요?"

왜 이렇게 남의 연애사에 관심이 많은 건지.

"없어요."

"마음에 드는 사람도 없어요?"

"딱히… 사는 게 바빠서 그런지 연애 세포 활성화가 안 되네요."

"우리 대표님은 어때요?"

좋은 토요일 기분을 망치게 하려고 작정들을 한 모양이다. 솔직히 사람들이 하란과 연관을 지으려 할 때마다 기분이 묘했다.

내색하지 않고 답했다.

"언감생심이죠."

"하긴. 두삼 씨 말대로 언감생심이라는 표현이 맞겠군요. 어마어마한 자산가에 연예인보다 더 아름다운 외모, 남자라면 누구나 꿈꾸는 몸매. 웬만한 남자라면 기가 죽을 겁니다."

"……."

이 인간이 싸우자는 건가?

말하는 싸가지가 주먹을 불끈 쥐게 만든다. 물론 천성적으로 남을 생각 못 하는 인간들이 있긴 하다.

"근데 최 사장님은 애인 있습니까?"

"없습니다."

"좋아하는 분은요?"

"있습니다. 두삼 씨도 잘 아는 사람입니다."

어째 대화의 흐름이 어디에선가 많이 본 듯한 느낌이다.

마음속으로 사모하는 여인 옆에 다른 남자가 나타나자 '네가 넘볼 여자가 아냐!'라고 경고하는 드라마 속 찌질한 남자 같다고나 할까.

왜 찌질하다고 생각하느냐고?

자신은 마치 그 수준이 되는 듯 구는 것이 웃기고, 수준이 되면 경고할 시간에 고백을 하는 게 낫다고 생각하기 때문이다.

"누군지 알겠네요. 하란이군요?"

"맞습니다. 2년 전부터 마음에 두고 있습니다."

"파이팅 하세요."

"…응원해 주시는 겁니까?"

"하하, 저 같은 사람이 응원한다고 뭐가 달라지나요? 그저 고백하려면 빨리 하라고 말하고 싶네요."

"…왜요?"

"하란이를 보고 반하지 않을 남자가 얼마나 있겠습니까? 제가 아는 친구도 하란일 보고 반했거든요. 그 친구는 연예인 얼굴에, 모델 몸매에, 집안도 엄청 좋거든요. 조건으로 따진다면 하란이와 가장 잘 어울릴 겁니다. 게다가 당장에라도 고백할 것 같던데요."

"……."

나이 차이가 난다는 얘긴 굳이 하지 않았다.

자신이 말해준 이가 어떤 사람인지 고민하는 건지 최익현은 더 이상 말이 없었다.

괜한 심술을 부린 것 같아 살짝 미안했지만 고소함이 더 컸다.

최익현의 마사지를 마치고 나오는데 평소 조용하던 가게가 무척 시끄럽다.

"멍이 들었잖아요! 내일 당장 치마를 입을 일이 있는데 이래서 어떻게 입어요!"

무슨 일인가 싶어 조용히 상황을 살폈다.

"죄송합니다. 손님께서 느낌이 없다고 강하게 하라고 하셔서 압이 조금 강했나 봐요."

신혜경은 젊은 아가씨에게 고개를 숙이며 사과했다.

"뭐라고요! 그게 내 탓이라는 거예요?"

"그게 아니라……."

"말하는 게 그렇잖아요! 강하게 해달라고 해도 다른 곳에서 한 번도 생기지 않던 멍이 왜 여기서 생기냐고요. 본인이 실력이 없음을 탓해야지 왜 엄한 내 잘못으로 모는 거예요?"

"죄송합니다."

"죄송하다면 다예요? 어떻게 하실 거냐고요!"

장사하는 사람의 똥은 개도 먹지 않는다는 말이 있다. 사람을 상대해야 하는 장사가 쉽지 않음을 표현해 주는 말인데 이유는 다양할 것이다.

계약 갱신 때마다 올라가는 월세, 아르바이트생의 무단 결근, 마이너스인 통장 등등.

그러나 그중에서 가장 기운을 떨어뜨리는 것은 가끔 나타나는 진상들이 아닐까 싶다.

이틀 전 왔던 손님이 살짝 멍이 든 걸로 불만을 표하러 온 것이다.

'오늘은 다들 왜 이렇게 심기를 긁는지······.'

신혜경이 어떻게 처리하는지 지켜보고 있었는데 이쯤 되면 나서야 했다.

자랑은 아니지만 3년간 수많은 불평불만을 들었던 경험이 있었다. 그중 절반은 손님 측이 옳은 말을 했고, 나머지 절반은 생떼였다.

생떼를 부리는 사람들의 공통적인 특징은 자신의 말에 논리가 약해지면 말꼬리를 잡는다는 것이다.

"실례합니다. 제가 이 가게 사장입니다."

"오! 마침 잘 왔네요. 이거 어떻게 하실 거예요?"

그녀는 허벅지 안쪽에 멍든 자국을 보여줬다.

"멍이 들었군요. 마사지를 받다 보면 멍이 드는 경우가 종종

있죠."

"…내가 여러 곳에서 받아봤지만 이번이 처음이에요!"

"손님의 그날 컨디션에 따라 다릅니다. 혈액순환이 되지 않는 경우나 마사지를 받을 당시 몸에 힘이 들어가면 멍이 생기죠."

"하아~ 이 사람들 좀 봐. 지금 날 가르치는 거예요?"

"아뇨. 그냥 그렇다는 겁니다. 그래서요?"

"…그래서라뇨?"

"찾아오신 이유를 묻는 겁니다."

"진짜, 몇 번을 말해야 하는 거야! 오늘 치마 입을 일이 있는데 이 멍 때문에 못 입게 됐다고요. 이 일을 어쩔 거냐고요!"

"어떻게 해드릴까요?"

"책임을 져야죠!"

"그니까 그 책임을 어떻게 지냐고요?"

보통 이런 일이 발생하면 귀찮음에 돈을 돌려주고 만다. 이 여자도 책임 운운 하는 걸 보니 돈을 돌려받고 싶은 게 분명했다.

하지만 두삼은 그럴 생각이 없었다.

"돈 돌려줘요. 그럼 소비자 보호원에 신고하는 건 좀 생각해 볼게요."

"신고하세요."

"…네?"

"마사지를 받다가 멍이 들었다고 신고하시라고요. 제가 볼 때 우리 직원이 잘못한 건 없습니다."

"이 멍을 보고도 잘못이 없다고요?"

"그 정도 멍이라 그러는 겁니다. 우리 직원이 잘못한 것이 명확하다면 마사지 비용은 물론 보상금 역시 지불해야 옳겠죠. 근데 마사지라는 게 아무리 조심한다고 해도 가끔 그런 증상이 생깁니다. 그래서 주의 사항을 이곳저곳에 붙여두지 않았습니까?"

주의 사항엔 '강하게' 마사지를 할 경우 발생할 수 있는 일에 대해 적어뒀다. 읽는 사람은 거의 없지만.

"…뭐, 이런 곳이 다 있어! 내가 소비자 보호원은 물론이고 인터넷에 오늘 있었던 일 다 올릴 거야! 내가 못 할 것 같지?"

"하세요. 대신 허위 사실을 유포하면 고소합니다. 있는 사실 그대로 올리세요."

"…이, 이……!"

진상은 잠시 노려보다가 씩씩거리며 가버렸다.

"그냥 돌려주지 왜 그랬어? 저러다 진짜 하면 어쩌려고? 내 월급에서 빼도 상관없는데……."

"진짜로 할 사람이라면 경찰을 부르지 저렇게 가지 않아요. 그리고 진짜로 해도 상관없고요."

어디서 들은 건 있어서 소비자 보호원을 들먹이지만 소비자 보호원에서 하는 중재는 '권고'일 뿐이다. 즉, 법적 효력이 없어서 따르지 않아도 무방하다는 얘기다.

물론 법적으로 들어가면 살짝 골치가 아프긴 하다. 하지만 이번 경우엔 법적 다툼으로 들어간다고 해도 문제가 생길 가능성은 제로였다.

"잠깐 얘기 좀 할까요?"

처음 겪는 일이라 기가 죽어 있는 그녀를 데리고 마당으로 나갔다.

"누나, 세상은 넓고 진상은 많아요. 물론 착한 사람이 더 많으니 장사를 하고 먹고사는 거겠지만요."

"…나도 들어서 알고 있었는데 막상 당하니 어찌해야 할지 모르겠어."

"여기서 많이 겪어보세요. 필연적으로 겪게 될 거예요. 그리고 어떤 식으로 가게를 할지 기준을 정확히 세우세요."

"기준?"

"네. 저 같은 경우는 '손님은 손님일 뿐이다'라고 세웠어요. 손님은 왕? 웃기는 소리예요. 돈 몇 푼에 스트레스 받으면 그게 더 손해예요. 솔직히 오늘 같은 일 한 번 겪고 나면 사람에 대한 배신감 때문에 며칠은 손에 일이 안 잡혀요. 당장 때려치우고 싶고요."

"안 그래도 기운이 쭉 빠지네."

"진상들은 두 번째 와도 진상이에요. 그러니 돈을 주든 안 주든 아예 못 오게 만들어야 해요. 방금 그 사람이 다시 오겠어요?"

"안 오겠지."

"우리 직종의 경우는 10퍼센트의 손님이 8, 90퍼센트의 매출을 만들어줘요. 사실 아무리 손님이 몰려와도 하루에 10명 이상 받기 힘들잖아요. 그러니 '선택과 집중'을 하는 게 나아요."

3년의 경험이 결코 많다고 할 순 없지만 아는 대로 말해줬다.

간접적으로 듣는 거니 얼마나 도움이 될지는 미지수였지만 그래도 나중에 가게를 할 때 실수를 최소화시킬 수 있다면 그것으로 족했다.

"고마워. 어쩨 나보다 네가 더 어른 같다."

"경험이 조금 더 많은 것뿐이에요. 제 말이 정답은 아니니 누나 나름대로 꼭 기준을 마련하세요."

"알았어. 근데 진상들 처리는 아까처럼 하면 돼?"

"그건 상황에 따라 달라요. 아까처럼 했을 때 물러나면 좋겠지만 그래도 끝까지 우기는 사람들이 있어요. 정 안 되겠다 싶으면 물건을 부수는 사람도 있어요."

"에~ 진짜?"

"그럼요. 그땐 저도 술 한잔 안 먹고 말겠다는 생각에 포기하고 돈을 줘서 보내요."

최익현이 나왔기에 진상에 대한 얘기는 끝내야 했다.

"마사지 잘 받았어요. 팁은 넉넉하게 줬으니 직원들과 식사나 하세요."

"오신 것만으로도 충분한데… 아무튼 주신 거니 직원들과 잘 쓰겠습니다."

"그리고 아까 제가 한 말은……."

"걱정 마세요. 마사지실에서 들은 얘기는 나오는 순간 봉인합니다."

"고마워요."

인사를 하고 최익현이 가는 뒷모습을 물끄러미 바라보고 있는데 신혜경이 물었다.

"무슨 얘기했는데?"

"드라마 얘기요."

"웬 남자들이 드라마 얘기? 그나저나 저 사람 마음에 안 드는 모양이네?"

"왜 그렇게 생각해요?"

"네 표정. 아까 진상 손님 봤을 때랑 똑같아."

"그래요? 착각이겠죠."

착각이 아니다.

그는 내 머릿속에 진상으로 저장! 됐다.

*　　　　　*　　　　　*

병원으로 매일 같이 나가기 시작했다.

5시 30분에 일어나 30분간 호흡을 한 후 아침을 먹고 7시까지 나연섭을 치료했다.

너무 일찍 일어난다고 작은 강아지처럼 짖어대다가 하란의 집으로 가서 이효원과 함께 운동을 하게 해준다니 양처럼 순해졌다.

물론 효원이 먼저 제안한 일이었다.

8시까지 이효원의 오른 다리 근육을 왼 다리 근육처럼 만들기 위한 운동을 시킨 후에 바로 병원으로 향하는 일상이었다.

병원에 도착하자마자 민규식과 김진선, 전철희의 일을 돕다가 가게로 돌아오는 생활.

일로 시작해 일로 끝나는 생활이지만 체력적으로는 문제는 없었다. 다만 기운이 매일 간당간당했다.

자기 전에 3분의 1을 채우고 자면서 또 3분의 1, 자고 일어나서 3분의 1을 채워 100퍼센트에서 하루를 시작하는데도 부족하다.

'보약이라도 먹어야 하나?'

막 만성 신부전 환자의 혈관에 주사를 꽂을 수 있게 기운으로 원통을 만들고 나니 기운이 벌써 절반 가까이 사라졌다.

"전 선생님, 더 시킬 일 없음 전 이만 가보겠습니다."

혈관에 혈액 투석기를 꽂고 있는 전철희에게 말했다.

"아! 그래요. 근데 오늘은 일찍 가네?"

"아무래도 경동시장에 들렀다가 가게로 가야 할 것 같아서요. 보약이라도 한 첩 지어야겠어요."

"이런… 내가 그동안 너무 부려먹었나? 잠깐만."

그는 혈액 투석기를 작동시킨 후 황급히 지갑을 꺼냈다.

"이거 얼마 안 되는데… 그래도 살 때 보태. 미안해서 그래."

"아, 아닙니다. 돈 있습니다."

"알아. 큰손 환자를 맡고 있다며? 이건 밥 한 끼 사주려고 했는데 한 선생이 시간이 없다니까 대신에 주는 거야. 받아줬으면 좋겠어."

"선생님도 참… 그럼, 잘 쓰겠습니다."

50만 원. 밥값치곤 많았다.

옷을 갈아입고 로비로 내려갔다. 그리고 정문 옆에 세워둔 오토바이를 향해 갈 때였다.

말쑥한 정장 차림의 남녀가 아는 척을 했다.

"어? 두삼이 형!"

"두삼 오빠."

"어! 현수랑 은수구나. 이런 데서 다 보네?"

"여기 한방의학과에 지원한다고 지난번에 말했잖아요. 오늘 접수했어요. 간단한 면접도 보고 오는 길이에요."

"둘이 같이?"

"네, 원래 둘이 한의원 할 생각도 했었는데 좋은 기회인데 접수는 해봐야죠. 그리고 우리 은수처럼 예쁜 애는 한눈팔면 다른 놈이 낚아채 갈 텐데요. 옆에 꼭 붙어 있어야죠. 헤헤!"

"……."

"오빠도 참, 그런 소릴……."

"뭐 어때, 사실인데. 근데 형은 여기 웬일이에요?"

"아, 그게… 그러니까……."

"아! 형도 접수했군요?"

자의로 접수한 건 아니지만, 민 원장이 강제로 접수시킨 것이나 다름없으니 틀린 말은 아니었다.

"잘했어요. 형 실력 진짜 아까웠어요. 제대하고 형이 겪었던 얘길 듣고 진짜 그 개새끼들, …가서 패고 싶었어요."

"실제로 몇 명 때렸잖아?"

은수가 못마땅하다는 듯 말했다.

"그야 두삼이 형에 대해 알지도 못하는 것들이 소곤대니까 그랬지. 걱정 마. 내가 아무나 패고 다니냐? 아무튼 형도, 우리도 잘됐으면 좋겠다. 형한테 다시 침술도 배우고 싶고요."

은사님 말고 두눈박이가 또 있었나 보다.

"손 놓은 지가 언젠데. 이제 내가 배워야지."

"행여나 그러겠어요. 솔직히 아직도 형이 예전에 가르쳐 준

거 이해하지 못하는 것도 있어요."

"그건 네가 공부를 안 하는 거고. 참, 밥은 먹었냐?"

"오! 밥 사주려고요? 이르긴 한데 눈치 없이 배가 고프네요, 형."

"돈 생겼는데 맛있는 거 먹으러 가자. 지난번에 밥 한끼 같이 하자고 했잖아."

"그럼… 거절하지 않을게요. 은수야, 뭐 먹을래? 너 일식 좋아하니까 일식 먹으러 갈래?"

"얻어먹으면서 일식은……."

"일식이 좀 그러면 소고기? 그것도 좋아하잖아."

아주 지랄을 한다.

대학 다닐 때 완전 상남자였는데 팔불출이 다 됐다.

두 사람을 데리고 병원 근처에 있는 일식집으로 갔다. 얼마 전에 민규식과 와본 곳이었다.

"맛있네요. 근데 너무 비싼 곳 아니에요?"

"비싼 걸 걱정하는 사람치곤 젓가락질이 너무 빠르다고 생각하지 않냐?"

"하하! 먹을 땐 복스럽게 먹어야죠. 참! 근데 예전 일에 대한 소문 들었어요?"

"…무슨 소문인지 모르지만 별로 듣고 싶지 않다. 이제 그만 잊었으면 하고."

"어떤 새끼가 고의로 일을 키웠다는데… 억울하지 않으세요?"

"…뭐? 그게 무슨 말이야?"

"몰랐나 보네요. 형에 대한 소문이 많았는데 그중에 하나가 누군가가 일부러 일을 키웠다는 거였어요."

실제로 너무 어이없게 일이 커져서 한때는 음모 이론을 생각한 적도 있었다. 하지만 그런다고 속이 편해지는 건 아니기에 아예 지우려고 했었다.

한데 학교에서 그런 소문이 돌았다니 관심이 갔다.

"꽤 구체적이었는데 학교 교수 중에 한 명이 적극적으로 형을 비난했다는 거예요. 설득력이 있다고 생각하고 소문의 출처를 찾아봤죠. 근데 소문을 낸 사람은 못 찾았는데 형이 잘못했고 처벌해야 한다고 비난했던 교수는 찾았어요."

"…누군데?"

"탁고성 교수요."

"…그 양반은 예과 때부터 날 싫어했어."

"저도 마찬가지예요. 근데 아무리 싫다고 해도 별것 아닌 걸 굳이 공론화시킬 필요가 있었을까요?"

"…그만하자, 좀 불쾌하네. 오랜만에 너랑 밥 먹는데 기분 좋게 먹고 싶다."

개인적으로 피해를 준 적이 없는데 탁고성 교수가 왜 그랬는지 모르겠다.

류현수의 얘기만 듣고 판단할 수 없었기에 일단은 넘어가기로 했다.

하지만 이대로 그냥 넘길 생각은 없었다.

"그래, 두 사람 사귄 지는 얼마나 됐어?"

다시 그 얘기가 나올까, 대화를 가급적 두 사람에게 질문을 던지며 이끌었다.

둘은 제대 후 전문가 과정을 할 때 만나 연인이 됐고 자리를 잡는 즉시 결혼할 거란다.

점심을 먹고 나자 12시, 가게에서 나왔다.

"잘 먹었어요, 형."

"맛있게 먹었어요, 오빠."

"응. 다음엔 같이 술 한잔하자."

"그래요. 그땐 제가 살게요. 형이나, 우리나 꼭 붙었으면 좋겠네요."

"그러게. 아! 전화 왔다. 그럼 다음에 보자."

"네!"

두 사람을 보내고 통화 버튼을 눌렀다.

"네, 원장님."

―어딘가?

"전에 점심 같이 먹었던 일식집입니다. 오늘 일이 있어 좀 일찍 나왔는데 후배를 만나서 방금 식사를 마치고 나왔습니다."

―그래? 같이 식사나 하면서 얘기나 할까 했더니. …그럼 시간 좀 되나? 차나 함께했음 좋겠는데.

"급한 일입니까?"

―내일 출장을 가는데 다녀와서 말하면 아무래도 시간이 촉박할 것 같아서 말이야.

이미 경동시장을 가기엔 늦었다. 내일 갈 생각을 하고 민 원장을 기다리기로 했다.

가까운 곳이라 10분도 채 되지 않아 민규식이 도착했다.

다시 안으로 들어가 차를 주문했다.

"바쁠 텐데 미안하네."

"아닙니다."

"후배라면 경해대 후배? 무슨 일로?"

"네. 학교 다닐 때 꽤 친하게 지내던 녀석이죠. 우연히 병원 로비에서 만났습니다."

"오~ 우리 병원에 지원을 한 모양이군?"

"그랬다더군요."

"그래? 그 친구, 이름이 뭔데?"

"…모른 척해주십시오."

"내가 자네를 봐서 편의를 봐줄까 봐 그런가?"

"원장님이 그럴 분이 아니란 건 잘 압니다. 다만 제가 좀 불편합니다."

"융통성이 없군. 근데 나에 대해 잘못 알고 있어. 자네가 아는 후배라면 아주 좋은 점수를 줄 생각이네. 아니, 합격을 시켜줄 수도 있지."

"……"

"왜? 이상한가? 하지만 우리 일을 생각해 보면 일반 회사와는 모집 방법이 다를 수밖에 없지 않겠나. 공정함보단 그 사람의 이력이, 인성보단 실력이 기준이 될 수밖에 없네. 물론 개차반 같은 성격이라면 문제가 되겠지. 하지만 비슷하다면 어느 쪽을 선택할지는 정해진 거나 다름없네."

"이해했습니다. 근데 제 후배의 실력을 모르지 않습니까?"

"자네에 대해선 어느 정도 알지. 자네와 친하다면 그것만으로 충분해."

표정을 보니 농담으로 하는 말이 아니었다.

"…절 좋게 봐주셔서 감사합니다만 녀석의 실력이 엉망일 수도 있습니다."

"이제 수련의 과정을 마치고 전문의가 되는 이에게 큰 기대를 하는 게 이상하지. 그땐 자네처럼 특별한 사람을 제외하곤 비슷해. 진짜는 전문의가 된 후 수많은 임상 경험을 겪으면서 나타난다고 봐야지."

수십 년 의사 생활을 한 병원장이 그렇다는데 뭐라 할 수 있을까. 두삼은 그냥 수긍할 수밖에 없었다.

"그건 그렇고, 무슨 일로 보자고 하셨어요?"

"사람 참 갈수록 급해지는구만. 자. 다름 아닌 이거 때문이네."

그는 두툼한 서류 뭉치를 건넸다.

제일 위에 있는 장은 직원 모집 공고였고 아래는 지원자 정보였다.

"이걸 왜 저에게 주십니까?"

"한의학에 대해서 내가 뭘 알겠나. 결국 아는 사람들에게 물어보거나 이력을 보고 판단할 수밖에 없는데 다른 사람들의 말만 듣고 판단하자니 좀 마음에 걸리는 게 많더군. 그래서 자네에게 부탁 좀 하려고 이렇게 가져왔네."

"경험도 많지 않은 제가 어떻게… 말도 안 됩니다."

"센터장, 과장급을 뽑으라는 게 아니네. 그리고 온전히 맡길 생각은 없으니 너무 부담 갖지 말게. 함께 일하게 될 한의사와 물리치료사들의 실력을 확인한다고 생각하고, 걸러야 할 사람이 있으면 말해주면 되네."

"생각만 해보죠."

"너무 딱 잘라 선 긋지 말게. 조금 더 생각해 보고 답은 출장 다녀온 후에 들었음 좋겠군."

대답을 했지만 답은 정해져 있었다.

누가 누굴 판단한단 말인가.

게다가 누군가의 인생이 걸린 문제일 수도 있는데 괜한 스트레스는 받기 싫었다.

*   *   *

전철희는 신부전증 환자들의 약해진 혈관에 기를 둘러 혈관을 보호하게 하는 일을 주로 부탁했다.

소아과의 김진선은 말 못하는 아이들의 병을 찾거나 열을 떨어뜨리는 일을 주로 부탁했다.

오늘 환자도 마찬가지.

태어난 지 고작 8개월 된 아기가 수술을 받아야 하는데 갑자기 열이 나서 부른 것이다.

심방중격 결손.

크게 걱정할 것 없는 선천성 심장 질환으로 폐렴 때문에 병원에 왔다가 발견돼 수술까지 하게 됐다.

결손이 더 작아지거나 자연 폐쇄가 되는 경우가 많아서 지켜보다가 좀 더 큰 후에 해도 되는데 이 아이의 경우 급속히 커지는 것이 발견되어 어쩔 수 없이 수술이 결정됐다.

으에엥!

조금 익숙해졌지만 여전히 안쓰럽게 느껴지는 아이들의 울음소리가 고막을 때린다.

"괜찮아. 아프지 않게 하기 위해 잠깐 안은 것뿐이야. 금방 끝날 거야."

바동거리는 아이를 가볍게 안고 등을 토닥였다. 그리고 차갑게 만든 기운을 아이의 몸에 넣었다.

자신의 품에 있으니 몸이 편해진다는 사실을 알았는지 아이는 금세 얌전해졌다.

가만히 서서 지켜보던 김진선이 말했다.

"언제 봐도 신기해. 세상 서럽게 울던 애가 어쩜 금세 울음을 멈출까?"

매번 같은 말이다.

처음엔 몇 번 기운을 차갑게 만들어서 몸을 식혀주는 거라고 설명을 했지만 이제는 버릇처럼 중얼거리는 걸 알기에 그냥 그런가보다 했다.

"다 됐어요."

살짝 차가운 상태로 만든 후 잠든 아이를 작은 침대에 눕혔다.

"수고했어요. 근데 전신마취도 가능해요?"

"가능해요. 해드려요?"

그녀는 양의학으로 가능한 것은 양의학으로 해결하자는 주의였다. 자신을 이용은 하되 의존하진 않는다고나 할까.

물론 그녀의 생각을 존중한다. 의존적이 되면 두삼이 괴로울

뿐이었다.

"네, 부탁해요. 갑자기 열이 난 게 아무래도 마음에 걸리네요."

"부작용이 걱정되시나 보군요?"

"미신이나 징크스를 믿는 건 아닌데… 오늘은 왠지 그러고 싶네요."

"그러세요. 수술 시간은 얼마나 걸릴까요?"

"30분 정도?"

임상 경험이 많은 의사들 중 가끔 수술이 잘못될 것 같다고 본능적으로 느끼는 이들이 있었다.

물론 실제로 어떨지는 아무도 알 수 없다. 하지만 신병교육대에서 수류탄 투척 훈련을 할 때 꿈자리가 뒤숭숭한 훈련병을 열외로 빼듯이 그럴 땐 수술을 미루거나 다른 사람에 맡기는 게 나았다.

"지금부터 두세 시간쯤 마쳐될 거예요. 아기라 조금 더 오래 걸릴 수도 있고요."

"그렇게 알고 있을게요. …고마워요."

"선생님, 푸드코트에서 점심 먹고 있을 테니 문제 생기면 연락 주세요."

두삼은 좀 전에 들은 얘기 때문에 그냥 가기가 찝찝했다.

"연락하는 일 없을 거예요."

그녀는 다짐하듯 말한 후 아기를 데리고 수술실로 향했다.

두삼 역시 연락이 오지 않길 바라며 탈의실로 갔다. 사실 탈의실이라기 보단 혼자 드나들 수 있는 작은 방인데 민규식이 마런해 줬다.

탈의실을 나와 엘리베이터를 기다렸다가 올라탔다. 한데 아는
얼굴이 엘리베이터 구석에서 스마트폰을 보고 있었다.

'어! 저 인간 왜 이곳에……'

또 만나면 싸대기를 날려 버리겠다고 생각했던 인간이었다.
한데 막상 실제로 보게 되자 과거 일이 떠올라 화는 났지만 뺨
을 때리진 못했다.

빤히 보는 시선이 느껴졌을까, 놈이 고개를 들었다.

"여~ 이게 누구야?"

문희원은 잠시 놀란 표정을 짓다가 곧 한쪽 입꼬리를 올린 채
말했다.

"너랑 내가 아는 척할 만큼 친했냐? 그냥 조용히 갈 길 가지?"

인생 막장이라면 당장에라도 주먹을 날렸겠지만 같이 흙탕물
에 뒹굴 만큼 가치가 있는 놈이 아니었다.

물론 약 올리는 데 타고난 놈이라 무시하긴 쉽지 않았지만 말
이다.

"그 새끼, 까칠하긴."

"처맞기 싫으면 말조심해라."

"아이쿠, 무서워라. 근데 어디 아파서 왔냐?"

"……"

"설마 뭐 모집 공고 보고 온 건 아니지? 아닐 거야. 아니어야
해. 자격증만 많지 악력도 없고 손재주도 없는 주제에 들어와 남
에게 피해를 입히는 건 말도 안 되잖아, 안 그래?"

자신이 초인적으로 참고 있다는 걸 알고나 있을까, 그냥 죽도

록 패버리고 돈으로 해결할까 싶다.

"하긴 이 병원 면접관들이 장님이 아닌 이상 네 실체를 알겠지."

문희원은 친근한 척 어깨에 팔을 두르며 말을 이었다.

"혹 장님임을 기대하고 있다면 포기해라. 그럴 일도 없겠지만 또 너랑 같이 일할 바에는 나도 떨어지고 속 편하게 너도 떨어지게 할 거거든! 애초에 붙지도 않겠지만 말이야. 하하하!"

도저히 못 참겠다.

"애초에 붙지도 않는 건 너겠지."

그냥 귀싸대기 한 방 제대로 날리고 깻값 물어주고 말아야겠다 싶어 호주머니에서 손을 빼내려는데 500원 동전이 손에 잡혔다.

그때 좋은 생각이 났다.

방금 전에 한 말 때문인지 인상을 찌푸리고 있는 문희원을 돌아보며 손을 들었다.

그는 움찔하며 손을 풀고 한 걸음 물러섰다.

"쫄기는. 이게 뭔지 아냐?"

"…모, 못 보던 사이에 지능도 없어졌냐? 500원이잖아."

"그래. 내 악력이 약하다고 했지?"

동전을 엄지와 검지로 잡고 손가락에 힘을 줬다.

손이 잠시 하얗게 빛나며 동전이 종이처럼 반으로 접혔다. 절반으로 접힌 동전을 다시 한번 절반으로 접은 다음 문희원에게 던졌다.

"아! 이 새끼! …뭐야? 동전이……."

동전이 스치고 지나간 팔뚝을 연신 쓸어내리며 잔뜩 인상을 찌푸린 채 문희원이 던진 동전을 집어 들었다. 그러다 접힌 500원을 확인하곤 놀란 눈으로 쳐다본다.

"말을 할 땐 일단 생각부터 해. 만일 내 기분이 더러워져서 이 동전이 아니라 네 목을 잡고 이렇게 힘을 줬으면 어떻게 될까?"

그래도 이대로 말만 하고 끝내는 건 아쉬워 손을 들어 어깨를 툭툭 쳐주었다. 물론 잔뜩 힘을 실은 채 말이다.

"좋은 말만 하고 살지? 비아냥거리고 싶거든 동전 보고 깊은 생각 좀 하고. 다음엔 동전이 아니라 네 목이니까. 지금부터 주제도 모르고 나불거린 입 조용히 다물고 네 갈 길 가라."

손으로 목을 감싼 채 겁먹은 표정을 짓는 걸 보니 이 정도 깜냥밖에 안 되는 놈을 더 쳐서 뭐 할까 싶다.

엘리베이터 문이 열렸다. 나가다가 뭔가 떠오른 건지 두삼은 돌아보며 한마디를 더 했다.

"참, 여기에 서류 넣었다면 포기하는 게 좋을 거다. 난 너를 두 번 다시 보고 싶지 않거든."

저 진상을 제거하기 위해서라도 민규식의 제안을 받아들이기로 했다.

* * *

"하겠습니다."

출장을 다녀온 민규식에게 제안을 받아들이겠다고 말했다.

"오? 무슨 심경에 변화가 있었나? 하여튼간 잘 생각했네."

"다만 제 임의로 세 명만 불합격시킬 수 있는 권한을 주십시오."

"내가 없는 동안 무슨 일이 있었나 보군. 그러지. 아니, 이렇게 하지. 불합격 세 명, 합격 세 명."

"불합격 권한을 달라는 건 개인적인 복수를 하기 위해섭니다. 합격 권한을 주시면 제 개인적인 이익을 위해 사용할 수도 있습니다."

"하게. 솔직히 그러라고 주는 걸세. 그들이 있음으로 해서 자네가 우리 병원에서 도망가지 못할 거 아닌가."

요즘 민규식의 말이 농담인지 진담인지 구분하기가 쉽지 않다.

"그리 고민할 필요 없네. 한방의학센터와 자네 둘 중 하나를 선택하라면 자네를 선택할 거니까."

"…흠, 여전히 부담을 주시는군요."

"말이 그렇다는 거네. 아무튼 자네가 허락했으니 이것도 보여 줘야겠군."

그는 책상으로 가더니 서류 한 묶음을 가지고 왔다.

"위의 다섯 명이 한방의학센터장 후보들이고 나머지는 각 과의 과장 후보들이네. 한강대학교에 학과가 생기면 학과장과 1차적으로 교수가 될 사람들이네."

"그런데요? 전에도 말씀드렸듯이 제가 이분들을 평가할 능력은 없습니다."

"서류를 보면 알겠지만 자네 말고도 많은 이들이 본 서류네."

그의 말처럼 서류엔 손때가 많이 묻어 있었다.

"난 말이야. 사람을 평가할 때 두 가지 방법으로 교차 검증을 한다네. 하나는 이력과 명성, 또 하나는 그 사람들의 밑에서 일했던 사람들의 평이라네. 이번 출장은 거기 있는 사람들의 제자, 후배, 함께 일했던 직원들을 만나고 오기 위함이었지."

확실히 보통 사람은 아니다.

"어땠을 것 같은가?"

"글쎄요."

"이력과 명성이 과대 포장 된 이들이 제법 있더군. 제자들의 연구를 자신의 것으로 발표한 이도 있고, 겉으로는 신사인데 실제로는 개차반인 인간도 있었다네."

"저번엔 인성보단 실력이라고 말하지 않으셨습니까?"

"정도껏이지. 그리고 인성을 커버할 만큼 실력이 있어야 하고. 무엇보다도 학생들을 가르치게 될 사람들인데 인성이 나빠서야 되겠나? 아무튼 거기 보면 자네 학교 교수님과 선배들이 있을 걸세. 잘 보고 칭찬해 줄 사람은 해주고 욕할 사람은 욕해주게."

"이미 많은 사람들의 의견을 들으셨다니 편안하게 보겠습니다."

"그러게."

다른 학교 출신에 대해선 잘 몰랐기에 그냥 넘겼다. 세 장쯤 넘겼을까 한 인물의 이력서를 보고 인상을 찌푸렸다.

'탁고성 교수.'

센터장 후보에 탁고성 교수의 이력서가 있었다.

"탁고성 교수님이군. 자네의 평이 어떨지 궁금한데?"

민규식이 이력서를 흘끗 보더니 말했다.

"…글쎄요. 절 싫어하던 분이라. 다른 사람이 이분을 보고 어떻게 판단했는지 궁금하네요."

"자넬 싫어했다고? 뭔가 일이 있었나?"

"아니요. 저도 절 싫어했던 이유를 알고 싶습니다. 게다가……."

류현수에게 들었던 얘길 해야 하나 말아야 하나 잠시 고민했다. 그러나 이 사람이 센터장이 된다면 한강대학병원에서 일하고픈 생각이 달아날 것 같았다.

"며칠 전 후배에게 탁 교수가 제 과거의 일에 관여한 것 같다는 얘길 들었습니다."

"허어~ 그래? 그래서 자네 표정이 그리 안 좋았군. 그렇다면 이렇게 하지."

쫙! 찌익! 찌익!

민규식은 갑자기 다가와 탁고성 교수의 이력서를 서류철에서 뜯어냈다. 그리고 바로 갈기갈기 찢어 쓰레기통에 버렸다.

멍하니 보고 있는 두삼을 향해 말했다.

"그에 대한 평은 사실 그리 좋지도 나쁘지도 않았네. 한데 중요한 사람이 추천한 거라 놔뒀는데 이제는 그럴 필요가 없겠군."

"확실한 건 아닙니다."

"상관없네. 그만한 사람이 없는 것도 아닌데 고집할 이유가 없지."

고마우면서도 살짝 부담스러운 느낌. 물론 기분 나쁜 느낌은 아니었다.

이어 계속 봤다. 탁고성 교수 이후론 딱히 욕할 사람은 없었다. 그런데 의외의 인물이 있었다.

"이방익 선생님도 계시네요? 이분 한의원도 크게 하고 있는데 병원에 들어오실까요?"

"이 선생은 스스로 지원했네."

"그래요?"

나름 생각이 있어 한 것이겠지만 이해가 되지 않았다. 그가 사상체질과 전문의지만 실제로 실력이 있는 분야는 두삼 자신과 비슷하게 물리치료와 마사지였다.

"이력서를 보고 조금 이상하긴 했는데 이 선생쯤 되는 스타 한의사가 온다면 대환영이지. 근데 그가 두 가지 조건을 내걸었네."

"어떤 조건인데요?"

"첫 번째, 물리치료와 안마를 통해 병을 예방하거나 치료하는 과를 만들어달라는 거였네."

현행 한의사 전문의 제도에서는 한방내과, 한방부인과, 한방소아과, 한방신경정신과, 침구과, 한방안이비인후피부과, 한방재활과, 사상체질과 8개의 전문 과목을 규정하고 시행하고 있다.

물론 병원의 진료과는 8개의 전문 과목과 달리 더 세분화되어 있고 해가 갈수록 더욱 분화되어 가는 추세다.

하지만 아직까지 안마를 주(主)로 하는 진료 과목은 없다. 굳이 비슷한 걸 찾는다면 한방재활과인데 그마저도 '아주 넓게' 봐야 유사하다.

"이 선생님은 새로운 분야를 만들 생각이군요?"

"그보다는 자신의 오랜 임상 경험을 남기고 싶은 모양이야. 물론 그런 욕심이 없다면 거짓이겠지. 새로운 분야로 인정받게 된다면 의사로서 그보다 영광스러운 것이 어디 있겠나."

"두 번째는요?"

"자네와 함께 일하고 싶다더군."

"갑자기요? …조금 뜬금없군요."

"자네 실력에 대해서 자세히는 몰라도 어느 정도 눈치를 채고 있더군. 효원 양 치료할 때 봤다고 말했지. 그리고 그녀에게 물어 우리 병원에서 잠시 일하고 있다는 얘기도 들은 모양이야."

"기를 자세히 느낀다는 정도만 말했을 뿐입니다."

"만일 자네가 병원에서 일하기로 한다면 이방익과 새로운 과에서 일하는 것도 나쁘지 않다고 생각하네. 일단 조금이라도 자네 실력을 알고 있다는 것과 그것을 이용하기 위해서라도 비밀을 지키지 않겠나."

그렇게 보면 이방익과 함께하는 것도 괜찮을 것 같다. 마침 분야도 비슷하지 않은가.

전에 민규식과 얘기했는데 병원에서 일하게 되어도 지금처럼 가급적 비밀스럽게 하기로 했다.

한방의학과가 아닌 자신에게 이목이 쏠리는 것을 막고, 다른 한의사들이 혹시 모를 자괴감에 빠지지 않게 하기 위함이었다.

물론 두삼도 바라는 바였다.

다른 사람은 대단하게 볼지 모르지만 솔직히 아직 부족한 게 많았다. 특히 할아버지의 진료 기록에서 풀리지 않는 의문들도 있었는데 현재까지 밝혀진 것보다 더 많은 비밀이 장갑에 있는 게 아닌가 생각 중이다.

이방익 이후로 조교였던 선배를 제외하곤 이렇다 저렇다 말할 사람은 없었다.

"고생했네. 지원자들에 대한 면접은 각 과 과장급 교수들이 채용된 후 실시할 생각이니 한 달 정도 후가 될 걸세."

"정확한 날짜가 정해지면 시간 빼놓겠습니다. 이만 가야겠네요. 연섭이가 기다리고 있어서."

나연섭의 요도조임근을 풀어줄 시간이었다.

*   *   *

선천적인 질병이나 난치병, 혹은 적정선을 넘어선 병의 경우를 제외하곤 인간은 특별한 치료를 하지 않아도 건강 상태를 스스로 회복하는 힘이 있다.

이를 자연 치유라고 하는데 한의학에서는 이른 무척 중요시 여긴다.

침과 뜸을 이용해 혈을 자극하고, 약재를 통해 몸을 보(補)하고, 근육과 뼈를 맞춰 신체의 균형을 이루게 하는 등, 대부분의 행위가 자연 치유와 연관이 있다.

두삼은 아직까지 뚜렷한 치료 방법이 없는 나연섭의 치료에 자연 치유를 기대하고 있었다.

막연히 기다려야 한다는 단점은 있었지만 식사와 운동, 거기에 나연섭이 아직까지 성장기라는 것을 생각해 보면 그리 나쁜 생각은 아니었다.

그리고 자연 치유로 인한 변화는 갑자기 찾아왔다.

찌릿!

나연섭의 아랫배에 대고 있던 손에 미약하지만 찌릿함이 느껴진 건 그가 요도와 항문의 조임근을 조인다고 생각하고 아랫배에 힘을 줄 때였다.

"계속 반복해."

"…형, 이제 그만할 때 되지 않았어요? 저 오늘 엄마랑 영화 보러 가기로 했어요."

"늦으면 다음 시간대 거 보면 되지."

냉정하게 잘라 말하자 어쩔 수 없다는 듯 조이기 운동을 다시 시작했다. 두삼은 잘못 느낀 것일 수도 있기에 좀 더 집중을 했다.

근육이 움찔거릴 때마다 찌릿찌릿한 느낌이 분명 느껴졌다. 그리고 찌릿할 때마다 요도조임근이 아주 미세하게 꿈틀댔다.

'됐어! 신호가 제대로 전달되기 시작했어! 자자! 흥분하지 말고 어디서 시작됐는지를 찾자.'

완전하다고 보긴 어려웠기에 흥분을 가라앉히고 기운을 얼굴로 보냈다.

'아! 언제 이렇게……!'

최근 이효원과 한강대학병원에서 기운을 너무 많이 소모해서 나연섭의 수술한 얼굴 확인을 소홀히 했던 건 사실이다. 근데 아무리 길어봐야 일주일이다.

분명 지난주에 확인했을 땐 변화가 없었는데… 지금은 모세혈관과 미세한 신경들이 거미줄처럼 뻗어나가고 있었다.

'혈과 맥도 일부분 살아났어.'

그동안 계속한 운동 덕분인지, 순수한 자연 치유력 덕분인지, 그것도 아니면 두 가지가 만나면서 이루어진 기적인지 모르지만 되살아나는 모습을 보니 놀라웠다.

인간의 몸에 대한 경이랄까.

"형, 계속해요? 몸에 경직이 일어날 것 같아요……."

시간이 길어지자 나연섭이 다시 투덜댄다.

이럴 땐 살짝 떡밥이라도 던져주는 게 좋았다.

"지금이 중요해. 요도조임근에 신호가 전달되고 있어."

"신호요? 그게 뭔데요."

"쉽게 말하면 전기야. 네 중추신경, 뇌에서 발생한 전기가 척추를 지나 네 조임근에게 전달되는 거야."

"전 뇌 수술을 한 것도 아니잖아요."

"그건……."

몸속의 변화를 살펴보고 싶었다. 그러나 연섭이의 궁금증을 풀어주는 것도 자신의 일이라는 생각에 설명을 이었다.

"짐작이지만 성형 수술을 하다가 네 얼굴의 신경을 건드려 뇌 신경에 충격을 받았고 그 부분이 하필이면 조임근을 담당한 부분이었을 가능성이 있다. 또 하나는 수술로 인해 네 몸의 일부에 과부화가 걸려서 신호를 방해하고 있을 수 있다는 점."

손가락으로 그의 몸을 짚어가며 설명했다.

"물론 추측에 불과해. 전기적 신호를 눈으로 볼 수 없고 워낙 순간적으로 일어나는 일이라 잡아낼 수가 없거든. 그래서 어디가 이상한지 찾을 수 없는 거고."

"음… 어렵네요. 아무튼 신호든, 전기든 그게 제 괄약근에 전달이 안 된다는 거잖아요?"

"그렇지."

"어? 근데 형 잡아낼 수 없다고 했는데 신호가 전달된다는 건 어떻게 알았어요?"

"그건……."

듣고 보니 그렇다.

'그 찌릿함은 전기적인 신호였던 건가?'

두삼은 양손을 들어 찬찬히 살피며 생각에 빠졌다. 그러다 문득 떠오르는 것이 있었다.

'설마?'

천천히 손을 나연섭의 아랫배에 대며 요도조임근까지 전기적 신호의 흐름을 보길 원했다.

"아!"

지금까지 하얗게 빛나던 손이 파랗게 빛났고 몸에 닿는 순간 뇌부터 요도조임근까지 이르는 길이 보였다.

18. 소소한 휴일

몸속 전기적 신호를 볼 수 있게 되었다.

정확하게 신호를 인식하고 의지를 발하는 것이 방아쇠가 된 듯하다.

물론 기를 느끼듯이 온몸의 전기적 신호를 볼 수 있는 건 아니다.

시도를 해봤다가 몸의 3분의 1도 보지 못하고 두통에 머리가 깨질 뻔했다.

맥과 혈이 도로와 정류장이라면 전기적 신호는 공기나 다름없었다.

그 무수한 양을 한꺼번에 보려고 했으니 머리에 과부하가 걸리는 건 당연했다.

쪼르르르~

타인이 오줌 누는 모습을 보며 변기에 오줌 떨어지는 소리를 듣는데 기분이 좋다.

"형! 됐어요! 하하하! 된다고요! 하하하하하!"

"잘됐다. 하하하!"

나연섭은 바지를 깐 채 미친 듯이 웃었다. 두삼도 그를 따라 좋다고 웃었다.

전기적 신호를 보게 된 후 사흘 만이다.

전기적 신호 역시 기를 사용하는 것처럼 어느 정도 제어가 가능했는데 그를 이용해 가느다랗게 이어진 신경들을 자극해 이음으로써 요도조임근을 정상화시킬 수 있게 된 것이다.

"축하한다. 하나는 마쳤구나."

"고마워요, …형. …진짜, 형이 날… 살려준 거예요. 정말… 흐윽, 정말로 감사해요."

한참 웃던 나연섭은 갑자기 비참했던 예전의 자신이 떠오르는지 눈물을 뚝뚝 흘리며 말했다. 그리고 서서히 다가오며 안으려 했다.

두삼은 한 발 뒤로 물러나며 안겨오는 그가 다가오지 못하게 머리를 잡았다.

"…안기려면 일단 바지나 입어라. 그리고 웃다가 울면 어떻게 되는지 알지?"

"……!"

후다닥 바지를 추켜올리는 나연섭. 쪽팔린지 울음을 멈추고 퉁명스럽게 말했다.

"아~ 진짜, 감동을 그렇게 파괴해야겠어요? 고마워서 그런 건데."

"그렇게 고마우면 화장실 청소는 네가 해라."

"아! 형!"

나연섭을 화장실에 두고 밖으로 나왔다. 밖에선 오향희가 기다리고 있었다.

"…정말, 정말 고마워."

"제가 할 일을 했을 뿐인데요. 그리고 아직 끝난 것도 아니잖아요."

"요도를 고쳤으면 항문도 가능하지 않을까?"

"시간이 좀 걸릴 겁니다."

요도의 경우 신경이 거의 뻗어 있는 상태였기에 연결 지점을 예측할 수 있었다. 그에 조금 더 자극해 연결했을 뿐이다.

하지만 항문의 경우 아직 어디로 향해 뻗어가는지 알 수가 없는 상태였다.

물론 요도에서 한 것처럼 강제로 자극해 빠르게 연결시킬 수는 있었다.

그러나 괜스레 성급하게 했다가 이상이 생기는 것보단 섭리에 따르는 게 나았다.

"혹시나 했는데 확실하게 고칠 방법이 생겼나 보네. 말투에 확신이 있어."

"그렇게 들리셨어요?"

"아냐?"

"누님은 못 속이겠네요. 맞습니다. 방법이 생겼어요. 하지만 샴페인은 확실해진 후에 터뜨려요."

"그래!"

그녀는 처음으로 근심 없는 표정으로 환하게 웃었다.

"참! 연섭이 아빠가 고맙다고 한번 보재."

"그새 연락하셨어요?"

"아니. 어제 연락했어. 어제 이미 나은 거나 다름없었잖아."

"언제요?"

"너 편한 시간에."

"그럼, 사흘 뒤에 만나는 걸로 할게요. 이틀간 개인적인 시간 좀 보내야겠어요."

"자신에게 주는 상인가? 잘 생각했네. 여행이라도 다녀와."

"여행은 완전히 고치고 나면요."

두세 시간마다 소변 누게 할 일이 없으니 자유 시간을 가지고 싶었다. 거기에 병원도, 이효원도 당장 급한 일은 없었다.

* * *

"자! 가볼까."

[개인적인 사정으로 오늘 쉽니다.]

휴일을 알리는 종이를 대문에 붙였다.

그리고 오토바이를 두고 지하철을 타러 갔다. 간만에 밖에서 술을 마실 생각이다.

지하철을 탄 후 스마트폰을 꺼내는 대신 사람 구경을 했다. 웬

구경이냐고? 그냥 건강한 사람들의 얼굴을 보고 싶은 것뿐이다.

엄마와 어딘가 가는 아이, 산을 가는지 커플 아웃도어를 입은 노부부, 데이트를 가는지 한껏 꾸민 남자, 속닥이는 것으로 미루어 짐작건대 결혼식에 가는 여자들.

두리번거리는 아이를 제외하곤 다들 무표정한 얼굴로 스마트폰을 보고 있는데 구경할 것이 뭐가 있냐고 하겠지만 그냥 평범함이 좋았다.

하지만 그것도 잠시였다.

'저 학생 척추측만증이 있는 것 같은데 계속 저런 자세면 큰일 나겠네. 저 아저씨 간이 많이 안 좋아. 이 아가씨 계속 하이힐 신고 다니면 안 되는데……'

어느새 직업병이 발동되어 표정보다는 그들의 몸 상태를 살피고 있었다.

찌릿! 바로 앞에 있던 하이힐 신은 아가씨가 자신을 훑어본다고 생각한 건지 살짝 노려본다.

아차! 싶어 얼른 고개를 숙였는데 늦었다.

"사람을 그렇게 훑어보면 무안하지 않겠어요?"

"미안합니다. 직업병이라……"

충분히 기분 나쁠 수 있기에 사과했다.

"그럴싸한 핑계네요. 같이 사는 사회인데 배려 좀 하며 살죠."

여자는 한마디 더 하곤 다른 자리로 이동해 버렸다.

"……"

억울했지만 사람들의 시선은 이미 파렴치한을 보는 듯했다.

지하철에서의 기분 나쁜 감정은 지하철에서 나오면서 날려 버렸다. 내가 잘못한 일인데 억울해해 봤자 소용없었다.

도착한 곳은 강남역. 서둘러 근처에 있는 영화관으로 갔다. 약속은 1시였는데 일찍 나온 이유는 영화를 보기 위해서였다.

예약해 뒀던 표를 받고 음료수와 팝콘을 샀다. 그리고 상영까지 남은 시간을 때우기 위해 의자에 앉았다.

'영화 본 지 얼마만이지?'

대학교 시절 데이트할 때 보곤 못 봤으니 벌써 7년이 훌쩍 넘었다.

영화를 보고, 버스를 타고 종점까지 가며 얘기를 나누고, 헤어지기 싫어 집 앞에서 몇 번이고 같은 길을 오가던 기억이 떠올랐다.

전엔 애써 떠오르며 지웠는데 이젠 '그런 때가 있었지' 하고 담담하게 떠올릴 수 있게 됐다.

그러고 보니 주변엔 온통 연인들이다.

"좋을 때······!"

천천히 훑어보는데 옆 테이블에 아까 지하철에서 본 여자가 있었다. 그리고 또다시 눈이 마주쳤다.

여자와 두삼은 동시에 인상을 찌푸렸다. 여자는 자신의 치마를 아래로 당겼고, 두삼은 선글라스를 쓰든지 해야겠다고 생각하곤 스마트폰을 꺼내 코를 박았다.

'오늘 왠지 불안하네. 아냐! 간만에 휴일인데 그래선 안 돼.'

가급적 여자에게서 멀어지기로 하고 자리에서 일어나는데 여자와 그녀의 애인 역시 비슷한 생각을 했는지 자리에서 일어났다.

그 순간이었다. 갑자기 남자가 몸을 부르르 떨었다. 그리고 그대로 앞으로 넘어졌다.

다행히 여자가 재빨리 잡았기에 망정이지 아니었다면 크게 다칠 뻔했다.

여자는 잡은 남자를 눕히고 얼른 자신의 백을 남자의 목에 받쳤다. 그리고 옆으로 눕히며 목의 티셔츠 단추를 풀었다.

많이 해본 솜씨였다.

여자가 조치를 취하는 동안 두삼은 남자가 발작을 하다가 다치지 않게 주변에 있는 테이블을 한쪽으로 치웠다.

"…감사합니다. 금방 괜찮아질 거예요."

여자는 의외라는 표정을 짓다가 고개를 살짝 숙였다.

"뇌전증이군요. 119는 안 불러도 괜찮겠습니까?"

뇌전증. 예전엔 간질이라고 불렀던 병이다.

갑자기 경직이 일어나며 쓰러져서 발작을 일으키는 모습을 보이니 전염병이 아닌가 싶어 두려워하는데 알고 보면 감기보다도 더 다른 사람에게 피해를 주지 않는다.

뇌에 있는 수백억 개의 신경세포들은 전기적 신호로 연결되어 있다. 한데 그 신경세포 중 일부 불안정한 신경세포가 과도한 전류(뇌파)를 만들어냄으로써 발작과 경련이 일어나는 것이다.

물론 지금처럼 심하게만 일어나는 건 아니다.

얘기를 나누다 갑자기 멍해지거나, 틱 장애처럼 손과 발이 멈칫거리는 경우도 뇌전증이다.

"아, 네네. …보통 10분 내로 괜찮아져요."

"다행이네요. 병원 치료는 받고 계시죠?"

"…네."

내버려 두면 점점 심해진다. 그러다 더 심해지면 정상적인 생활도 할 수 없게 되고 경우에 따라선 뇌에 심각한 손상이 생길 수도 있다.

"…혹시 의사세요?"

"한의사입니다."

"아… 네, 죄송해요. 아까는 너무 어리게 보여서 거짓말이라고 생각했어요."

"아닙니다. 제가 실수를 한 건 사실인데요. 잠깐만요! 환자가…….."

여자가 토닥거리고 있는데 남자의 증상에 변화가 보였다. 갑자기 입이 벌어지며 경련이 심해지는 것이 혀가 말려 들어간 듯했다.

서둘러 그의 목 부분을 잡고 목과 척추 부근을 누르며 뇌 아래 부분을 마비시켰다.

뇌의 전기적 신호가 목 아래로 내려오는 걸 막아버린 것이다.

남자의 경직된 몸이 풀리며 축 처졌다.

"…가, 갑자기 왜 이러는 거예요?"

"걱정 마세요. 혀를 깨물거나 숨이 막힐 것 같아서 마비를 시킨 겁니다. 정신을 차리면 풀면 됩니다."

"아! 그, 그런가요?"

"잠깐만, 좀 더 볼게요."

혹시 마취를 시켜서 뇌가 더 뜨거워지는 건 아닌지 살펴봐야했다.

그리고 또 한 가지.

진료 기록을 보면 할아버지는 여러 명의 뇌전증 환자를 고쳤다.

전엔 기를 이용해 고친 줄 알았지만 이젠 전기적 신호를 통해 고쳤다는 걸 안다.

남의 불행을 지적 탐구에 이용하는 것 같아 미안하긴 했지만 도울 수 있다는 생각을 하며 집중했다.

수백억 개가 넘는 신경세포의 신호를 다 보려 했다간 아마 자신의 머리가 먼저 타버릴 것이다.

그에 뇌의 심부에서—이상이 있는 위치에 따라 경련, 발작 증상이 다르게 나타나는데 남자는 심부에서 일어나는 증상이다— 전류의 세기가 다른 신호를 먼저 찾으려 했다.

정확히 인식을 해서일까, 세기가 강한 전류는 진한 파란색으로 보였다.

진한 파란색을 타고 안으로, 안으로 들어갔다.

'찾았다!'

상당한 영역의 신경세포들이 열심히 과도한 전류를 내뿜고 있는 것이 보였다.

'죽여볼까?'

뇌신경세포는 재생이 되지 않는다고 했는데 한 대학병원에서 새로 만들어진 세포가 기존의 신경세포와 결합되면 신경세포가 재생된다는 사실을 규명했다.

하지만 그렇다고 해도 남자의 나이를 생각한다면 뇌신경세포의 재생은 아주 느릴 것이다.

'나중에 뇌에 대해 공부해 봐야겠어. 일단 가장 강한 전류를

뿜는 녀석들만 죽여보자.'

이상 뇌세포를 제거하기 위해 뇌의 일부를 잘라낸다는 것을 알고 있지만 확신이 없는 이상 마구잡이로 죽일 순 없었다.

잠깐 시행착오가 있었지만 기를 이용해 눌러 죽이거나 자신의 강한 전류를 넣어 죽일 수 있었다.

성질 더러운 신경세포들을 어느 정도 죽이자 뇌파는 점점 안정을 찾아갔다.

"…으~ 또 …바, 발작이 …일어난 거야?"

남자가 정신을 차렸다. 여자는 안도의 한숨을 쉬며 고개를 끄덕였다.

"으응."

"…미안."

"미안하단 말 하지 말랬지. 자기가 이러는 줄 모르는 것도 아니잖아."

"…고마워, 얼마나 됐어?"

"10분쯤."

"휴우~ 다행이네. 점점 시간이 길어져서 불안했는데. …어? 근데 몸이……."

"아! 풀어드릴게요."

두 사람의 절절한 사랑을 보다가 혈을 풀어준다는 걸 잊고 있었다. 얼른 혈을 막고 있던 기를 흡수했다.

"…누구?"

"한의사 선생님. 경련이 심할 때 도와주셨어."

"아! 그러시군요. 정말 감사합니다."

"당연한 일을 했을 뿐인데요. 괜찮아진 것 같으니 전 이만. 영화를 봐야 해서."

"…그러셔야죠. 근데 전화번호라도 알 수 있을까요? 오늘 일에 대한 사례라도 하고 싶습니다."

"사례요? 아닙니다. 괜찮습니다."

사양하고 음료와 팝콘을 챙긴 후 서둘러 영화를 보러 갔다.

영화는 재미있었다. 재벌의 망나니 아들을 잡는 경찰 얘기로 두 시간이 순식간에 지나간 듯했다.

"슬슬 내려가야겠다."

약속 시간 15분 전이었다. 어차피 영화관 앞에서 보기로 했기에 느긋하게 내려갔다.

극장 앞에서 서성이길 10분. 양복을 입고 두리번거리는 익숙한 얼굴이 보였다.

우중충한 체육복에 부스스한 머리를 하고 다니던 사람이 양복을 입고 단정한 헤어스타일을 하고 있는 것이 어색하긴 했지만 분명 그였다.

"총통 형!"

활짝 웃으며 그를 불렀다. 오늘 만나기로 한 이는 3년간 지냈던 고시원 총무 노대우였다.

"야! 두삼아!"

많은 이들이 보고 있었지만 두 사람은 서로를 끌어안았다.

*   *   *

분위기 좋은 음식점으로 자리를 옮겼다.

"양복 입은 모습 잘 어울리네요. 늦었지만 공무원 시험 합격한 거 축하해요."

"9급인데, 뭐. 그나저나 시골 공기가 좋긴 좋은가 보다. 어떻게 너 처음 봤을 때보다 더 젊어졌다?"

"형만 하겠어요."

다른 사람들이 젊어 보인다고 하지만 매일 보는 얼굴이라 그런지 딱히 감흥이 없다.

"근데 공무원이 토요일 날 일해요?"

"내가 속한 서초구청은 일한다."

"놀고먹는 것이 좋아서 공무원이 되겠다고 하더니 실제는 안 그런가 봐요?"

"복불복이야. 한가한 부서는 그런데 일하는 부서는 죽음이다, 죽음. 정시 퇴근은 꿈도 못 꿔. 게다가 윗대가리들이 무슨 정책을 내놓잖아? 그럼 지들은 일 안 하고 다 밑으로 내려 보내. 즉, 나 같은 9급 공무원들만 죽어나는 거야. 동사무소에 떨어졌어야 하는데 하필이면 구청에 떨어져서⋯⋯."

노대우는 온갖 불평불만을 토해냈다. 하지만 그럼에도 총무로 빌빌댈 때보다 훨씬 보기 좋았다.

"넌 뭐 하고 지내냐?"

"장충동 근처에 작은 마사지 숍 하나 냈어요."

"오! 사장님이구나. 가면 그냥 해주냐?"

"물론이죠. 스트레스 받으면 오세요. 하하!"

"농담이다. 돈 버는데 제값 주고 받아야지."

"그냥 음료수나 세 개 사오면 돼요. 이제 돈 모아서 장가가야죠."

"장가? 어느 세월에. 포기했다. 가진 거라곤 불알 두 쪽밖에 없는 9급 공무원이랑 결혼할 여자가 어디 있냐. 그리고 설령 있다고 해도 내가 싫다. 결혼해 봐야 나, 와이프, 아이 셋 다 고달프다. 그건 죄악이야, 죄악."

"죄악까지야……."

"아무튼 됐다. 그냥 돈 벌어 혼자 쓰다가 죽을래. 음식 나왔다. 먹으면서 얘기하자."

노대우와 하는 얘기는 평범했다.

어떻게 살았고 어떻게 살고 있는지, 얼마 전에 드라마를 봤는데 재미가 어땠는지, 직원들과 노래방을 갔는데 최신 노래 중 아는 것이 없었다는 소소한 얘기들.

시원한 맥주를 반주로 마시며 시간 가는 줄 모르고 수다를 떨었다.

"여기서 조금 가면 싸면서 괜찮은 바 있는데 거기 가서 한 잔 더 하자. 나랑 동갑인 계장이 소개해 준 곳이라 가끔 가는데 꽤 재미있는 바야."

"그래요. 이번엔 제가 낼게요. 근데 계장이랑 꽤 친한가 봐요?"

"내가 누구냐. 총무를 하면서 별 거지 같은 녀석들과도 다 친해진 총무계의 전설 노대우 총통이잖아. 구청에서 얼음장이라고 불리는 그를 단 석 달 만에 친구로 만들었다."

"하하! 형은 공무원 안 했어도 절대 굶어 죽진 않았을 거예요."

"굶어 죽진 않겠지만 빌빌거렸겠지."

대화를 하는 동안 바에 도착했다.

지하에 위치한 바는 입구부터 꽤 고급스러웠다.

"고급스럽게 보이지? 나도 처음엔 비싸지 않을까 했는데 아니더라고."

안은 생각보다 화려하지 않았다. 물론 그렇다고 고급스럽지 않다는 건 아니다.

그저 따뜻하고 편안한 분위기다. 그래서일까, 제법 사람이 있음에도 무척 조용하다는 느낌을 받았다.

"노 주임님, 어서 오세요."

바텐더 복장의 여자가 차분한 목소리로 반겨줬다. 그리고 두삼에게도 살짝 눈인사를 한 후 말을 이었다.

"동생분?"

"헐~ 너무하네. 친구가 아니라 동생으로 보여?"

"그렇게 말해 드리고 싶은데 저 심한 거짓말은 못하는 거 아시잖아요?"

20대 중반쯤 되어 보이는 외모와 달리 말솜씨가 아주 능숙했다. 게다가 아름다운 얼굴에 미소까지 짓고 말하니 살살 녹는다.

'아니, 그보단 목소리 탓인가?'

약간은 느린 듯 차분한 목소리가 묘하게 사람을 편안하고 늘어지게 만들었다.

"뭘 마실래요? 평소에 마시던 거?"

"응. 사케랑 회로 줘."

"에? 바에서 회를 팔아요?"

"흣! 노 주임님 처음 왔을 때랑 똑같은 말을 하네요. 저흰 손님이 원하는 술과 안주가 있으면 가급적 맞춰 드려요."

바텐더는 싱긋 웃으며 두삼의 놀람에 답해줬다. 그리고 노대우도 한마디 더했다.

"내가 재미있는 곳이라고 했잖아."

"…확실히 그렇군요. 근데 여기 오는 이유가 술값이 싸서는 아닌 것 같은데요?"

"자식이… 술이나 마셔."

"오! 진짠가 보네요? 데이트 신청은 해봤어요?"

"넌 네가 좋아하는 연예인한테 데이트 신청해? 그냥 바라보는 것만으로 위안이 되는 경우가 있는 거야."

마음에 와닿는 비유라 더 놀릴 수가 없었다.

안주용으로 나온 회는 깔끔했다. 시원한 사케와 잘 어울렸다.

점심때부터 시작된 노대우와 만남은 10시쯤 해장국을 먹으며 끝났다.

*　　　　*　　　　*

"연섭아, 일어나."

"…형, 저 어제 간만에 친구들 만나고 와서 새벽에 잠들었어요."

휴가는 자신만 보내고 있는 건 아니었다. 요도조임근이 고쳐지면서 하루 종일 돌아다닐 수 있게 된 나연섭도 그동안 못 누리던 자유를 누리고 있었다.

"나 지금 나가면 밤늦게나 올 거야. 하루 종일 속이 부글거리고 싶으면 자든가."

"…그건 안 되죠. 저도 약속 있어요."

"그럼 얼른 일어나. 운동도 하려면 시간이 빠듯해."

오늘은 오랜만에 출캠(?)을 하기로 했다.

운동과 화장실 문제까지 해결한 후에 카메라를 챙겨 서둘러 약속 장소인 종로로 갔다.

"원 대장님! 오 중령님!"

"어서 와라. 이제 서울에 완전 눌러살기로 한 거냐?"

출캠은 하지 않았지만 카페엔 간혹 들어가 어떻게 지내는지 글을 남겼다.

"네. 가끔이라도 나가고 싶은데 짬이 안 나네요."

"살다 보면 바쁠 때도 있고 한가할 때도 있지. 자! 다 왔으니 갈까?"

차에 오르자 차는 빠르게 목적지를 향해 달렸다.

"그러고 보니 지난번 남원 멤버랑 같네요. 참! 다련천사는 잘 지내요?"

"한동안 바싹 하다가 활동 안 한 지 두어 달 됐다. 원래 그러잖아."

취미 활동이다 보니 들고 나는 사람들이 많았다.

천 명 가까운 카페 회원 수에 비해 실제로 활발하게 활동하는 이들은 스무 명 남짓이다.

중간에 마트와 도시락 전문점에 들러 먹을거리를 사서 오늘 행사가 있는 경기도 가평군에 위치한 수궁유원지로 향했다.

유원지라고 해서 사람이 북적이는 곳을 생각했는데 발을 담글 수 있는 개울 옆에 넓은 잔디밭이 있는 풍광 좋은 시골이었다.

도착하니 잔디밭에 무대를 설치하는 중이었다.

"한적해서 좋긴 한데, 오늘 무슨 행사예요?"

"엄밀히 말해 행사는 아니고 예능 프로그램에서 게릴라 콘서트처럼 하는 거야."

"편하게 찍을 수 있겠네요."

행사에 비해 짧게 공연을 한다는 단점은 있지만 관객이 적어 좋은 영상을 찍을 수 있다는 장점이 있었다.

"공연은 오후에 하니까 일단 근처에서 편하게 있어."

마트의 분식 코너에서 사온 김밥을 들고 슬슬 산책을 했다.

유원지 바로 위에 오토캠핑장이 있었다. 그곳이 예능 프로그램 촬영지인지 많은 방송국 차량과 보였다.

사람들이 많이 모여 있는 곳으로 접근하자 아침을 준비 중인 연예인들과 그들을 찍고 있는 스태프들이 있었다.

촬영에 협조해 줘서 고맙다는 푯말과 안전 라인이 쳐져 있었기에 그 밖에서 구경했다.

'그나저나 인기도 많지 않은 프로그램치곤 촬영하는 사람들이 정말 많구나.'

연예인의 수는 초대 손님인 티니스까지 합치면 열 명 정도인데 스태프들은 백 명쯤 되는 것 같다.

수요일 밤에 하는 '원더풀 라이프'는 예능 장수 프로그램으로 한때는 엄청 인기가 좋았다. 한데 최근엔 '아직도 하고 있어?'라는 소릴 듣는 프로그램이 됐다.

하지만 재미완 상관없이 TV에서 보던 사람들을 실제로 보게 되니 꽤 신기했다.

"저, 실례합니다! 지나갈게요!"

들고 있던 김밥을 다 먹을 때까지 멍하니 보고 있는데 다급한 소리가 들렸다.

스태프로 보이는 두 사람이 한 사람을 부축하고 있었는데 부축받고 있는 남자의 허벅지에서 피가 철철 흐르고 있었다.

"촬영장에선 조심하라고 했지! 한눈팔다가 잘하는 짓이다."

"…죄송합니다. 발을 헛디뎌서……."

"일단 치료받고 나서 보자."

오른쪽의 사내는 다친 이에게 화를 냈지만 목소리엔 걱정이 가득했다. 생각보다 많은 피가 났기 때문이다.

'색깔과 양을 봐서는 정맥이 다친 것 같은데… 근데 내 오지랖은 치료 안 되나.'

저렇게 대충 묶고 늑장을 부리며 가다간 죽을 가능성이 높았다. 짐작에 불과했지만 확인해야 할 일이었다.

"저기요. 잠시만요."

"…뭡니까?"

"한의사인데 상처 잠깐 볼 수 있을까요? 피 흘리는 양이 너무 많아요. 아무래도 정맥을 다친 것 같은데 서두르지 않으면 큰일 납니다."

"……."

가타부타 말은 없었지만 두삼은 벌써 사내의 상처에 손을 올렸다.

"찔린 겁니까?"

"…아, 네. 장비랑 같이 쓰러지면서… 근데 정말 정맥이 다친 겁니까?"

"예. 빨리 병원에 가서 수술을 받으셔야 합니다."

"…정맥이라면 버틸 수 있습니까? 여기서 아무리 가까운 병원도 2, 30분은 가야 하는데요."

"그냥 가면 위험합니다."

"바, 방법이 있습니까, 선생님?"

갑작스러운 선고에 세 사람은 패닉에 빠진 듯 당황했다. 특히 다친 남자는 당장 쓰러질 것 같다.

"제가 조치를 취해 드릴 테니 최대한 빨리 병원으로 가세요. 일단 앉으세요."

두 사람이 다친 이를 앉히는 동안 허리춤에 찬 침을 만지작거렸다.

조금은 망설여졌다. 침을 다시 들게 될 줄은 몰랐기 때문이리라.

'…이걸 쓰게 될 줄이야.'

은사님이 준 침 중에 일부를 부적처럼 차고 다니고 있었다.

한강대학병원으로 간다면 기를 이용해 혈관을 막고 전철희에게 수술을 부탁하면 된다. 그러나 일반 병원에 가는데 기로 막으면 문제가 될 가능성이 높았다.

피가 나지 않으니 대수롭지 않게 넘길 수도 있고, 설령 수술을 한다고 해도 신기한 현상이라고 떠들고 다니면 곤란했다.

기운이 사라지는 시간을 어느 정도 조절할 수 있지만 분 단위까지 맞출 능력은 없었다.

가능하게 하려면 침을 써야 했다.

찌익! 찌익! 퓨슉!

입고 있던 청바지를 손으로 찢어버리고 감아둔 압박붕대를 풀자 피가 솟구쳤다.

"으… 으~"

솟구치는 피를 보곤 쇼크가 왔는지 어느새 피를 많이 흘린 다친 남자는 창백한 얼굴이 되어 쓰러지려 했다.

"잡아주세요. …시작합니다."

침을 들고 잠깐 머뭇거렸다.

'두 번 다시 잡지 않겠다고 한 침인데…….'

자신이 한 약속과 한 사람의 생명의 무게가 머릿속에서 저울질됐다.

물론 결과는 볼 것도 없었다.

푹!

기를 잔득 머금은 침이 남자의 허벅지에 꽂혔다. 그리고 그다음부터는 망설임이 없었다.

현재 혈과 맥을 찌르는 것은 아니었다.

그저 여러 개의 침을 이용해 조립품처럼 예전과 같은 관을 만드는 것이었다.

물론 꽤 번거로운 작업이다. 하지만 침을 뽑는 순간 기운이 사라지게 된다는 장점이 있었다.

"피가 멈췄어요! 선생님."

"됐습니다. 침을 뽑으면 피가 나게 되니 병원에 도착하기 전에 절대 뽑으면 안 됩니다."

"알겠습니다. 이 은혜를 어떻게 갚아야 할지……?"

"그렇다면……."

뭔가 요구를 하려 한다고 생각했을까. 살짝 긴장해서 쳐다본다.

"이 침, 제 은사님께 받은 것이니 버리지 말고 꼭 챙겨주십시오."

"무, 물론입니다. 무슨 일이 있더라도 챙기겠습니다. 근데 어떻게 연락을?"

"오늘 공연을 보러 왔으니 여기 있겠습니다. 직캠을 찍는 무리 가운데 있을 거예요. 찾기 어렵지 않을 겁니다."

"…그, 그렇군요. 감사합니다."

존경심 가득한 표정이 조금 바뀌긴 했지만 별로 상관없었다. 서두르라는 말을 하고 일어나는데 갑자기 박수 소리가 들렸다.

짝짝짝짝!

돌아보니 언제 왔는지 많은 이들이 박수를 치고 있었다. 촬영을 하던 연예인들은 물론 스태프들도 다 몰려온 모양이다.

살짝 고개를 숙여 인사를 한 후 슬그머니 도망가려는데 누군가가 이름을 불렀다.

"두삼 씨!"

"실력이 좋은 줄은 알았지만 설마 한의사였어요?"

박기영 작가가 PPL용 커피를 내밀며 물었다. 얼마 전 가게 앞에 허리 때문에 엎드려 있던 이다.

"근데 왜 한의원이 아니라 마사지 숍을 하고 있어요? 아! 마사지 숍을 무시하는 건 아니고요."

"사정이 있었어요. 근데 박 작가님이 '원더풀 라이프' 메인 작가일 거라고는 생각도 못 했네요."

"몇 년 전이었으면 묻지 않아도 내가 떠벌렸겠죠. 하지만 요즘 시청률 알잖아요."

흘깃 담당 PD가 있는 곳을 바라보며 낮게 속삭이는 걸 보니 누구 때문에 시청률이 떨어졌다 생각하는지 알 것 같았다.

"요즘은 꾸준히 운동하시죠?"

"꾸준히는 아닌데 허리가 뻐근하다 싶으면 해요."

한번 호되게 당하더니 정신을 약간이나마 차린 모양이다.

"그나저나 아까 그거 어떻게 한 거예요? 침을 탁탁 꽂는 것만으로 피가 멈추다니, 대단하더군요!"

"그냥 침술이죠."

"…내가 아무것도 모른다 생각하나 본데 요즘 마사지사, 물리치료사, 한의사, 의사에 대해 알아보고 있어요. 내가 겪었던 일자 허리로 인한 척추 기립근 경직, 마사지로 풀 수 있는 사람은 없더군요. 정형외과에 가서 신경 주사를 맞고 운동을 해야 낫는다더라고요."

"…웬만한 실력이 있으면 충분히 가능해요."

"글쎄요. 뭐, 밝히고 싶지 않아 하는 것 같으니 이 얘기는 그만하죠."

가게에서 봤을 땐 방구석 폐인처럼 굴더니 일터에선 꽤 날카롭다. 더 이상 묻지 않는다니 다행이다.

하지만 화제만 바꿨을 뿐 다시 물어왔다.

"취미가 직캠이에요?"

"네. 이상한가요?"

"이상해서 물은 게 아니에요. 내 취미에 비하면 한결 고상한데요. 큭큭! 흠! 아무튼 그냥 오늘 일도 있고 하니 취미 생활에 도움을 줄까 해서요."

"……?"

"보기엔 이래도 방송국에 인맥이 넓어요. 다른 방송국에도 이직한 PD들 많이 알고요. 음악 방송 티켓은 많이는 아니더라도 몇 장씩은 구할 수 있죠. 당연히 촬영하기 좋은 앞줄로."

솔직히 갈 시간이 있을까 모르겠다. 하지만 카페 사람들을 생각하면 거절할 이유가 없었다.

"주신다면야 좋은데……."

"조건 없어요. 다만 가끔 가면 서비스나 잘해주세요."

"그럼 감사히 잘 받겠습니다."

"티켓은 편지로 보내거나 지나는 길에 갖다줄게요. 근데 올해 몇이에요?"

"서른셋입니다."

"헐~ 얼굴은 20대라고 해도 믿겠네요. 난 서른여덟이에요."

"…형님이시네요. 편하게 말하세요."

말투가 말을 트자는 신호 같았다. 아니나 다를까 말이 끝나기 무섭게 말을 편하게 했다.

"그러자. 너도 편하게 형이라 해."

"…네, 형. 전 카페 회원들이 기다리고 있어서 이만 일어나 볼게요."

"몇 명이 왔어?"

"네 명요."

"자리 잡으려고 애쓰지 마. 맨 앞자리에 네 자리 마련해 둘 테니까."

무슨 속셈으로 이렇게 친절하게 대해주나 싶었다. 하지만 곧 의심을 지웠다. 스태프 생명을 구해준 것에 고마워서 그러는 것이라 생각하기로 했다.

내려가니 후니사랑이 도착해 있었다.

"후 준장님, 준장 다셨다면서요."

"대장님이 올려준 거지. 근데 어딜 갔다 왔냐?"

"요 위에 캠핑장 있는데 거기서 촬영하고 있더라고요. 그래서 잠깐 구경했어요."

"그래? 밥 먹고 구경하러 가야겠네."

"어딜 가. 늦게 온 사람이 자리 잡아야지."

"에이~ 쓰리고는 구경하고 왔으니까 쓰리고한테 시키면 되죠."

"규칙은 규칙이야."

원더보이가 어림없다는 듯 말했다.

"이제 스타인데 좀 봐주세요."

"헐~ 별 하나가 까분다."

티격태격하는 두 사람에게 위에서 만난 아는 작가가 자리를 마련해 준다는 것과 음악 방송 티켓을 주기로 했다고 알렸다.

"후 준장 운은 타고났다니까. 근데 쓰리고야, 티켓 남는 건 어떻게 할 거냐?"

"대장님 다 드릴게요. 시간이 날 것 같지 않거든요."

"그래? 카페를 위해 잘 쓰마. 쓰리고 덕분에 줄 설 필요 없게 됐으니 그늘진 곳에 가서 도시락 먹자."

사람들이 오면서 줄이 만들어지고 있었지만 두삼 일행은 오히려 줄을 벗어나 조용한 곳에서 식사를 했다.

공연 1시간 전, 박기영 작가가 마련해 준 자리에 앉아 카메라를 설치하고 있을 때 다친 이를 병원에 데리고 갔던 이 중 한 명이 다가왔다.

그는 꼼꼼히 포장된 침을 건넸다.

"선생님, 여기 있습니다."

"감사합니다. 수술은 잘됐습니까?"

"아, 네. 수술 끝난 것 보고 왔습니다. 병원에서 출혈이 조금만 더 심했어도 위험했을 거라고 하더군요. 감사합니다, 선생님."

"무사했으면 됐습니다."

"참! 병원에서 누가 조치를 취했냐고 물었는데 선생님이 어떻게 생각하실지 몰라 대충 얼버무렸습니다."

"잘하셨습니다. 주목받는 데 익숙하지 않아서."

남자가 몇 차례 더 고맙다고 하고 떠난 후 일행이 무슨 일이냐고 물었지만 적당한 핑계를 댔다.

얼마 지나지 않아 시작된 공연.

오랜만에 봐서인지 재미있었다. 특히 노래하는 중간에 티니스가 무대 아래로 내려왔는데 우연인지 누군가의 입김인지 자신의 일행 앞이었다.

덕분에 40대가 넘은 원더보이 형이 걸그룹의 춤을 따라 하는 모습을 봐야 했고, 저녁을 먹는 내내 그 얘기를 들어야 했지만 나름 즐거운 하루였다.

*   *   *

"용돈이랑 두 분 보약 보냈으니 꼭꼭 드세요. 추석 때 잠깐 들를게요."

─지난번에 그렇게 많이 보내놓고 또 무슨 돈을 보내? 혹시… 이상한 짓 하고 다니는 거 아니지?

"이상한 짓은요. 잘살고 있으니 걱정 마세요."

─그 대답이면 됐다.

핑계겠지만 전화를 자주 드리지 못하는 건 수화기 너머에서도 느껴지는 걱정하는 목소리 때문이다.

완전히 결정이 될 때까진 말하지 않으려던 얘길 꺼냈다.

"그리고 내년쯤엔 대학병원에서 일할 것 같아요."

─…다시 의사가 되기로 한 거니?

"네."

─잘 생각했다! 다행이다. 정말 다행이야!

수천만 원의 돈을 보내주는 것보다 다시 의사가 된다는 말이 더 기쁜 모양이시다.

"또 전화드릴게요."

왠지 뭉클해지는 기분에 얼른 통화를 마무리했다.

"……."

기분을 풀고자 하늘로 시선을 올렸는데 손바닥만 한 뭔가가 공중에 떠 있었다.

풍뎅이 여러 마리가 동시에 날아가는 듯한 프로펠러 소리, 바람에 살짝 움직였다가 금세 제자리로 돌아오는 모습이 영락없이 드론이다.

"누가 날리는 거야?"

주위를 두리번거렸지만 딱히 날리는 사람이 보이지 않았다. 한데 그때 스르르 아래로 내려오더니 드론이 말을 했다.

―오빠, 나야.

"어? 하란이 너냐?"

―응. 오늘 새벽에 완성해서 테스트해 보는 중이야.

"깜짝이야. 난 또 누가 날 감시하나 했네. 그나저나 통화가 가능한 드론이라, 신기하네."

―스마트폰을 이용해 만들었거든. 근데 밥은 먹었어?

"시간이 몇 신데."

―아직 8시밖에 안 됐거든.

"아! 그런가? 연섭이 학교 때문에 하루 일과가 일찍 시작돼서 헷갈린다."

어제부터 연섭이가 다시 학교랑 소속사 생활을 시작했다.

상태가 좋지 않으면 바로 달려오면 됐기에 큰 문제는 없었다.

―많이 좋아졌나 보네?

"약간. 배고프면 집으로 와. 챙겨줄게."

―나 밥 좋아하는 거 알지?

"네네. 된장찌개 준비하겠습니다~"

부엌으로 가는데 드론이 졸졸 따라온다. 신기한 건 장애물을 피해서 오는 점이었다.

"왠지 감시당하는 기분이네."

쌀을 씻어 불에 올리고, 된장찌개를 만들고, 간단한 반찬을 만드는 내내 드론이 지켜본다.

준비가 거의 다 됐을 때 하란이 들어왔다.

평범한 옷차림에 머리도 제대로 말리지 않았는데 반짝반짝하다.

"뭐야, 비밀번호 안 바꿨어?"

"응. 부자가 가난뱅이 집을 털 이유가 없잖아."

"혹시 엉뚱한 걸 기대한 거 아냐?"

"엉뚱한 거?"

"…아무것도 아냐. 이야! 오빠 장가가면 와이프한테 사랑받겠는데. 그새 이만큼을 준비한 거야?"

"있는 거 데치고 무친 것뿐인데, 뭐. 근데 지켜보고 있었던 거 아냐?"

드론을 흘낏 보며 물었다.

"아 저거. 오빠를 목표물로 지정해 놔서 그래."

"…킬러냐?"

"무기를 장착하려면 크기가 커져서 눈에 쉽게 띄어서 안 돼. 뭐, 독살이라면 가능하겠다. 잘 먹겠습니다!"

하란은 합장한 후에 밥을 먹기 시작했다. 한데 방금 전에 한 말이 있어서 죽은 자에게 기도를 하는 모습처럼 느껴져 순간 섬뜩하다.

"계란 더 줄까?"

"아니. 앞에 앉아 있어주면 돼. 혼자 먹는 밥은 질색이거든."

이효원은 옛날부터 지원을 했던 기업의 광고를 찍는다고 2박 3일로 해외에 나갔다.

"어머니랑 같이 살지그래?"

"엄만 지금 있는 집이 좋대. 그리고 내가 매일같이 찾아가는 것도 싫은지 요즘은 동창회다 뭐다 밖으로만 나도서. 딸이 일하는 걸 당신이 방해하고 있다고 생각하시나 봐."

"네가 놀아도 될 만큼 부자라고 말하면 되지 않아?"

"그건 예전에 치료를 안 받겠다고 하실 때 이미 말했어. 연구하고 사업한다고 몇 년씩 얼굴도 안 보여주던 딸이 갑자기 매일같이 나타나서 친근하게 구니 오히려 부담스러우신가 봐. 아니, 아마 내가 어떤 것에 행복함을 느끼는지 너무 잘 알아서 그럴 거야."

"어디서 행복을 느끼는데?"

"연구실에 박혀 저런 걸 만들 때."

"부모님의 마음은 자식을 낳아봐야 안다고 했으니……."

"오빠도 불효자구나?"

"그렇지 뭐."

분위기가 무겁다고 생각했는지 하란은 대화의 주제를 바꿨다.

"근데 그날 이후부터 몸이 이상해."

"응? 언제부터?"

"왜, 있잖아. 엄마랑 오빠 기절했던 날."

"어디가 이상한데?"

깨어난 후 혹시 하란에게 이상이 있을까 봐 그녀의 몸을 살펴본 적이 있었다.

"오늘로 사흘째 밤 샜는데 예전처럼 피곤하지 않아."

"그러다 몸 상하는 거야. 있을 때 아껴 쓰라는 말, 사람에게도 통용되는 말이야. 손 줘봐."

드론을 만들면서 다쳤는지 손에 상처가 제법 보인다.

손을 잡고 기를 보내 천천히 몸을 살폈다. 사흘 밤을 샌 것치곤 상당히 기가 깨끗하고 왕성했다.

이유는 단전에서 시작해 독맥으로 올라가던 기운이 입술—독맥과 임맥이 만나는 곳—쪽으로 갈 줄 알았는데 그대로 백회로 올라가는 것을 보고 알았다.

'백회가 일부 뚫렸어.'

예전엔 분명 막혀 있었다.

'그날 백회의 벽이 약해졌다가 매일 하는 요가 때문에 뚫린 건가?'

꽤 가능성이 높은 추측이다.

"임독양맥이 살짝 뚫렸어."

"아하~ 엄마가 뚫렸다는 거 말이지?"

"응. 그날 충격에 머리에 있는 막힌 공간이 헐거워졌고 네가 하는 요가 때문에 살짝 열린 것 같아."

"그럼 내 몸에서 …냄새가 많이 나는 건가?"

"서서히 뚫린 거라 그럴 염려는 없을 것 같은데. 완전히 뚫으면 어떻게 될지 모르겠다."

"완전히 뚫릴까?"

"글쎄다. 막힐 가능성이 없는 건 아니지. 나이가 들어감에 맥과 혈이 많이 막히거든."

"음, 그럼 완전히 뚫는 게 좋겠네. 혹시 오빠가 뚫어줄 수 있어?"

"이미 넓어진 구멍을 넓히는 거라 딱히 위험은 없을 것 같은데 확신은 못 해. 그러니 가급적 시간을 두고 천천히 뚫는 게 낫겠지."

새로 뚫는 거라면 너무 위험해서 반대했을 것이다.

"그럼 해줘."

"넌 지금도 건강해."

"건강도 건강인데 사실 요즘 머리가 너무 맑아서 좋아. 코드 만드는 것도 너무 수월하고. 혹시 그게 뚫린 것 때문이라면 다 뚫리면 훨씬 좋잖아."

"지금도 충분히 좋은데 더 좋아져서 뭐 하게?"

"세계 정복!"

"…냉수 줄게."

정수기에서 시원한 물을 뽑아 건넸다. 한데 혹시나 싶어 말을 이었다.

"성공하면 한자리 주나?"

"물론. 오빠 …통일 세계 보건복지부 장관."

"뚫어줄게."

절대 장관직에 욕심이 있어서는 아니다. 그리고 절대 하란의 손을 잡고 싶어서도 아니다.

19. 진정한 의사

병원에 갔다가 오토바이를 타고 집으로 돌아올 때였다. 한미령이 부동산을 나오는 모습이 보였다.

 "응? 미령이잖아. 미……."

 이름을 부르려다가 한숨을 쉬며 고개를 푹 수그리는 모습에 멈춰야 했다. 축 처진 어깨가 '말 걸지 마세요'라고 말하는 듯했다.

 대신 방금 나온 부동산으로 들어갔다.

 "실례합니다, 사장님. 방금 나간 아가씨 무슨 일로 온 거예요?"

 "…뭐 때문에 그러는데요?"

 "우리 가게 직원이거든요. 기운이 많이 없어 보여서 무슨 일인가 해서요."

"그래요? 다른 건 아니고 방을 구한다고 왔어요."

"방이 없었나 봐요?"

"방이 없긴 왜 없어요. 가격에 맞는 방이 없는 거죠. 아가씨가 500만 원에 월세 20만 원 하는 방을 찾는데 요즘 그런 방이 어디 있겠어요?"

"그렇군요. 말씀 감사합니다."

자신에게 집이 생기고 난 후론 생각해 본 적이 없는 문제다. 그러나 최근 월세가 고공 행진 중이라는 기사는 제법 봤다.

'너무 무심했나?'

신혜경과 같은 보육원 출신이라는 건 알고 있었다.

그래서 나름 돈도 챙겨주고 빠르게 피부마사지를 유료화시킨 것이다.

물론 보육원 출신이라는 것만으로 그런 건 아니다. 애가 참 바르고 착했다. 만일 자신이 처한 현실도 모르고 허튼 곳에 돈을 썼다면 어림도 없었을 것이다.

몰랐다면 그냥 넘어가겠지만 알고 나니 그냥 넘길 수가 없었다.

"오빠, 다녀왔어요? 오늘은 일찍 왔네요."

여느 때와 마찬가지로 밝게 맞이하는 그녀다.

"…어어."

"무슨 일 있어요? 얼굴에 근심이 있는 거 같아요."

"사상 체질에 대해 공부하더니 곧 점까지 보겠는걸?"

"선생님이 훌륭하잖아요. 호호."

"별거……."

별거 아니라고 말하려다가 문득 옥탑방을 사용할 수 있지 않을까 싶었다.

방 한 칸에 불과하지만 그래도 있을 건 다 있다.

그리고 비상계단을 이용하면 2층을 거치지 않고 오갈 수 있었다.

약재 말릴 공간과 휴식 공간이 사라지지만 누군가에겐 살 공간이 될 수 있다니 망설일 이유가 없었다.

"별거 아니고 갑자기 오백 정도가 필요해서."

"오백만 원? 그 정도면 빌려줄 수 있어."

신혜경이 대뜸 빌려주겠단다.

'누님! 돈은 저도 있거든요!'

"네? 아, 근데 제가 남한테 돈 빌리는 걸 싫어해서요."

"와아~ 이거 서운하네. 방금 남이라고 했어?"

'청소나 하세요! 누님!'

"그, 그게 아니라… 옥탑방 세주면 되는 걸 굳이 빌릴 필요가 없다는 거죠."

"모르는 사람한테 세주면 그게 더 불편하지 않나? 늦게까지 가게 영업도 하잖아."

"미리 말해주면 되겠죠. 부동산에 다녀와야 하는데 점심 먹고 다녀올까."

일부러 한미령이 들으라고 큰 소리로 중얼거렸다. 허접한 연기지만 통했을까, 한미령이 다가와 물었다.

"…오빠, 옥탑 세주게요?"

"그럴까 생각 중이야."

"얼마에 내놓을 건데요?"

"글쎄다. 그런 쪽으로 잘 몰라서. 일단 급한 돈이 오백 정도니 보증금 오백에 …십만 원 정도면 되지 않을까? 작기도 하고 시끄럽기도 하니까."

"헐~ 얘가 요즘 시세도 모르네. 옥탑치곤 작지도 않고, 마당도 있고, 거기에 완전 새 건물이잖아. 1,000에 30만 원이라도 들어온다는 사람 많을걸."

이 사람이 진짜. 확! 말을 못하게 혈을 막아버릴까 보다.

"아뇨? 옥탑에 올 정도면 사는 게 빤하잖아요. 저도 삼 년간 고시원에서 지내서 집 없는 설움 잘 아는데 그럴 수가 있나요?!"

저리 가라고 말하고 싶은 걸 꾹꾹 참으며 한미령을 보고 말했다.

"왜? 혹시 관심 있어?"

"…네? 아, 네. 지금 살고 있는 데가 재개발이 되면서 집을 옮겨야 하거든요. 제가 500에 20, 아니, 25만 원 드릴 테니 제가 써도 될까요?"

드디어 말이 떨어졌다. 잘됐다 싶어 대답하려는데 신혜경이 다시 나섰다.

"어머! 미령이 너 이사해야 해?"

"네, 언니."

"재개발할 때 이주비 나오지 않아?"

"…오백이 이주비예요. 사실 주인아주머니가 저희 보육원 자원

봉사자셨거든요. 그래서 공짜로 사용할 수 있게 해주셨어요."

"…그랬구나. 정말 쉽지 않은 일인데 좋은 분 만났네. 아직 살만한 세상이야. 그렇게 생각하지 않아?"

마지막 말은 두삼을 보며 말했다. 그래서 대답했다.

"그, 그렇죠."

"너도 집 없는 설움 잘 알고 있다며?"

"…잘 알죠."

"근데 작고 시끄러운 방을 25만 원이나 받아야겠어?"

어라? 방금 1,000에 30이라고 했던 사람이 태세 전환이 이렇게 빨라도 되나?

"그건 누나가……."

"그러지 말고 내가 미령이한테 오백 빌려줄 테니까. 1,000에 10만으로 하자."

뭔가 생각과는 다르게 진행됐지만 모양새는 차라리 이게 나을 것 같았다.

"오백만 원만 있어도 되니까 500에 10으로 해요. 방은 오늘 치워둘 테니까. 네가 편할 때 들어와. 참! 이삿짐은 많아?"

"옷가지밖에 없어요. 가방 두 개면 충분해요."

"알았다. 내가 이사 선물로 냉장고랑 TV는 적당한 크기로 구해줄게."

"아, 아니에요! 싸게 해주신 것만으로도 감사해요! 더 받을 수 없어요, 정말!"

"옥탑에 들어갈 정도면 좋은 것도 아냐. 그리고 이럴 땐 그냥 고맙다고 하고 받는 거야. 우리 사이에 이 정도도 못 해주는 거냐?"

"…고마워요, 오빠."

"밥은 내가 준비할 테니 가게 청소 좀 해라."

고기도 먹어본 사람이 잘 먹는다고 안 하던 짓을 하려니까 참 쑥스럽다.

연어가 있어 연어 스테이크를 하고 있는데 신혜경이 올라왔다. 그리고 숟가락을 식탁에 놓으며 말했다.

"어떻게 알았어?"

"우연히 부동산에서 나오는 걸 봤어요."

"그럼 눈치라도 주지 그랬어. 갑자기 돈이 필요하다고 해서 무슨 일이 있는 줄 알았잖아?"

"갑자기 옥탑이 생각났어요."

"마지막에 내가 나서서 기분 안 나빴어?"

"전혀요. 오히려 누나가 나서줘서 더 자연스러웠어요. 그리고 고마워요."

"뭐가?"

"돈 빌려준다는 말요."

공중보건의에서 소집 해제 했을 때 수중에 있는 돈이라곤 마지막으로 받은 월급 이백이 다였다.

아버지가 사업을 한다며 말아먹고, 그나마 조금 남아 있는 걸 보상금으로 탈탈 털어주고 나니 할아버지의 유산도 남은 게 없었다.

이백이면 혼자서 생활하기엔 문제가 없었다. 고시원 생활을 하며 일을 하면 충분했다.

한데 얼마 지나지 않아 어머니가 돈이 필요하다는 걸 알게 됐다.

그래서 쪽팔림을 무릅쓰고 몇몇 돈 있는 이들에게 연락을 했었다.

돈 오백을 빌리는 것이 쉽지 않은 일임을 그때 알았다. 그리고 좋은 시절 같이 웃고 즐겼다고 모두가 친구가 아님을 그때 알았다.

물론 그때완 사정이 다르다. 그럼에도 망설임 없이 빌려준다는 말은… 참 따뜻했다.

"난 네 마음이 더 고마워. 미령이 챙겨줘서 고마워."

"오빠로서 당연한 일이었어요."

"훗! 나도 누나로서 당연한 일이었어."

두삼은 머리를 긁적이다가 말했다.

"…밥 다 됐으니 미령이 불러요."

밥을 같이 먹어서일까. 점점 식구가 되어간다.

*　　　　*　　　　*

한강대학병원 한방의학센터 직원 모집은 4단계로 이루어져 있다.

1단계, 서류 전형.

인사과에서 너무하다 싶은 서류를 거른다.

2단계, 2차 서류 전형.

병원장과 이사진이 지원자를 50%로 줄인다.

3단계, 실습.

지원자들의 실력을 본 후 그들의 실력을 평가.

4단계, 한방의학센터 각 과 과장의 최종 면접.

두삼이 맡은 건 3단계였다. 물론 물리치료사와 과장 아래 한의사들에 한해서다.

"너무 많은데요? 이 정도면 아무리 짧게 봐도 일주일은 족히 걸릴 것 같습니다."

지원자들의 명단을 보고 놀랐다.

"많을 수밖에. 물리치료사의 경우 10 대 1이고, 한의사들의 경운 15 대 1이었네. 걱정 말게. 절반 정도로 줄였고 한 달 동안 자네가 원하는 시간에 원하는 수만큼만 보면 되니까."

"일은 시키지 않으시는 겁니까?"

"글쎄, 환자가 우리 사정을 봐주는 건 아니잖나?"

못 빼준다는 얘기다.

"아? 일요일 날 하라는 소리처럼 들리는군요?"

"그런 방법도 있군. 사실 현업에 종사하는 이들이 많아서 주말 면접을 선호하는 이들도 제법 많아 걱정했는데 자네가 그래준다면 좋지."

"……."

능구렁이라는 말이 목까지 올라왔지만 삼켰다.

이제 와서 못 하겠다고 할 수도 없고 빌어먹을 문희원 자식 때문에라도 해야만 했다. 이런 때 권력은 좀 이용해도 괜찮을 듯했다.

"주말에 일한 것에 대해서는 1.5배로 쳐줄 테니 그런 표정 짓지 말자고! 자자! 면접 장소가 될 한방의학센터나 구경하러 가세."

그러고 보니 한방의학센터가 어떻게 생겼는지 가본 적이 없다.

"사실 한방의학센터 신설 얘기는 전부터 있어왔는데 1년 전쯤에 갑자기 결정 났다네. 그래서 새로운 건물을 지을 틈이 없어 예전에 암센터로 쓰던 곳을 리모델링했지."

현재 암센터는 점점 늘어나는 암 환자들을 수용하기 위해 본관 옆 동에 아주 크게 지어져 있다.

"이곳이네. 서문 바로 앞이라 독자적인 센터 느낌도 나서 괜찮지?"

"…괜찮은 정도가 아니라 훌륭하네요."

한방의학센터는 다른 곳과 확실하게 차별이 되어 있었다. 복도 하나 차이일 뿐인데 고즈넉하면서도 고급스러운 카페 느낌마저 났다.

나중에 환자들이 북적인다면 비슷해지겠지만 아무튼 지금은 그렇게 보였다.

"2층으로 가볼까?"

"아직 구경을……"

"한 달 동안 실컷 볼 거 아닌가."

"생각해 보니 그러네요. 그런데 혼자 해야 하는 건 아니죠?"

"나도 양심이 있지. 힘든 일 시켜놓고 잡다한 일까지 시키겠나. 자넨 그저 면접이 가능한 시간만 알려주면 되네. 그럼 나머지는 인사행정과에서 다 알아서 할 걸세."

"…다행이네요."

"허허허! 설마 면접 전화까지 하라고 했겠나. 조만간 자네를 도울 사람과 자리를 마련해 주겠네. 그건 그렇고 나 사장과 식사를 했다면서?"

"네. 소고기 사주시더라고요."

"내게 자네에 대한 칭찬을 많이 하더군. 잡지 않으면 현성병원으로 데려가겠다는 말을 했다네."

"제가 병원에 근무하게 된다면 그건 한강대학병원일 겁니다."

"허허허. 듣기 좋은 말이군. 한데 아직 가게가 마음에 걸리나?"

"혼자 하는 것이 아니니까요."

병원에서 일하기로 마음이 기울어진 상태에서 마지막까지 고민하고 있는 건 두 사람 때문이었다.

"다정이 병이었군. 다른 병원엔 안 간다는 말을 들었으니 너무 채근하는 것도 좋지 않겠지. 결정될 때까지 기다려 줄 터이니 정리되면 말하게. 이런! 가이드가 안내를 게을리했군. 2층과 3층은 검사실과 치료실이 준비되어 있다네."

X—ray실, CT실, 조직검사실, 재활운동실 등 각 방마다 검사, 치료 장비가 즐비했다.

일반 병원, 대형 한방병원들은 점점 성장하는데 동네의 작은 한의원들이 갈수록 어려워지는 이유 중 하나는 정확한 진단을 내릴 수 있는 장비가 구비되어 있지 않기 때문이다.

가령 어깨가 뻐근하고 아프다고 호소하는 환자가 있다고 하면 검사를 하지 않는 상태에선 여러 가지 진단이 나올 수 있다.

단순한 어깨 근육통, 어깨 염증, 오십견, 어깨 연골 빠짐, 어깨 회전근개파열 등등.

근육통으로 진단을 내리고 간단한 약과 파스를 처방한다면 설령 잘못 진단했을 경우에도 환자가 아파하는 시간은 길어질지 언정 크게 문제가 없다.

문제는 오십견과 어깨 연골 빠짐 혹은 어깨 회전근개파열을 잘못된 진단을 하면 환자가 크게 고통받는다.

오십견의 원인은 '퇴행'이다.

염증 및 관절 유착으로 팔을 제대로 들지 못하는데 그대로 두면 팔을 쓰지 못할 지경에 이른다.

그에 염증을 치료하면서 아픔을 참아가며 팔 운동을 해야 한다.

그에 반해 어깨 연골 빠짐, 어깨 회전근개파열은 무리하게 움직이면 약물 치료로 가능한 병이 수술을 해야 될 정도가 된다.

진단은 치료의 시작이다.

시작이 잘못됐는데 제대로 된 치료가 될까? 만일 낫는다면 그건 치료가 아니라 자연 치유다.

검사실이 완비되었다는 건 한강대학병원 한방의학센터의 시작이 나쁘지 않음을 보여주는 듯해 기분이 좋았다.

"여기 있는 의료 기기가 모두 한방의학센터에서 독자적으로 사용하는 것들입니까?"

"그렇다네. 몇몇 연식이 된 장비가 있지만 작동엔 문제가 없을 걸세. 물론 정밀기계가 필요한 경우라면 언제든 다른 센터의 장비를 써도 되고."

"5층—실제로는 4층으로 한강대학병원에선 4라는 숫자를 쓰지 않았다—은 원래 수술실이었는데 연구실과 탕약실로 바꿨다네."

"탕약실은 이해가 되는데 연구실요?"

"왜? 모든 병원에서 하지 않나. 다만 우리 병원이 다른 곳과 다른 점은 누구든 연구를 할 수 있다는 점이지. 연구 내용을 보고하고 채택이 되면 연구비가 지원된다네. 그리고 연구 결과가 나오면 병원과 일정 비율로 나누지."

"신약 연구를 그런 식으로도 하다니 어떤 면에선 대단하군요."

"거창한 연구만 이루어지는 건 아닐세. 얼마 전 간호사가 수술 도구 중 하나를 조금 더 편하게 고쳐서 실용신안을 해뒀는데 의료 기기 제조사에서 700만 원에 샀다네. 간호사는 보너스처럼 400만 원을 받고, 병원은 귀찮은 일을 대신해 주는 것으로 300만 원을 가지게 되었고 말이야. 4층에 직접 가서 보세. 혹시나 자네가 돈이 되는 물건을 만들어낼지. 연구 많이 해서 부자가 되게. 병원도 덩달아 부자가 되게 말일세. 허허허!"

'부자'라는 말에 두삼은 연구할 거리가 있는지 생각하며 그를 뒤따랐다.

*   *   *

첫 실습 면접은 일부러 오후 예약을 받지 않은 목요일로 잡왔다.

"이곳에서 면접을 보면 됩니다. 제가 준비를 해봤는데 혹시 더 필요하신 거 있으시면 말해주세요."

면접을 위해 서문으로 들어서자 기다리고 있던 인사행정과의 직원인 공동희 대리가 면접 장소를 안내했다.

의자, 의료용 침대, 각종 기기, 한쪽으로는 1회용 침 세트와 뜸, 실습 과정을 녹화할 카메라, 그리고 개인적으로 가져온 상자들까지 모두 준비되어 있었다.

"딱히 없을 것 같은데요. 아침부터 고생하셨네요."

공동희와는 사흘 전에 인사를 나눴다.

"제 할 일인데요. 물리치료사 지원자들은 오전에, 한의사 지원자들은 오후에 진행되도록 잡았습니다."

구면이니 가볍게 응수할 만한데 딱 자신이 할 말만 하는 그. 두삼도 딱히 외향적인 성격은 아니지만 공동희는 정말 철저하게 자신의 일만 하는 스타일이었다.

자연 두삼의 말도 딱딱해질 수밖에 없었다.

"알겠습니다. 면접 시작까진 15분쯤 남은 겁니까?"

"예. 커피? 차? 어느 걸 드시겠습니까? 원장님이 한 선생님이 최대한 편하게 면접을 볼 수 있도록 배려하라 하셨으니 필요한 것이 있으면 저에게 말해주시면 됩니다."

"…그렇군요. 그럼 잠깐만 재킷을 벗고 여기 앉아보시겠습니까?"

등받이가 없는 의자를 가리키며 말했다.

그는 의문을 가지면서도 곧장 자리에 앉았다.

"…이렇게 말입니까?"

"네. 10분 정도 손을 풀려고요. 주물러도 될까요?"

"면접을 보는 분이 왜 손을… 예, 좋을 대로 하십시오."

두삼은 그의 딱딱한 어깨를 주무르며 말했다.

"앞으로 계속 볼 건데 친하게 지내요. 당장 그러자는 건 아니고요. 저도 요즘은 낯을 가리거든요."

"……"

"너무 긴장하면서 살면 없던 병도 생겨요. 가끔 스트레칭을 하는 것도 좋은 방법이고요."

어깨와 팔, 등까지 주무르던 두삼은 등을 가볍게 치며 말했다.

"다 풀렸어요. 5분 뒤부터 지원자 들여보내 주세요."

"…예. 그러죠."

일어서서 재킷을 입는 공동희의 표정은 묘했다.

'손을 풀었다는 건지 내 어깨를 풀었다는 건지 모르겠군. 그나저나 실력이 대단해. 고작 어깨를 10분 주물렀을 뿐인데 온몸이 편해졌어. 원장님이 왜 그를 실습 면접관으로 썼는지 이해가되네.'

그는 밖으로 나가다 말고 우뚝 섰다.

'설마… 내 다리에 이상이 있다는 것을 알았나?'

그는 아기 때 걸린 소아마비로 인해 한쪽 다리에 후유증이 남았다. 그에 약간 쩔뚝거렸는데 부단한 노력으로 남들이 알아차리지 못할 정도가 됐다.

다만 너무 신경을 쓰다 보니 퇴근을 하고 나면 온몸이 뻐근

했다.

'에이~ 그냥 해준 거겠지. 원장님 말고는 아무도 눈치를 못 챘는데.'

우연이라고 생각하고 밖을 나온 그는 여직원을 향해 지원자를 들여보내라고 말했다.

"안녕하세요!"

물리치료사 한 명이 안으로 들어왔다. 그들은 혼자 멀뚱히 앉아 있는 두삼을 다소 이상하게 봤다.

"안녕하세요. 자리에 앉으세요. 한 명에게 주어진 시간은 12분 정도에 불과하기 때문에 바로 시작하겠습니다. 선동현 씨."

"예."

"교통사고로 오른쪽 다리를 다쳤습니다. 수술도 잘됐고 뼈도 잘 붙었습니다. 그런데 오른쪽 다리가 고통과 함께 제대로 굽혀지지 않습니다. 한 달간 전임 물리치료사에게 치료를 받은 상태이고요. 치료 방향과 어떤 식으로 치료를 진행할 것인지 말씀해주시면 됩니다. 한강대학병원에 있는 모든 의료 기기를 사용할 수 있다는 조건이고요. 이해하셨어요?"

"됐습니다."

"그럼 시작하죠. 아아~ 제발! 제 다리 좀 제대로 걷게 해주세요. 선생님. 아야~ 당장 걷게 해달라는 건 아니고요. 으으~"

민망함에 얼굴이 잠시 빨개진다.

"침상에 잠시 누워보실래요?"

그의 말에 따라 침상에 누웠다.

"일단 간단히 테스트를 해볼 테니 누워요. 이상이 있는 부분은 말해주고요."

면접 시간이 12분에 불과하다고 했는데 그는 당장 치료를 하기보단 두삼에게 더 많은 내용을 듣길 바랐다.

'나쁘지 않은 시작이야. 하긴, 정답은 없는 문제니까.'

어떻게 면접을 볼지 많이 고민했다.

한 명, 한 명과 시간을 가지고 대화를 하고 실력을 볼까, 아니면 경력을 기준으로 뽑을까, 그것도 아니면 젊은 사람들을 뽑을까.

그러나 적게는 수년, 많게는 이십 년이 넘는 물리치료사를 한정된 시간에 아무런 실수도 없이 검증할 방법은 없음을 깨달았을 뿐이다.

그래서 답이 없는 문제를 만들어 그들의 치료 과정을 보고 결정하기로 했다.

실력 있는 이를 떨어뜨리고 말발 좋은 이를 선택하는 실수는 분명 있을 것이다. 하지만 어쩌겠는가. 최종 면접의 과장들의 눈을 믿을 수밖에.

'달랑 혼자 던져둔 민 원장님 탓도 있고.'

"지금 자세에서 양팔을 든 상태에서 오른쪽 다리를 들어보세요. 어떤 느낌이 납니까?"

'기본에 충실한 분이네. 문제를 내려면 확실하게 내라는 말인가?'

선동현은 환자의 상태를 더 자세히 알길 바랐다. 물론 해답은 아니지만 환자의 상태에 대해선 말한 것보다 훨씬 다양한 증상을 상정해 두고 있었다.

"허리와 종아리가 무릎이 당기면서 아픕니다."

"왼발을 구부리고 그 위에 오른발을 살짝 올리세요. 팔을 밀 테니 버텨보세요."

현재 자세에서 허리나 무릎에 이상이 있으면 뻗은 손을 살짝만 바깥으로 밀어도 밀린다. 정상이라면 버틸 수 있는 힘이 있지만 말이다.

환자들을 운동시키는 걸 보면 저 정도는 나도 하겠다 싶지만 실제로는 지금 상황처럼 간단히 발을 굽혔다 펴는 동작에도 많은 의미가 부여된다.

물리치료학은 무척 재미있는 학문이다.

일시적 혹은 영구적 장애를 갖게 된 환자에게 운동 치료와 물리적인 요소, 가령 물, 전기, 열, 빛 등을 이용해 손상된 기능을 회복시키는 일을 배운다.

그중에 근골격계와 신경계를 진단하는 방법은 꽤 신기하다.

그가 팔을 살짝 밀 때 힘을 뺐다.

"…음, 물리치료삽니까? 아님, 진짜 환자?"

"저에 대해선 신경 쓰지 마세요. 현재는 환자 그 이상도 이하도 아닙니다."

"미안합니다. 그럼 진짜 환자 대하듯 하죠."

그는 10분 가까이를 검사에 투자했다. 그러고는 마침내 입을 열었다.

"면접관님은 아무래도 무릎 MRI를 찍어봐야 할 것 같습니다."

"에? 수술할 때 찍었었는데요?"

"현재 의심이 되는 것은 무릎 연골 파열이 아닐까 생각 중입니다. 그땐 눈에 띄지 않게 살짝 금이 가 있던 것이 수술 후 재활 치료 과정에 커졌을 가능성 역시 있습니다."

"전 물리치료사님은 허리 쪽이라고 했는데……"

"제가 담당 선생님께 말씀드릴 테니 상의를 해보십시오. 현재로써는 재활 훈련을 하면 할수록 상처가 더 커질 수 있다는 것만 말씀드리겠습니다. …이상입니다."

그는 할 말을 끝내고 잠깐 머뭇거리다가 끝났음을 알렸다.

"고생하셨습니다. 실습은 끝났으니 가셔도 좋습니다."

자신 있게 끝났다고 말하던 두삼은 돌아서 나가는 선동현을 보며 살짝 걱정 어린 표정을 지었다.

'문제가 너무 단순했나?'

답은 없지만 생각하는 가장 이상적인 답을 첫 번째 사람이 해버리니 약간 불안했다. 면접을 했는데 변별력이 없다면 그 면접은 하나마나였다.

하나 두 번째, 세 번째 지원자를 면접할수록 변별력이 없을 거라는 생각은 기우임을 알았다.

치료사마다 제각각이었는데 엄청 실력이 좋아 배울 점이 있는 이들도 있는 반면 이력서에 적힌 이력이 진짜일까 싶은 이들도 있었다.

17명의 물리치료사 지원자들의 면접을 끝내고 점심을 먹었다.

"후… 오후 면접 때문인지 입맛이 없네."

사실 전문의 과정도 거치지 못한 자신이 전문의 과정을 마치거나, 마친 이들을 면접 보는 게 걱정됐다.

"무슨 일 있어요? 얼굴 표정이 영 안 좋네요?"

식판을 든 민청하가 맞은편 자리에 앉으며 물었다. 근데 얼굴 표정이 안 좋다고 묻는 그녀의 얼굴이 더 엉망이다.

"면접 때문에요. 근데 청하 씨 얼굴이 더 엉망인 거 알아요?"

"…알아요."

"왜요? 공부가 잘 안 돼요?"

"아뇨. 후배 중에 별명이 앰뷸런스인 애가 있어요. 근무만 섰다 하면 앰뷸런스가 몰려온다고 붙여진 별명인데 걔가 어젯밤 근무였어요."

"수술할 사람이 부족할 정도는 아니지 않나요?"

"어제 야간 담당 의사가 제 담당 선생님이셨어요. 그분은… 책도 중요하지만 경험이 더 중요하다고 생각하는 분이에요. 물론 예외 없죠. 조금 전에야 마무리가 됐어요."

"밑에 사람 부려먹는 건 이 병원 선생님들 특징인가 보네요."

"훗! 맞아요."

"얼른 먹고 가서 쉬어요."

"잔뜩 긴장된 상태라 잠이 올까 싶어요. 환자는 방금 안정을 되찾았는데 전 아직까지 안정이 안 되네요. 술이라도 한잔해야 할까 봐요."

"지금 상태로 술을 먹으면 엄청 먹을 텐데요?"

"자주 있는 일이에요. 그래도 오늘은 죽진 않았으니 조금 덜 먹겠죠."

드라마처럼 응급실에 들어오는 이들이 모두 살아난다면 얼마나 좋을까. 그러나 현실은 도착 시간이 늦어, 혹은 조치를 취하다가, 또는 병원에서 수술할 의사가 없어 환자를 받지 못해 죽는 경우가 많다.

의사도 사람이다. 알게 모르게 외상 후 스트레스 장애가 있을 수밖에 없다. 그저 익숙해져 괜찮아 보일 뿐이다.

그러한 스트레스를 어떤 이들은 술로 푼다.

'나도 술을 마시지 않으면 잠이 오지 않을 때가 있었지. 그땐 어떻게 이겨냈더라?'

바다를 보다가 이대로 살면 안 되겠다 싶어 술을 줄인 기억이 나는데 정확한 이유는 모르겠다.

"적당히 마시면 약이니 끊으라는 얘긴 못 하겠군요. 다른 방법을 찾아봐요."

"그렇게 말할 때 넌지시 방법을 말해주는 것이 좋지 않을까요?"

"방법이라……."

잠깐 생각하다 말을 이었다.

"마사지 받아봐요. 얼굴마사지도 좋아요."

"영업하는 거예요?"

"하하! 그렇게 들렸나?"

"좋아요. 지금 맛보기로 간단히 받아보고 정식으로 받기로 해요."

"에? 지금이요?"

"얼른 먹고 가요."

그녀의 채근에 후다닥 몇 숟가락 더 뜨고 일어났다. 그리고 의국 휴게실로 갔다.

많은 이들이 사용하는 곳인지 퀴퀴했다. 그리고 자고 있는 이들도 두 명이나 있었다.

"가운을 벗고 누울까요?"

원래는 의자에 앉히고 간단히 해줄 생각이었다. 한데 아무래
도 정식으로 받고 싶은 모양이었다. 어차피 둘만 있는 것도 아니
었기에 편하게 생각했다.

"그래요. 편하게 엎드려요."

"잘 부탁해요, 한 선생님."

"너무 기대는 하지 말아요."

"그건 일단 받아본 후에 생각할래요. 좋으면 계속 해달라고
할지도 몰라요."

"…하하. 이거 잘해야 할지 고민이군요. 머리부터 시작할게요."

물론 장난으로 할 생각은 없다.

가볍게 머리의 혈을 자극하는 것으로 마사지를 시작했다. 그
리고 목, 어깨로 내려갔다.

'음, 몸이 많이 상했네. 수련의 기간이 가장 한가하다는데 지
금 이 정도면 한창 힘들 땐 어땠다는 거야?'

특별한 이상이 있는 건 아니었지만 몸의 기운이 탁하고 내부
장기들이 많이 약해져 있었다.

'이거야, 원. 민규식 원장님 덕에 얻은 것이 많으니 그냥 넘어
갈 수도 없고.'

적극적으로 돕겠다고 생각하자 기운이 뭉텅이로 빠져나가 그
녀의 몸에 스며들었다. 그리고 맥을 돌며 탁해진 기운을 깨끗하
게 만들고 내부 장기에 스며들었다.

단숨에 좋게 만들진 못하겠지만 자연 치유를 하는 데 도움이

될 것이다.

"…스트레칭을 하면 되지 …왜 마사지를 받나 했더니 이유가 있었네요. …완전 …좋아요. 앞으로 계속… 받고… 크으~ 크으~형~"

말을 하다 말고 잠이 든 민청하.

"훗! 업어 가도 모르겠네."

침까지 천천히 떨어지는 모습에 얼굴에서 시선을 돌렸다. 그리고 허리와 다리를 마저 주물러 준 후에 조용히 휴게실에서 나왔다.

"오후 면접까지 15분 정도 남았네."

달달한 커피로 기분을 조금 업시킨 후 양치질을 하고 면접실로 갔다. 그리고 오늘 오면서 가지고 온 박스들을 열었다.

여러 가지 약재들로 면접을 위해 개인적으로 준비한 것이었다. 약재를 책상 위에 진열했다.

그때 노크 소리가 들렸다.

똑똑!

"준비되셨습니까?"

공동희가 물었다.

"네. 시작하죠."

*   *   *

한의사 지원자들에 대해선 면접 시간을 딱히 정하지 않았다. 그렇다고 1시간씩 하진 않았지만 그들의 실력에 대해 어느 정도 파악할 때까진 시간을 할애했다.

"다 골랐습니다."

원강대 한의학과를 나와 동(同)대학 한방병원 한방부인과 전문의 공부를 한 지원자가 보약 재료들을 골라 왔다.

"이 조합이 갱년기에 좋은 보약이군요?"

"그렇습니다."

"확인 잘 했습니다. 혹시 하실 말씀 있습니까?"

"없습니다."

"수고하셨습니다."

나가는 그를 보며 이력서에 평을 간단히 적었다. 그러고는 한약을 원래대로 갖다놓기 위해 움직였다.

'보약은 그냥 책에 적힌 대로 가져왔구나.'

같은 약이라도 계절, 환자의 상태, 약초의 상태 등에 따라 달리 쓰는 게 맞다. 외워서 한약을 만드는 것이라면 뭐 하러 한의원에 가서 비싼 약을 맞출까.

"잠깐만 앉아 계세요. 30초면 끝납니다."

다음 지원자가 들어오는 소리가 들렸기에 속도를 높여 약재를 원래대로 돌려놨다. 그리고 돌아보니 지원자가 깜짝 놀라며 말했다.

"헐~ 목소리랑 뒷모습이 너무 비슷해서 긴가민가했는데 형 맞구나!"

"벌써 너 차롄가? 반갑다."

"반가워요. 근데 형이 왜 면접을 봐요?"

"어쩌다 보니 그렇게 됐다."

"대박! 혹시 아는 사람 가산점 있어요?"

"저기 영상 녹화되고 있다. 개인적인 얘기는 나중에 하고 면접부터 볼까?"

"…농담이에요. 뭘 하면 될까요? 면접관님."

"침구과 수련의 과정을 마쳤으니 일단 침 실력부터 볼까요? 침은 저기 있는 걸 사용하면 됩니다. 일단 뻔 왼다리가 퉁퉁 붓고 있어요."

"침대에 걸터앉으시죠."

침대에 앉자 현수는 침을 가지고 와서 앞에 앉았다. 그리고 발을 잡고 잠깐 주무르더니 말했다.

"따끔할 겁니다."

그는 빠르지도 느리지도 않는 속도로 삐었을 때 좋은 혈을 찾아 침을 꽂았다.

'녀석, 환자 볼 땐 여전하네.'

평소엔 털털하고 대충대충 넘어가는 성격처럼 보이지만 실제 치료를 할 땐 꼼꼼하고 신중하다.

침의 자극으로 활성화된 기운과 피가 빠르게 맥과 혈관을 흐른다.

"끝났어요. 어때요?"

"하나 잘못 꽂은 것 같은데요?"

"그럴 리가요. 요 침 때문에 그런 말을 하는 것 같은데 착각이십니다. 면접관님의 발엔 여기가 정확한 혈 자리입니다."

"그래요? 어제 무거운 걸 들었더니 어깨가 결리네요. 여기까지 올리면 아파요."

"아픈 곳이 참 많은 분이군요. 옷을 벗으시겠어요?"

옷을 벗었다.

"와우! 그동안 근육만 키웠나 보군요. 큼! …죄송합니다. 아무튼 어깨는 여러 가지 증상이 있을 수 있습니다. 일단 침을 맞고 사흘쯤 약을 먹어본 후 그때도 아프면 검사를 해보죠. 시작하겠습니다."

전에도 말했듯이 어깨는 바로 효과를 보기 힘든 곳이다. 내부와 기의 흐름을 볼 수 있는 두삼에겐 쉬울 수 있지만 외부에서 정확한 위치를 정확한 깊이로 찌르는 건 많은 노력이 필요했다.

'류현수, 많이 찔러서 효과를 보게 하는 것도 중요하지만 좀 더 집중해.'

제대로 찌르는 것이 절반쯤. 한데 그 절반 중 50퍼센트는 기가 담겨 있지 않았다. 이래선 그냥 바늘로 피부에 구멍을 내는 것에 불과했다.

조금 전과 달리 너무 집중을 못 하는 것 같아 한마디 했다.

"좀 더 네 실력에 확신을 가져."

"확신하고 있습니다만."

"내가 어깨에 구멍 뚫고 싶어서 면접관이 된 거 같아? 방금 발목을 찌를 때와 전혀 달라."

"…많이 달라요?"

"그래. 딴 사람 같다."

"…면접관이 면접 도중에 이렇게 가르쳐 줘도 되는 거예요? 카메라도 있는데?"

"후배를 위해 한마디 한 게 뭐, 문제가 되겠어?"

"문제가 되면요?"

"카메라 지우면 돼."

"음, 그런 방법이 있었군요."

그는 잠깐 고민하다가 입을 열었다.

"…솔직히 어깨에 담이 온 건 치료하기가 너무 어려워요. 심한 경우만 아니면 그냥 근육통 약만 먹어도 낫잖아요."

"무슨 일 있었냐?"

"…많았죠. 욕도 제대로 먹어보고요. 처음엔 학교에서 배운 대로 했어요. 근데 안 낫더라고요. 손님은 올 때마다 짜증 내고 미치겠더군요. 그래서 다른 선생님들에게 물었죠. 근데 선생님마다 조금씩 달랐어요. 그래서 이리저리 따라 해봤죠. 그런데도 잘 안 되더라고요. 고친 적도 있긴 한데 나중엔 그게 약 때문인지 제 실력 때문인지도 모르겠더라고요."

많은 한의사들이 겪는 악순환에 빠진 것이다.

배운 대로 되지 않자 의심하게 되고, 이리저리 알아봐서 잡다해지고, 그러다가 자신감을 잃고, 우연찮게 낫는 걸 보고 현재의 침 자리가 맞는다고 생각했다가 다시 의심하게 되고.

확신이 없는데 침에 기가 실릴 수가 없었다.

만일 다른 증상 치료와 혈 자리가 겹치지 않았다면 어쩌면 단 하나의 침에도 기가 맺히지 않았을지도 모른다.

"형은 정답을 알아요?"

"응."

"진짜요?"

"그래. 일단 위부터 하자면 지금까지 본 지원자 중에 한 명도 제대로 어깨에 침을 꽂은 사람이 없었어. 그리고 정답은 더도 말고 덜도 말고 학교에서 배운 대로 하면 돼."

"…배운 대로 했는데 왜 안 됐던 거예요?"

"그땐 네가 지금처럼 집중을 못 했겠지. 내가 전에 말했었지. 눈에 보이지 않고, 느껴지지 않는다고……."

"존재하지 않는 건 아니다. 알아요. 형이 침에 대해 말할 때마다 한 얘기잖아요."

"그래. 네가 할 수 있는 한 집중해야 해. 그래야 눈에 보이지 않는 게 제대로 작동해. 네가 발목을 고쳤던 것처럼 말이야."

"형은 그게 느껴져요?"

"응. …아! 그러니까 그건 말이지……."

아차! 싶어서 얼른 말을 바꾸려고 했는데 늦었다.

"어떻게요? 제발 가르쳐 주세요. 침을 놓을 때마다 솔직히 아직도 제대로 했나 걱정돼요."

"…전문의가 그리 자신이 없어서 어떻게 하나?"

"형 앞이니까 그러지 환자들 앞에서 자신 있어 해요. 아! 지금은 그게 중요한 게 아니지. 얼른 말해줘요."

"…맥을 잡아보면 알아."

"아! 시작 전에 맥을 잡고, 끝나고 맥을 잡아 비교를 한다는 말이군요?"

"으응."

틀린 말은 아니다. 다만 그러기 위해선 맥을 아주 민감하게 느껴야 했다

"느끼기 쉽지 않겠지만 형이라는 증거가 있으니 열심히 하면

되겠죠. 아니, 될 거예요. 고마워요, 형!"

"그, 그래."

핑계치곤 허접했는데 알아서 해석해 주니 고마웠다.

"시간을 지체했다. 다음은 뜸에 대해 테스트해 보자."

저녁 손님이라도 받으려면 얼른 서둘러야 했다.

*　　　　　*　　　　　*

VIP 병실의 진료를 마치고 돌아온 민규식은 들어오자마자 TV를 켜고 동영상을 재생시켰다. 두삼이 지원자들의 면접을 보는 영상을 틈틈이 확인하고 있었다.

―어? 선배님이 면접을 보는 거예요?

―연인 아니랄까봐 반응도 비슷하냐.

두삼과 막 들어온 지원자와의 대화를 지켜보던 민규식은 옆에 있는 지원서를 뒤적여 살펴봤다.

"훗! 저 아가씨가 친한 후배의 애인인 모양이군. 한방부인과를 지원했나? 응? 점수를 A+를 줬어?"

두삼은 지원서에 항목별로 점수를 준 후에 마지막에 총점을 학점처럼 매겨뒀다. 지금까지 대부분 B―, 잘해야 B+이었다. 류현수의 점수는 B+줬는데 이은수는 A+이라니 관심이 갔다.

영상만 봐서는 '잘하네'라는 한마디뿐, 뭘 얼마나 잘하는지 알수가 없었다.

소파에서 일어난 민규식은 자신의 책장으로 가서 비밀리에 만들어둔 서류를 꺼냈다. 지원자들의 백그라운드를 정리해 둔 것이다. 참고용이라 만들어놓고도 자세히 본 적이 없었다.

"허~ 충청도 이가한의원 딸이었군."

이가한의원은 조상 대대로 한의원을 한 집안으로 상류 사회 사람들치고 모르는 사람이 없을 정도로 유명한 곳이었다.

특히, 한약은 '오래 살고 싶다면 이가한의원에서 지은 한약을 장복하라'는 말이 있을 정도다. 민규식이 챙겨 먹는 한약 역시 그곳에서 지은 것이다.

"한 선생은 이 사실을 알고 A+를 줬을까?"

스스로에게 물었지만 답은 이미 알고 있었다.

"하여간 끝을 알 수 없는 친구라니까. 호박이 굴러오니 넝쿨도 줄줄이 따라오는군. 허허허!"

기분 좋게 웃고 있는데 인터폰이 울렸다.

─원장님, 신경과 김 선생님 오셨습니다.

"김 선생님이? 얼른 모시게."

신경과의 김영태 교수는 2대째 오로지 의학 발전을 위해 애쓰는 이로 민규식이 자신의 스승을 제외하곤 가장 존경하는 인물이다.

자신과는 달리 자신이 몸담고 있는 분야의 질병을 없애기 위해 몰두하는 모습에 반했다.

"어서 오십시오, 김 선생님."

"민 원장, 누가 보면 내가 원장인 줄 알겠습니다."

"선생님이 하신다면 기꺼이 양보를 해야죠."

"허허! 농담을 못 하겠군요. 민 원장만큼 이 자리에 어울리는 사람이 어디 있다고요. 난 그냥 지금처럼 환자를 보는 것이 가장 행복해요."

"앉으십시오. 차는 어떤 걸로?"

"괜찮습니다. 부탁할 것이 있어 왔는데 얼른 얘기하고 환자를 보러 가야죠."

환자가 최우선인 양반이었다. 사실 근무시간에 원장실에 왔다는 것 자체가 해가 서쪽에서 뜰 일이었다.

"말씀하십시오."

"이 안에 있는 영상 속 남자를 찾아줬으면 해요."

김영태는 USB 메모리를 건넸다.

"사람을요? 잠시 틀어봐도 되겠습니까?"

민규식은 USB를 TV에 꽂았다. USB 안에는 날짜로 된 영상 하나밖에 없었다.

영상을 플레이시키자 45도 아래로 카페 같은 곳을 찍은 장면이 나왔다.

김영태는 자리에서 일어나 TV가 있는 쪽으로 가더니 설명했다.

"여기 여자와 함께 있는 이가 내 환자인 권진영 씨입니다. 20년이 넘게 뇌의 심부에 뇌전증을 앓고 있죠."

"20년 앓았는데도 바깥 생활을 하는 걸 보면 관리가 아주 잘된 모양이군요."

"그렇습니다. 한데 최근 1년 전부터 증상이 조금씩 심해지고 있습니다. 1, 2분에 불과했던 발작과 경직이 10분 넘게 이어지고 발생 빈도 역시 늘었죠. 게다가 뇌파 역시 점점 강해지고 있는 추세였습니다."

말투가 과거형이다.

"…갑자기 좋아진 겁니까?"

"네. 바로 이날 이후부터라고 하더군요. 빈도가 줄고 발생해도 1분 정도에 불과하다더군요. 뇌파는 역시 3년 전으로 돌아간 듯 약해졌습니다."

"선생님이 연구 중인 약이 효과를 본 건 아닙니까?

"이 환자는 그 약을 먹은 적이 없습니다. 그리고 그 약은 현재로써는 효과가 없습니다."

얼마 전 중증 뇌전증 환자를 대상으로 한 임상 실험 결과 전혀 차도를 보이지 않는다는 보고를 받은 기억이 났다.

"언젠간 되지 않겠습니까."

"…그래야죠. 이제 발작을 시작할 겁니다."

다시 화면으로 시선을 돌렸다.

화면 속 권진영이 일어서다 말고 갑자기 부들부들 떨면서 통나무처럼 앞으로 쓰러졌다. 다행히 앞에 있던 여자가 잘 잡아줘서 다치진 않았다.

"이 여성은 권진영 씨의 약혼자로 경찰이라고 합니다. 이 뒤에 앉아 있는 이가 지하철에서부터 힐끗거린다는 말을 듣고 흥분이 되면서 발작이 일어난 것으로 보입니다."

이제야 뒤에 사람에게 시선이 갔다.

권진영이 넘어지고 나자 얼른 주변의 테이블을 치우는 것을 보아 뇌전증에 대해 어느 정도 지식이 있는 사람처럼 보였다.

"남자의 행동을 보면 오해였던 것 같은데요."

"맞습니다. 오해였다고 하더군요. 그리고 제가 찾아달라고 하는 이가 바로 이 사람입니다."

"음… 너무 멀어서 얼굴을 확인할 수가 없군요. 이래선 찾기
가……."

화질은 나쁘지 않았다. 하지만 너무 높은 곳에서 찍어서인지
얼굴을 확인할 정도는 아니었다.

"…역시 그런가요?"

"혹시 다른 정보는 없습니까?"

"자신을 한의사라고 했답니다. 화면엔 가려져 보이지 않지만
발작이 심해져 혀가 안으로 말려들어 가 목을 막으려는 찰나 남
자가 한의사임을 밝히고 권진영 씨의 목 부분을 만집니다."

남자가 등을 지고 앉아 뭔가를 하고 나자 경직되어 부들거리
던 몸이 축 처진다.

"아! 발작이 멈췄군요."

"여자 친구의 말에 의하면 전신마취를 했다는군요."

"에? 전신마취를요?"

자리에 앉아 권진영을 살피는 시간은 길지 않았다. 한데 그
짧은 순간에 전신마취를 했다?

이런 일을 할 수 있는 한의사는 민규식이 알기론 한 명밖에
없었다.

'이제 보니 한 선생을 닮은 것 같군.'

TV에 얼굴을 들이밀며 두삼이라고 생각되는 남자를 바라봤
다.

"그리고 남자가 만진 지 5분도 되지 않아 권진영 씨가 일어납
니다. 우연일 수도 있지만 제가 볼 땐 절대 우연이 아닙니다."

"……"

"만일 그가 무슨 수를 써서 뇌전증을 고친 거라면 10만 뇌전증 환자를 위해서라도 민 원장께서 찾아주셔야 합니다. 가능하겠습니까?"

뚫어지게 TV를 보던 민규식은 자세를 바로 한 후 검지로 자신의 볼을 가볍게 두드리다가 말했다.

"가능할 것 같습니다."

"최대한 빨리 부탁드립니다."

"그러겠습니다."

김영태가 나간 후 민규식은 전화기를 들었다.

*　　　*　　　*

"아~ 역시 피곤이 다 풀리는 느낌이라니까. 근데 한 사장, 요즘 너무 바쁜 거 아냐?"

가게를 오픈하고 단골이 된 남자 손님이 마사지가 끝이 나자 가볍게 책망했다.

전에 방문했을 때 자신이 없어 신혜경에게 마사지를 받은 것이 불만이었나 보다.

"혜경이 누님도 잘하잖아요. 그리고 이성에게 받는 게 기운적인 측면에선 더 좋습니다."

"그렇긴 한데 우리 마누라가 여자한테 받는다는 걸 알면 큰일나."

"그럼 오시기 전에 연락 주세요. 아님, 사모님 한번 모시고 같이 오시던가요. 경험을 해보고 나면 달라지지 않겠어요?"

"아! 그 방법이 있었네. 한번 생각해 봐야겠어."

"씻고 나오세요."

마사지실 밖으로 나오는 두삼의 표정은 밝지 않았다.

'일주일 사이 세 번쨴가?'

예약을 받지 않는 날이 많아지고 찾아오는 손님들이 빈자리를 느낀다는 건 문제였다.

아직까지 심각하게 받아들일 정도는 아니다. 그러나 손님들의 불만을 제대로 해결하지 못하다 보면 서서히 망하는 것이다.

'남자 마사지사를 구해야 하나?'

지난달 가게를 통해 번 돈을 생각하면 중견 마사지사를 고용해도 가게를 세놓고 내부 인테리어 비용의 감가상각비 정도는 나왔다.

'문제는 괜찮은 실력자여야 하는데… 일단 혜경이 누님이랑 미령이와 상의를 해야겠어.'

아무래도 더 바빠지기 전에 해결을 해야 할 것 같다.

생각을 마칠 때쯤 한미령이 다가왔다.

"오빠, 끝났어요?"

"응. 손님 오셨어? 그럼 5번 방으로 보내."

"손님은 맞는데 마사지 손님은 아닌 것 같아요."

"그래? 청소는 내가 할 테니까, 넌 네 일해."

"제 일 10분 전에 끝났어요. 손님과 얘기하면서 카운터나 좀 봐줘요."

그녀는 같은 집에서 살게 되면서 친해져서인지 좀 더 적극적으로 바뀌었다.

긍정적인 변화였기에 고맙다고 말한 후 카운터 쪽으로 갔다. 병약해 보이는 중년의 남자가 자신을 보더니 대기 의자에서 일어나 다가왔다.

"절 찾으셨다고요? 무슨 일로… 아! 손님은!"

"기억납니까?"

위암이 있으니 병원에 가보라고 권했던 남자였다.

"수술을 받으셨나 보군요?"

"덕분에 잘됐습니다. 오늘 퇴원했는데 아무래도 감사 인사는 드려야 할 것 같아서요."

"감사는요. 제가 오히려 감사하네요. 안 그래도 병원에 가서 검사를 받으셨는지 걱정이 돼서 전화를 해봐야 하나 고민했습니다."

마사지를 받을 때 등록해 둔 번호가 있었다.

"사실 이튿날 달려가서 검사를 받을까 생각을 했었습니다. 한데 암이라고 나오면 어쩌지, 라는 생각이 발을 붙잡더군요. 그래서 개인적으로 준비를 할 시간을 가졌습니다."

민규식 병원장이 말했던 것인가.

"준비는 잘하고 병원에 가신 겁니까?"

"…부끄럽지만 그렇습니다. 그리고 회사와 연계된 병원에 가서 검사를 받았습니다. 정말 위 바깥쪽에 암이 있더군요."

"부끄러울 일이 뭐가 있겠습니까. 아무튼 수술 잘되셨다니 다행입니다."

보험 회사야 생돈 나가는 것이니 아쉽겠지만 어쩌겠는가. 병원이 아닌 이곳에서 암이 발견된 것도 그의 운이라면 운이었다.

"병원에서는 천운이라고 했지만 전 그 천운을 누가 줬는지 알고 있습니다. 그래서… 부족하지만 이거라도……."

그는 봉투를 하나 내밀었다.

"아닙니다! 이러지 않으셔도 됩니다."

"약소합니다. 돈은 부담스러울 것 같아서 상품권으로 준비했습니다. 저희 가족의 은인에게 이 정도 성의도 주지 못한다면 평생 마음에 걸릴 것 같습니다."

"이러시면……."

그는 옷을 붙잡더니 강제로 넣는다. 완강히 거부할 수 있었지만 아픈 사람을 밀쳐낼 수 없었기에 받을 수밖에 없었다.

"그럼 처음 발견한 신혜경 씨에게 주겠습니다."

"편한 대로 하십시오. 다시 한번 감사합니다."

그는 몇 번 더 고개를 숙인 후 도망치듯이 가버렸다.

봉투를 들고 머리를 긁적이고 있는데 신혜경이 일을 마치고 나왔다.

"무슨 일 있어? 표정이 왜 그래?"

"이거 받아요."

"뭔데?"

그녀는 봉투를 받더니 안을 살폈다. 근데 10만 원짜리 상품권 100장이 나오자 눈이 커졌다.

"이게 뭐야! …이걸 왜 나한테 줘?"

"전에 누나가 마사지하다가 뭔가 이상하다고 한 사람 있죠?"

"그랬었나? 내 나이가 되면 깜빡깜빡해."

"왜 있잖아요. 누나가 그렇게 말해서 제가 진맥을 했었잖아요."

"…아하~ 그, 죽을 것 같은 표정으로 간 중년 남자 말이지? 기억나."

"그분 암이었어요."

"에~ 진짜? 어쩐지 뭔가 이상하더라니. 근데 그게 이거랑 무슨 상관이야?"

그가 왜 왔고, 왜 상품권을 줬는지에 대해서 간단히 설명을 해줬다.

"그니까 암을 발견하게 해준 것에 대한 고마움 때문이라는 거지? 그럼 나한테 줄 것이 아니라 동생이 가지는 게 맞지. 진찰을 한 건 동생이잖아."

"누나가 아니었으면 진맥을 안 했겠죠."

"그런 식으로 따지면 네가 나한테 마사지를 가르쳐 주지 않았다면 이상함을 못 느꼈겠지. 그럼 그냥 다 같이 나누자. 4 : 3 : 3 비율로 나눠. 물론 네가 4야."

"무슨 얘기들을 그렇게 하고 계세요? 뭐가 4고 뭐가 3이에요?"

한미령이 끼어들어 또다시 얘기가 길어졌다.

자신이야 버는 돈이 많아서 그렇다고 하지만 다들 왜 그렇게들 돈을 싫어하는 건지. 아니, 혼자 가지기 염치가 없어서 그런가.

결국 상품권은 4 : 4 : 2로 나눴다.

"잠깐 옆집에 갔다 올게요. 손님 오면 연락 주세요."

"안 오고 즐거운 시간 보내도 돼. 문은 우리가 잠그면 되니까."

"…일하러 가는 거예요."

"일만 하지 말라는 거야. 파이팅!"

하여간 주책은 변함이 없다.

삑삑삑! 비밀번호를 누르자 문이 열렸다. 그리고 안으로 들어가자 몇 대의 CCTV가 자신을 노려본다.

"저러다 무기까지 나오는 거 아냐?"

하란이 뭔가를 만들어 하나씩 설치했는데 점점 요새화가 되어가는 느낌이다.

CCTV뿐만 아니다. 현관 앞에 이르자 문이 자동으로 열리며 기계음이 들렸다.

─어서 오세요, 두삼 씨.

"좋은 밤이야, 루시."

하란이 만든 프로그램 목소리임을 알면서도 대답을 하게 된다.

─그러게요. 구름이 잔뜩 끼여 달을 볼 수는 없지만 좋은 밤이에요.

"헉! 마, 말을……!"

아침까지 없던 기능에 깜짝 놀랐다.

─업그레이드되었거든요. 하란 님과 효원 양은 현재 수영장에 있습니다.

"…그래? 그럼 다음에 올게."

─들어오시라는데요. 다만 래쉬가드를 입고 있으니 실망 마시라네요.

…실망이다.

지하로 내려가자 유리로 된 문 뒤로 수영장이 보였다. 그리고 그곳에서 하란은 수영 중이고 이효원은 걷기를 하고 있었다.

"효원이 체크하러 왔어?"

검은색에 하얗고 짙은 회색빛 꽃문양이 그려진 래쉬가드를 입은 하란이 물속에서 나오며 물었다.

"…응."

"래쉬가드라 실망한 표정이네?"

"시, 실망은 무슨!"

진짜 실망한 게 아니다. 래쉬가드를 입었는데도 물에 젖은 모습에 심장이 두근거려서 얼굴이 굳었을 뿐이다.

"풉! 솔직하지 못하네. 오빠도 수영할래?"

"일하는 중에 온 거야. 효원아, 손."

거의 다가온 효원을 향해 앉으며 손을 뻗었다. 한데 효원 대신에 하란이 손을 척하고 올렸다.

"…니가 손을 왜 올려?"

"이렇게 하려고!"

하란은 장난기 가득한 얼굴로 확 잡아당겼다.

'버틸까?'라는 생각이 순간 들었지만 실망하는 모습을 보고 싶지 않아 몸에 힘을 뺐다.

결과는 빤했다. 그대로 물에 처박혔다.

"깔깔깔! 시원하지?"

처음 시장에서 봤을 땐 차가워 보였고 배영옥의 치료 때문에 집에 머물 땐 어른스러워 보였다. 근데 지금은 아직까지 동심을 가지고 있는 소녀로 보였다.

나름 보기 좋았기에 잠깐 동조해 주기로 했다.

손을 이용해 물을 쏘았다.

"…이게 정말!"

"꺅! 효원아, 공격해!"

갑자기 벌어진 2 대 1의 물싸움.

처음엔 맞춰주자는 생각으로 시작했는데 어느새 자신도 즐기고 있었다. 두 여자의 집요한 공격에 결국 손을 들었다.

"하, 항복! 항복!"

"호호호! 이겼다!"

"물 먹었다. …그렇게 좋냐?"

"당연히. 항복했으니까, 내일 점심은 오빠가 쏘기다."

"내일은 안 될 것 같아. 민 원장님이 보자고 했는데 아무래도 오래 걸릴 분위기야."

"무슨 일인데?"

"아마도 새로운 환자 치료."

자세한 애긴 하지 않았지만 영화관에서 일을 언급하는 것이 뇌전증 치료에 대해 눈치를 챈 모양이었다.

상관없었다. 본래 조금 한가해지면 환자를 보게 해달라고 부탁할 생각이었는데 조금 빨라진 것뿐이다.

"너무 바쁘게 사는 거 아냐?"

"그동안 시간을 버린 벌이지. 점심은 모레 다 같이 먹기로 하자."

"어쩔 수 없지."

"물에 들어온 김에 여기서 보자. 효원이 손 줘봐."

이효원의 손을 잡고 다리를 살폈다.

그동안 왼발에 비해 약해져 있는 오른발의 근육 키우기에 집중하고 있었다.

"고정은 아직 안 됐지만 양다리의 균형은 이룬 것 같으니 내일부턴 양다리를 고르게 훈련하자."

"알았어요."

"난 이만 간다. 내일 봐."

수영장을 나와 비치된 수건으로 대충 닦고 올라갔다. 현관을 나가려 하자 다시 루시의 목소리가 들렸다.

─조심히 들어가세요.

"바로 옆집이야."

─형식적인 인사예요.

"……."

왠지 하란의 집을 드나드는 게 점점 무서워진다.

*   *   *

나연섭을 등교시키고 이효원의 운동을 체크해 준 후 병원으로 갔다.

"어서 오게. 녹차?"

"감사합니다."

민규식은 다기에 녹차를 따르며 말을 이었다.

"권진영 환자, 자네가 극장에서 도움을 준 환자 이름이 권진영이네. 상황이 호전되었다네."

"그렇습니까?"

"혹시… 치료를 했나?"

어젯밤에 이 질문을 받게 되면 어떻게 대답을 할지 고민했다.

신경의 흐름은 물론이고 신경세포가 보인다는 것을 말해야 할까? 아님 숨겨야 할까?

민규식을 믿고 안 믿고의 문제가 아니었다.

기가 느껴지고 그를 이용하는 한의사는 '특별한 인간' 정도로 치부될 수 있지만 몸의 전기적 신호와 세포 단위까지 볼 수 있다는 건 인간이라기보단 정밀 기계, 혹은 특별함보단 두려운 존재로 생각될 가능성도 있었다.

그에 전기적 신호에 대해선 언급하지 않기로 마음을 먹었다.

"치료라기엔 애매합니다. 기를 이용해 뇌를 살피다 보니 뭔가 걸리는 것이 있더군요. 그래서 이상이 느껴지는 부분에 기를 투입해 봤습니다. 그에 안정을 되찾긴 했는데 치료까진 된 줄은 생각도 못 했네요."

"오호~ 그리된 일이었군. 결국 실험을 몇 번 더 해봐야 정확히 자네의 기운 때문인지 알게 되겠어."

"저 역시 해보고 싶습니다. 근데 권진영 씨의 일은 어떻게 아시게 된 겁니까?"

"그건 말이지……."

민규식은 신경과 김영태 선생에 대해 얘기해 주었다.

"그런 분이 계셨군요?"

무협지를 보면 강호에 수많은 은거기인이 있듯이 의사들 중에도 의학과 환자들을 위해 일생을 바친 분들이 많았다. 하지만 그렇다고 해서 그들 모두를 알고 있는 건 아니었다.

"내가 존경하는 분이지. 하지만 자넨 어떻게 될지 모르겠네."

"네?"

"집요한 구석이 있으시거든. 아마 자네를 놔주지 않으려 할지도 모르겠어."

"⋯⋯."

"허허. 너무 걱정 말게. 전철희 선생과 김진선 선생에겐 급한 일 말고는 자네에게 일을 맡기지 말라고 해두지. 그리고 김영태 선생님께도 자네 사정을 얘기함세. 일단 인사드리기 전에 신경과에 가서 분위기나 봄세."

걱정을 하지 말라는데 더 걱정이 되는 건 왜일까. 불안함을 감추고 그를 따라 신경과로 이동했다.

아직은 이른 시간, 신경과 입원실 복도엔 환자의 가족으로 보이는 이들이 부산스럽게 움직이고 있다. 그들 중 특히 여성이 압도적이다.

"어째 소아과 분위기가 나네요."

"잘 봤네. 신경과엔 소아과가 따로 없네. 언젠가는 분리해야겠지만 김 선생님이 계실 때까진 분리하지 않을 생각이네."

"그렇군요. 근데 보호자들을 보면 유독 어린 환자들이 많은 것 같은데요."

"최근 학계의 보고에 따르면 갈수록 선천적으로 병을 가지고 태어나는 아이들이 많아지고 있다더군. 뭐 굳이 학계의 통계를 볼 필요 없이 병원의 통계만 봐도 그런 현상이 또렷하지만. 저기 계시군. 조용히 구경하세."

회진을 돌고 있는 김영태가 보였다.

$$*\qquad *\qquad *$$

김영태는 환갑 전후의 나이에 덩치는 젊은 자신보다 더 커서 일견 험악하게 보였다. 하지만 마흔이 넘으면 살아온 삶이 얼굴에 나타난다고, 환자를 보는 그의 얼굴은 인자함으로 가득했다.

"…어제는 몇 번이나 발작이 일어났지?"

"세 번입니다, 선생님."

"음……."

뇌파 측정기와 신체 측정기를 부착한 작은 아이의 차트와 기기가 알려주는 정보를 번갈아 가며 살피는 김영태의 표정은 좋지 않았다.

"…선생님, 우리 애 상황이 많이 안 좋은가요?"

"…그렇습니다. 이대로 계속되면 뇌의 다른 부위마저 손상을 입을 가능성이 높습니다. 조만간 뇌 절제 수술을 생각하는 것이……."

"흑! …절제를 한다는 건 뇌의 일부를 떼어낸다는 거잖아요. 아무런 문제가 없을까요?"

"병변 부위가 어느 정도 되느냐가 문제입니다. 생각보다 커지면……."

말을 아꼈지만 병실 내에서 알아듣지 못할 사람은 자고 있는 아이뿐이었다.

"그냥 내버려 두면 병변 부위가 더욱 커질 겁니다."

울고 있는 엄마에게 위로를 건넸지만 소용이 있을 거라는 생각은 하지 않았다.

김영태는 그녀를 놔두고 돌아서 병실을 나오다 민규식과 두삼을 보고 다가갔다.

"민 원장이 여긴 무슨 일입니까?"

"선생님이 회진하는 모습을 간만에 보고 싶어서요."

"볼 게 무에 있다고… 이 마스크 쓴 청년은 누굽니까? 혹시! 벌써 찾은 겁니까?"

김영태는 빙긋이 미소 짓는 민규식을 보고 바로 눈치를 챘다.

"처음 뵙겠습니다, 선생님."

"반가워요. 한데 이름이?"

"…여기서 말씀드리기가……."

그의 주변에 서 있는 수련의들을 둘러보며 말했다.

"아! 마스크를 쓴 이유가… 무슨 얘긴지 알겠어요. 회진이 곧 끝나니 그때 조용하게 내 방에서 얘기하죠."

"알겠습니다. 말씀 편하게 하십시오."

"그러겠네. 민 원장 좀 이따 봅시다."

막 그가 떠나려 할 때였다. 방금 전 병실의 환자 엄마가 뛰어나오며 소리쳤다.

"선생님, 민호가 다시 경련을……!"

김영태는 서둘러 병실로 들어가며 속삭였다.

"아이들을 물릴 테니 들어와 주게. 너희들은 밖에서 대기하도록. 민 원장, 들어갑시다."

이렇게 빨리 치료할 기회가 올 줄이야.

민규식이 들어가자는 듯 눈을 마주쳐 왔다. 그에 안으로 들어가는데 신경과 수련의들이 묘한 표정으로 쳐다본다.

이미 혈관외과와 소아과에서 많이 겪은 익숙한 눈빛이었다.

자고 있던 아이는 손을 앞으로 뻗은 채 몸을 부들부들 떨고 있었고, 뇌파 측정기 모니터엔 의미를 알 수 없는 전파가 출렁이고 있었다.

"제가 잠시 보겠습니다."

안절부절못하고 있는 아이 엄마를 지나 아이에게 다가갔다. 그리고 곧장 목에 손을 댔다.

'조금만 참으렴.'

권진영보다 훨씬 심하게 떨었기에 마취가 쉽지 않았다. 내부로 기를 보내 막고 밖으로는 그냥 누르는 척을 하며 마취를 시켰다.

"머, 멈췄어요! 무슨 일이죠? 한번 시작하면 20분 정도는 지속됐는데, 혹시……."

아이의 엄마는 김영태를 보며 물었다.

김영태는 두삼의 실력을 눈으로 직접 확인하곤 내심 아이 엄마 못지않게 놀랐지만 태연하게 말했다.

"…민 원장이 데려온 선생입니다. 뇌전증 치료에 새로운 치료 방법을 가지고 있다 하니 잠깐 지켜보시죠."

"그, 그래요?"

기대 어린 시선이 등에서 느껴진다.

'우연이면 큰일 나겠는데. 어떤 부작용이 있을지 모르니 일단 지난번에 한 것처럼 일부만 제거하자.'

아이 뇌의 전기적 신호에만 집중을 하자 기대 어린 시선도, 또 약하게 울리고 있는 측정기의 비프음도 점점 멀어진다.

오직 사람만 생각하자. 그렇게 집중했다.

신호를 따라 영화의 한 장면처럼 점점 깊은 곳으로 들어가 이상 전류로 번쩍이는 공간에 도착했다.

'권진영보다 범위가 훨씬 넓군. 아직 어린아이이니 신경세포가 살아나겠지.'

한 번 시도를 해서 좋은 결과가 나와서인지 한결 편안한 마음으로 강하게 번쩍이는 신경세포를 죽이고자 생각했다.

아이에게 대고 있던 손에서 파란빛이 빛나며 몸으로 스며들었고 눈 깜빡할 사이에 이상이 있는 신경세포들을 죽여 나갔다.

어느 정도 죽이자 진한 파란색을 뿜던 신경세포들이 점점 옅어졌다.

'오늘은 여기까지 하자.'

이상이 있는 신경세포를 다 죽여도 된다고 해도 단숨에 낫게 하는 건 지양해야 할 일이었다.

끝내자고 생각한 순간 신경세포들은 사라지고 편안해진 아이의 얼굴이 보였다.

그때 김영태가 바싹 다가와 속삭이듯 물었다.

"측정기가 안정화됐네. …다 된 건가?"

"일단은요."

"생각보다 빠르군."

"빠른 만큼 에너지 소비가 많습니다."

에너지 소모가 많다는 건 사실이었다.

자신의 몸에서 나오는 전기적 신호가 에너지인지 뭔지는 모르겠지만 기를 소모했을 때와 비슷하게 치료를 하고 나면 약간의 허탈감이 들었다.

"고생했네. 조금만 기다려 주게. 여기서 깊은 얘기를 하긴 힘드니 자리를 옮기지."

"환자 보호자에게 설명을 하고 회진을 마저 하셔야 할 테니 저와 한 선생은 선생님 방에 가 있겠습니다."

"아! 회진. 그게 낫겠구려."

병실에서 나와 김영태의 방으로 갔다.

"…헌책방 느낌이네요."

삼면이 책장인데 그곳을 가득 채우고도 자리가 부족한지 책이 여기저기에 잔뜩 쌓여 있었다. 다행인 건 퀴퀴한 책 냄새 대신에 향긋한 커피 냄새가 난다는 점이었다.

"지금도 끊임없이 공부를 하시지. …소파를 치우고 앉으세. 좀 더 큰방으로 옮겨 드려야겠군."

소파에 있는 책을 치우고 어색하게 앉아 기다리길 30분.

김영태 선생이 들어왔다.

"이런 손님들을 너무 오래 기다리게 했군. 커피 마시겠나? 지금쯤 맛있게 내려졌을 걸세."

그는 머그잔에 세 잔의 커피를 따라 왔다.

두삼은 큰 기대 없이 커피를 마셨다. 일반 커피숍에서 파는 커피와 달리 연했는데 향과 맛은 훨씬 좋았다.

"…정말, 맛있군요."

"많이 마시게. 연해서 많이 마셔도 부담이 없다네."

김영태는 오로지 커피에 집중을 하는 모습이었다. 그리고 마지막 한 모금까지 마신 후에 입을 열었다.

"한의사라고 들었네. 마취를 시키는 게 놀랍더군."

"감사합니다."

"사실 병원에서 돌고 있는 마스크맨에 대해 소문을 듣고 한쪽 귀로 흘렸는데 그 소문의 주인공이 내가 찾는 사람일 줄이야… 몰랐군."

엥? 웬 소문? 게다가 촌스럽게 마스크맨이라니.

누가 소문을 냈는지 모르지만 당장 달려가 먹살이라도 잡고 다른 별명으로 만들어달라고 하고 싶다.

"…소문요?"

"몰랐나? 간호사들 사이에선 꽤 유명하다네. 민 원장의 숨겨둔 아들이라는 얘기도 있고, 유명한 집안 아들이라는 얘기도 있다네."

"…원장님도 아셨습니까?"

"모를 리가 없지."

"근데 가만히 놔두셨습니까?"

"소문은 막아봐야 더 커질 뿐이야. 이럴 때 그냥 못 들은 척하는 게 자네 정체를 숨기기에도 훨씬 나아."

맞는 말이다. 공연히 해명을 해봤자 설명해야 될 일만 늘어날 뿐이다.

'그래도 마스크맨은 정말 마음에 안 들어.'

불만을 뒤로하고 다시 김영태의 말에 집중했다.

"소문이 안 나는 게 이상한 일이지. 사실 오늘 일을 수련의들이 봤다면 귀신이라는 소문이 났을 걸세. 근데 마취 때도 놀랐지만 이상 뇌파를 잡는 그 순간은 기절할 만큼 놀랐네. 어떻게 했는지 설명해 줄 수 있겠나?"

"말씀드리는 게 뭐가 어렵겠습니까."

예상하고 있었기에 이미 머릿속으로 정리를 해뒀다.

"아까 그 아이, 민호라고 했나요? 민호의 전신을 마취시킬 수 있었던 건 제가 기를 잘 느끼고 기를 이용할 수 있기 때문입니다. 그리고 극장에서 권진영 씨를 살펴볼 때 기를 이용해 이상 뇌파의 위치를 찾을 수 있음을 알게 된 거고요."

"치료, 아니, 아직까지 대상자가 적으니 진정시켰다고 해야겠군. 진정을 시킨 것도 기를 이용해서인가?"

"그렇습니다. 제가 가진 기운을 넣은 겁니다."

"기가 무한한 건 아닐 터. 민호와 같은 환자를 본다면 몇 명이나 볼 수 있겠나?"

"…글쎄요, 해보진 않았지만… 생각해 보면 5명 정도 될 것 같습니다."

아침, 저녁으로 나연섭과 이효원, 그리고 소아과와 혈관외과의 급작스러운 일까지 고려해서 한 말이다.

"적지도 많지도 않은 수로군. 음……."

숫자를 너무 적게 불렀나? 생각에 잠긴 김영태의 표정이 좋지 않다. 그래서 조심히 물었다.

"…너무 적습니까?"

"아! 오해했군. 자네의 행위가 치료에 도움이 된다면 하루에 치료할 수 있는 숫자가 1명이라고 해도 환자와 보호자에겐 무엇보다도 기쁜 일이 될 "

"그러시군요. 갑자기 인상을 쓰셔서……."

"허허허! 그건 생각할 때 타고난 인상이 드러나서 그렇다네. 종종 사람들에게 오해를 받지."

"그런 줄도 모르고 생각을 방해했군요. 죄송합니다."

"허허! 아닐세. 그런데 내가 무슨 생각을 했는지 궁금하지 않나?"

궁금하다고 말하지 않았는데 그는 말을 이었다.

"나름 자네의 능력의 한계가 과연 어디까지일지 고민해 봤다네."

왜 그게 궁금하지? 다른 사람들처럼 그냥 고치라고 하면 되지 않나?

자신의 생각이라도 읽었을까. 그는 피식 웃었다.

"훗! 그냥 환자를 낫게 하면 되지 않느냐는 표정이군. 우리 병원만 생각하면 그것도 나쁘지 않네."

이어지는 말에서 그릇의 차이를 알 수 있었다.

"현재 우리 병원에 입원해 있는 뇌전증 중증 환자는 50명이 넘네. 정기적으로 내원하는 환자까지 치면 수천 명은 될 거야. 만일 자네의 기운으로 치료를 할 수 있다고 가정하고 하루 5명씩 진료를 하면 몇 년 정도면 모두 치료가 가능하겠지?"

"그렇겠죠."

"그럼 어떻게 될까? 자네나 내게 여유가 생길까? 아니네. 우리나라에만 10만 명이 넘는 뇌전증 환자들이 있다네. 만일 치료가 가능하다는 소문이 퍼지면 우리 병원으로 죄다 몰려들 터. 그럼 자네가 죽을 때까지 뇌전증 환자들만 봐도 다 못 고치네."

딱히 생각해 본 적이 없는 일이었는데 듣고 보니 문득 소름이 돋았다.

그저 눈앞의 환자에게만 집중한다고 생각하고 있는 자신과는 마음가짐 자체가 달랐다.

"요즘은 해외 원정 진료와 치료도 일반화됐으니 세계의 뇌전증 환자들이 몰려들면?"

"……."

"사실 자네로 인해 얼마나 많은 이들이 새로운 삶을 살게 될지 생각해 보면 한평생 그렇게 사는 것도 좋다고 보네. 하지만 만일 뇌전증이란 병을 없앨 수 있다면 어떨 것 같나?"

"…치료제를 만들 생각이십니까?"

"마음이야… 그러고 싶네. 내가 살아 있는 동안 불가능할 수 있겠지. 하지만 그래도 노력해 볼 만하지 않겠나. 내가 자네에게 부탁하고 싶은 건… 일단 치료가 가능하다는 게 밝혀지고 나면 그땐 치료와 함께 내 연구를 도와줬으면 좋겠네."

"치료가 된다는 걸 확인하면 그때 말씀드려도 되겠습니까?"

"그러게. 잘 부탁하네."

김영태는 치료가 된다고 어느 정도 단정 짓고 있는 모양이었다.

방에서 나와 원장실로 향하는데 민규식이 물었다.

"어째 고민이 있는 듯한 표정이군."

"솔직히 김 선생님을 뵙고 나니 제가 현재 하고 있는 행동이 속물처럼 느껴집니다."

"허허! 그런가?"

진지하게 말하는데 민규식은 의외로 담담했다.

"선생님께서 보기에도 그렇지 않습니까? 김 선생님의 환자와 병에 대한 생각에 많이 놀랐습니다."

"자네 말처럼 큰 목표를 두고 끝까지 매진하는 대단한 분인 건 확실하지. 근데 당장 그분처럼 살라고 한다면 말리고 싶네."

"왜요? 진정한 의사 아니십니까?"

"여러 사람이 많은 걸 희생해야 하는 힘든 길이거든. 먼저 스스로 됐다 싶을 만큼 행복해지게. 그다음 환자와 치료를 위해 노력한다면 그땐 말리지 않겠네. 그리고 내가 생각하는 진정한 의사는 맡은 자리에서 최선을 다해 노력하는 의사라고 생각하네. 김 선생님은 존경받아 마땅한 분이지."

"…그렇습니까?"

존경받는 의사가 진정한 의사가 아니라고 말하는 건 아닐 터, 그렇다면 굳이 존경받지 않아도 진정한 의사가 될 수 있다고 말하고 싶은 건가?

민규식이 뭘 말하려고 하는 건지 솔직히 모르겠다. 다만 김영태를 보고 이것저것 따지는 스스로가 속물처럼 느껴졌던 마음이 조금은 치유가 되는 것 같다.

'민 원장님도 나와 비슷한 생각을 하셨나?'

흘낏 그를 보니 의미를 알 수 없는 미소만 빙긋이 짓고 있다.

어쩌면 그도 한때 자신과 같은 고민을 했는지도 모르겠다.

문득 자신이 왜 의사가 되었는지를 생각해 봤다.

처음엔 할아버지가 의술을 펼치는 모습이 멋있어서 닮고자, 한없이 사랑해 주는 당신의 기대감에 부응하고자 하는 마음에 한의사가 되고 싶어 했었다.

그리고 솔직히 그러한 생각은 학교를 졸업할 때까지 크게 바뀌지 않았다.

환자에 대한 사랑, 병을 정복하고 싶은 욕구. 이런 것보다 '할아버지가 좋아하실 거야', '내가 누군가를 낫게 할 수 있어!', '의술을 통해 많은 돈을 벌겠어!' 라는 허세와 욕망이 대부분이었다.

그러한 생각은 섬의 보건지소에서 환자들을 직접 상대하면서 조금씩 바뀌었다.

그리고 죽음을 보고 나서야 처음으로 의사라는 직업이 가진 무게감을 알게 되었고 침을 놓고 나서야 할아버지의 기대감 때문이 아니라 스스로도 의사이길 바랐다는 걸 깨달았다.

목표를 바꿔 마사지사로, 물리치료사로 전전한 것도 침이 아닌 방법으로도 누군가를 고칠 수 있길 바라서였는지도 모른다.

현재 그토록 바라던 일을 지금 하고 있다. 한데 뭔가에 떠밀리듯이 일을 하고 있다.

아마 자신의 실력이 장갑의 힘이라는 것과 장갑의 힘이 사라질지도 모른다는 두려움 때문인지도 모르겠다.

하지만 이젠 그 역시 극복해야 할 시점에 온 듯하다.

어떻게 힘을 얻었고 언제 사라질지 모르지만, 사라지기 전까지는 최선을 다하는 것이 예전처럼 후회하지 않는 길이 아닐까.

'진정한 의사라……'

평생을 두고 고민해야 할 문제일지도.

20. 새로운 직원

한 가지 일이 더 추가되면서 당장 해답 없는 고민은 뒤로 미뤄
둘 수밖에 없었다.

"병원을 왜 이렇게 넓게 지어놓은 거야! 안 늦었죠, 전 선생님?
헉헉!"

"늦어도 기다려야지 별수 있나! 그리고 병원이 넓어도 마스크
맨처럼 이 과, 저 과 뛰어다닐 사람은 없어."

"···그 별명은 제발. 어느 분 해드리면 되죠? 다시 얼른 가봐야
해서. 후우······."

"바쁘시네, 우리 마스크맨. 저기 안쪽에 계신 다섯 분."

말이 끝나기 무섭게 안으로 들어가 대기 중인 다섯 사람의 팔
혈관에 기를 두른 후 나왔다.

"갈수록 빨라지네."

"하다 보니 요령이 느네요. 고생하세요, 선생님."

"나야 혈관만 잡으면 끝인데 고생은. 너나 고생해라."

사실 투석 환자의 혈관을 잡는 것은 전철희의 일이 아니다.

투석은 신장내과의 일인데 두삼의 비밀을 지켜주기 위해 시간을 내서 하는 일이었다.

어쨌든 다시 뛰어 신경과로 갔다.

아직 두 명이 남아 있었다.

현재 하루에도 몇 번씩 경련이 일어나는 중증 뇌전증 환자들 16명—수술이 어려운 사람들 8명, 신약 개발 실험군에 속한 8명—으로 치료 효과와 부작용에 대한 실험을 하고 있었다.

사흘 동안 16명을 권진영과 민호처럼 치료를 한 후 두 명씩 제외하면서 진행을 살폈다.

오늘로 일주일째. 네 명이 치료에서 제외되고 12명 중 5명을 치료 중이었다.

"오늘까지의 결과만 보더라도 치료 효과는 확실히 있다고 봐야겠어. 효과가 얼마나 지속될지는 더 지켜봐야겠지만 말이야."

막 오늘의 마지막 환자를 치료하고 정신을 차리자 김영태의 중얼거림이 들렸다.

항상 끝나자마자 떠났기에 결과에 대해선 짐작만 할 뿐이었다.

"상황이 좋습니까?"

"그렇다네. 1차 샘플—한 번만 치료를 받은 이들—의 발작과 경련이 확실히 줄었네. 이틀에 한 번 꼴이지. 2차 샘플은 오늘까지 3명만 경련이 일어났는데 그마저도 시간이 줄었어."

"음, 역시 중심 부분부터 없애는 게 정답이었나?"

"응? 뭐라 했나?"

"…아닙니다."

생각이 입 밖으로 나갔나 보다.

김영태는 그냥 기운만 쏟는 줄 알지만 두삼은 나름 체계적으로 치료를 하고 있었다.

첫날 병변 부위의 10퍼센트를 없앴다. 그다음부턴 5퍼센트씩 없애고 있었다.

'다 없애야 하는 줄 알았는데 나무는 뿌리만 없으면 죽듯이 뿌리만 제거하면 병변 부위 전부를 제거할 필요는 없겠어.'

요즘 김영태의 도움으로 뇌전증에 관련된 책과 진료 기록, 영상을 찾아보고 있었다.

진료 기록에 의하면 뇌전증의 병변 부위를 수술할 땐 이상 뇌파를 발생시키는 부분 전체를 제거하거나 그보다 더 많은 면적을 제거했다.

물론 명확하게 결론을 내리려면 적어도 몇 년은 지켜봐야 할 일이다.

"전 이만 가보겠습니다."

"고생했네. 참! 3차 3일째 세 명의 새로운 환자 치료를 부탁해도 되겠나? 조심하라고 했는데도 환자 보호자들끼리 얘기하다가 소문이 난 모양이야. 결과가 나올 때까지 기다리라고 했는데 보호자 마음은 그게 아닌 모양이지."

"상관없습니다."

"이해해 줘서 고맙네."

"별말씀을요. 그럼."

단골 아주머니 예약 때문에 서둘러야 했다. 신경과를 나와 혼자 쓰는 탈의실로 향했다.

한데 서두르다 보니 뒤에 누군가가 따라오고 있다는 걸 전혀 느끼지 못했다.

"저 지나가야 해요!"

"아주머니, 여긴 제한 구역입니다."

"잠깐이면 돼요. 잠깐이면······."

옷을 갈아입고 탈의실을 나오는데 입구 쪽이 시끄럽다. 쳐다보니 경비원이 웬 여자와 실랑이 중이다.

두삼의 탈의실은 민규식의 배려로 제한 구역 내부에 있었다.

출구 역시 들어오는 곳 반대편으로 가면 나왔기에 관심을 끊고 돌아섰다.

"어! 선생님! 선생님! 제 말 좀 들어주세요!"

"정말 왜 이러십니까! 나가세요!"

두삼을 보고 외치는 여자는 경호원의 제지에도 아랑곳없이 들어오려 했다. 경비원은 결국 그녀를 붙잡았다.

온 힘을 다해 들어오려고 하고, 그것을 막으려다 보니 자연 몸싸움은 거칠어졌다.

하지만 여자가 덩치 좋은 경호원을 이기기는 힘들었다.

"선생님! 저희 애도 좀 봐주세요! 제발요! 아악! 이거 놔요! 이거 놓으라고요! 선생님!"

처음엔 자신을 부르는지 몰랐다.

복도를 두리번거렸지만 아무도 없어 그제야 자신을 부른다는 걸 알았다.

얼른 되돌아갔다.

"절 찾아온 것 같은데 제가 얘기해 보겠습니다. 괜찮으세요?"

복도에 주저앉아 있는 여자에게 손을 내밀었다.

"선생님, 저희 애도 고쳐주세요. 제발요."

손을 잡고 일어난 그녀는 일어나자마자 놓치지 않겠다는 듯 두 손으로 팔을 꽉 잡았다.

부들거리는 팔과 다리, 당장에라도 울 것 같은 표정, 방금 전 몸싸움으로 엉망진창인 옷매무새, 거기에 잡은 손에서 전해지는 아주머니의 불안정한 기운.

도저히 두 손을 내칠 자신감이 없었다.

"…어디 안 갈 테니까 차근차근 말해주세요."

"저희 아이도 하루에 몇 번씩 경련을 하는 중증 뇌전증이에요! 김영태 선생님은 아직까진 뇌를 다칠 정도는 아니니 참으라고 했는데 제가… 못 참겠어요. 힘겨워하는 아이를 위해 아무것도 못 해주는 제가 밉고, 택배 일을 마치고 밤에 다시 대리운전을 하는 남편에게 미안하고… 결혼 전에 제가 뭘 잘못해서… 흑윽! 흑!"

"……."

그녀는 말을 다 하지 못하고 울음을 터뜨렸다.

아무 말도 할 수가 없었다.

자신은 신이 아니라서 모두를 치료할 수 없다는 말로 다른 사람들의 아픔을 외면하는 것을 정당화하고 있었던 건 아닌지 모르겠다.

'넌 최선을 다했냐?'

누구보다도 바쁘게 살고 있지만 정작 최선을 다하고 있느냐는 스스로의 물음엔 대답을 할 수가 없었다.

"…같이 가보죠. 김 선생님께 말씀드리고 치료를 해드리겠습니다."

아무리 안쓰럽고 안타깝다고 해도 병원의 절차가 있었다.

또한 많지는 않더라도 치료에 대한 돈을 받고 있으니 기록 역시 확실히 되어야 했다.

다시 가운과 마스크를 하고 김영태에게 갔다.

"부리나케 가더니 왜 다시 왔… 세희 어머니시군."

같이 온 세희 어머니를 본 김영태는 상황을 대충 짐작한 모양인지 질문을 바꿨다.

"괜찮겠나?"

"여유가 있습니다. 그리고 선생님이 허락하신다면, 진료를 원하는 분이 있으면 최대한 하겠습니다."

"반대할 이유가 없지. 다만 너무 무리하진 말게. 전에 했던 얘기를 기억해 주게."

"알겠습니다."

"세희 어머니, 이리 오세요. 한 선생이 진료하기 전에 해야 할 일이 있습니다."

두 사람이 진료 과정에 대한 위험성과 책임소재에 대한 얘기를 할 때 신혜경에게 전화를 걸어 오후 예약을 취소시켜 달라고 말했다.

―휴우~ 어쩔 수 없지. 알았어, 전화 돌릴게. 근데 널 믿고

예약을 한 손님들인데 자꾸 취소를 하면 문제가 되지 않겠어?

"그 문제에 대해선 생각해 둔 바가 있으니 가서 얘기해요."

—알았어. 저녁에 보자.

전화를 끊고 세희라는 아이를 시작으로 진료를 했다.

이미 테스트를 하고 있는 환자들의 증상이 호전되었다는 얘기를 들은 보호자들은 앞다투어 진료를 받길 원했기에 진료는 쉬지 않고 계속됐다.

"헉!"

11번째 환자의 이상 신경세포를 10퍼센트쯤 죽였을 때 갑자기 세포의 세상에서 튕겨져 나왔다.

그리고 깨질 듯한 두통과 함께 온몸에 힘이 빠져 그대로 주저앉았다.

"으… 여기까지가 한계인가?"

아무 생각 없이 무작정 파란색의 전기적 기운을 쓴 건 아니다.

한계를 알고 싶었고 그 한계에 이르렀을 뿐이다.

'물론 이 두통과 허탈감을 원한 건 아니지만.'

결코 다시 겪고 싶지 않은 느낌이었다.

"…괜찮나?"

김영태가 걱정스레 물었다.

"네, 선생님. 한계까지 밀어붙인 모양입니다."

"자칫 자네가 잘못됐을 수도 있는 일을……."

"믿는 구석이 있었습니다."

악양에서 배영옥을 치료할 때 기운을 박박 긁어 쓴 적이 있었다.

그때도 지금과 비슷한 증상이 겪었는데 내 몸을 축내는 수준까진 기가 발산되지 않았기에 이번에도 그러지 않을까 생각해서 한 행동이었다.

서서히 일어날 기운이 돌아왔다.

"이후에 준비된 이들에겐 사정을 말해두겠네. 그나저나 이래서 내일 가능하겠나?"

"아마도요. 혹시 이상이 있으면 연락드리겠습니다. 이제 정말 가보겠습니다."

"고생했네."

어기적거리며 탈의실로 갔다. 다행히 이번엔 따라오는 이는 없었다.

바로 가게로 가지 않았고 미치도록 허기가 져서 식당으로 갔다.

그러고는 육개장과 갈비탕, 진한 초콜릿으로 범벅인 케이크와 달콤한 음료수 등 평소엔 잘 먹지 않는 것까지 닥치는 대로 먹었다.

"후… 이제 살 것 같다."

어지럽혀진 테이블을 치우지도 않고 의자에 머리를 대고 눈을 감았다.

'이제 소모한 전기를 어디서 충전할지가 고민이네.'

임독양맥이 통한 다음부터 옛일이 되었지만 그전엔 몸의 기운을 소모하고 나면 다음 날 30퍼센트 정도만 충전됐다.

그에 부족한 부분은 음식과 약재를 통해 보충했는데 체내의 기운이 되기까지는 시간이 걸렸다.

전기(전기적 신호) 역시 비슷하지 않을까 싶다.

'설마 뭐 이번엔 여자와 끝까지 가야 한다거나 그러진 않겠지?'

타인의 몸에 있는 음의 기운을 빌려 음식을 통해 얻은 양의 기운과 섞어, 쓸 수 있는 기운으로 만들었으니 아예 얼토당토않은 생각은 아니었다.

'응? 근데 몸 상태가……'

가만히 눈을 감고 있으니 의외로 몸이 빠르게 회복되어 갔다.

그에 몸의 내부를 관조했다. 서서히 자신의 몸이 머릿속에 그려졌다. 그리고 곧 놀라운 것을 발견했다.

많은 음식물을 부지런히 소화시키는 위가 새파랗게 빛나고 있었고 그 빛이 몸의 구석구석으로 뻗어가 스며들었다.

'설마 음식을 먹기만 하면 되는 거야? 이거 완전 대박인데.'

얼마 지나지 않아 알게 된 것이지만 먹어도, 먹어도 배가 고파 식비가 엄청 들어간다는 단점이 있었다.

"생각보다 일찍 왔네?"

"힘들어서 생각보다 빨리 끝났어요. 근데 누나는 왜 그러고 있어요? 예약 있지 않았어요?"

"네 예약 손님과 같이 오기로 한 손님이야."

"아! 미안해요."

"괜찮아. 요즘 너무 정신없이 바빠서 이렇게 쉬는 것도 나쁘지 않네. 많이 피곤해 보인다. 저녁 일하려면 좀 쉬어."

"아뇨. 아까 말했던 것에 대해 얘기 좀 해요. 미령인 일하는 중이에요?"

"응. 단골 중 한 명이 너 없다니까 얼굴마사지만 받겠다고 해서 하고 있어."

"그럼 둘이 차나 마시며 얘기해요."

"내가 가져올게."

왕창 끓여둔 차여서 그런지 신혜경은 금방 차를 내왔다.

"흠! …가게 그만할 생각이야?"

신혜경은 최대한 담담한 척 물었지만 약간 떨리는 목소리는 어쩔 수가 없었다.

"뜬금없이 무슨 소리예요? 아직 인테리어 비용도 못 건졌는데 그럼 안 되죠."

"…아니, 네가 너무 바쁘니까 그러지 않을까 해서."

"미령이가 곧 이사하는데 그만두면 얼굴은 어떻게 보고 지내요."

"하긴……."

그제야 안도하는 표정을 짓는 신혜경. 가끔 어린애 같은 구석이 있다.

그녀는 밝아진 목소리로 물었다.

"그럼 어쩌려고? 밤에만 할 생각이야?"

"가급적 그럴 생각인데 그렇다 해도 몇 시간 못 하잖아요. 혹시 늦어지는 경우도 있을 거고요. 그래서 남자 마사지사를 한 명 구할까 해요."

"직원을 늘린다? …괜찮겠어?"

"현상 유지만 한다면 가능해요. 그리고 네 명이 하면 매출도 늘겠죠."

긍정적인 마인드를 가진다고 반드시 그렇게 되리라는 보장은 없지만 일단 그건 나중의 문제다.

"또 신입으로? 난 솔직히 아직 누군가를 가르칠 정도는 안 돼."

"저도 가르칠 시간 없어요. 그래서 누나랑 미령이한테 도움이 될 만큼 실력 있는 이로 구할 생각이에요. 다만 구하는 데 시간이 좀 걸릴 거예요."

"아는 사람 없어?"

"글쎄요. 3년 정도 했었는데 딱히 떠오르는 사람이 없네요. 누나는 혹시 아는 사람 없어요?"

"글쎄다. 나도 딱히… 아!"

"있어요?"

"생각나는 사람이 있는데, 혹시 나이는?"

"너무 어리거나 오늘내일 하시는 분만 아니면 돼요. 근데 누나랑 미령이 나이도 있으니 맞춰주는 게 좋겠죠. 이왕이면 싹싹하면 좋고요."

"음, 싹싹한 건 아닌데 실력은 정말 좋아. 아마 너도 인정하게 될걸."

"그래요? 뭐, 싹싹함 정도를 덮을 실력이라면 인정. 한번 볼 수 있을까요?"

"관심이 있는지 아직 모르니까 물어보고 말해줄게."

"가급적 빨리 부탁드릴게요."

"알았어."

신혜경은 다음 날로 소개를 시켜줬다.

　　　　　*　　　　　*　　　　　*

　한강대학병원은 주말에 쉰다.

　물론 그렇다고 해서 전부 다 쉬는 건 아니다.

　응급실, 중환자실, 입원실은 주말임에도 바쁘게 움직인다.

　신경과 역시 바쁘게 움직이는 곳 중 하나다.

　점심을 든든히 먹고 내일까지 입원 환자들은 모두 끝내고 말

겠다는 생각으로 치료를 계속하고 있었다.

　"후우~ 끝났습니다."

　이번 환자는 20대 초반으로 최근 점점 뇌전증 증상이 심해져

입원했는데 막 치료를 하려 할 때 발작이 일어나 좀 더 수월하

게 치료할 수 있었다.

　치료 횟수가 많아지니 발작이 일어나는 상태에서 문제를 일으

키는 신경세포를 제거하는 것이 훨씬 효과가 좋고 더 정확했다.

　"수고하셨어요, 선생님. 감사합니다! 감사합니다!"

　나이 든 아주머니는 연신 감사하다며 고개를 숙였다.

　"아닙니다."

　"아니긴요. 다른 방의 환자 보호자에게 효과가 좋다는 얘기

들었어요. 우리 아들도 분명 그럴 거예요."

　"감사 인사는 나중에 퇴원할 때 듣겠습니다. 설명은 월요일

날 김영태 선생님께 들으시면 됩니다. 전 간호사님, 나가시죠."

　"네, 선생님."

　얘기를 나누다 보면 신세 한탄까지 들어야 했기에 얼른 밖으

로 나와 다음 병실로 이동했다.

김영태는 오랜만에 휴일이라고 오전에 잠깐 나와 전 간호사를 소개시켜 준 후 가버렸다.

옆에 있어봐야 크게 도움이 되는 건 아니지만 혼자 쏙 빠져버리니 존경심이 조금 사라지는 기분이다.

"…저, 선생님. 이거 좀 드세요."

복도를 걷고 있는데 젊은 간호사가 빵과 우유를 부끄럽다는 듯 건넨다.

오늘만 벌써 두 번째.

오늘 도수 없는 안경을 썼는데 멋있게 보이나 싶다.

"아, 고맙습니다. 잘 먹을게요."

"수고하세요!"

종종걸음으로 도망치듯 가는 모습이 꽤 귀엽다. 물끄러미 바라보고 있어서일까. 전 간호사가 말했다.

"고마워서 그러는 거예요."

"에? 저 간호사님이 저한테 고마울 일이 있나요?"

"그동안 밀린 휴가들 다 쓰라고 김영태 과장님께서 그러셨거든요."

"……?"

여전히 이해가 되지 않았다.

"어느 과나 간호사들에겐 비슷하지만 특히 신경과는 그동안 간호사들이 가장 꺼리는 곳이었어요. 입원 환자들이 다들 중증이라 혹시나 문제가 생기지 않을까 계속 지켜봐야 하고, 인원이 다른 과에 비해 많아도 휴가나 휴일을 찾기가 거의 힘들었거든요. 근데 한 선생님이 오신 다음부터 완전히 바뀌었죠. 환자에게 손이 덜 가니 여유가 생긴 거예요. 김 선생님을 포함해서 오늘만 해도 평소의 3분의 1만 당직 중이에요."

말인즉 발작 증상이 줄어들어 편해졌다는 얘기였다.

"아하~ 오늘 평소에 쓰지 않았던 안경을 써서 얼굴발이 받나 했더니 아니었군요."

"품! 마스크에 안경까지 써서 얼굴도 거의 안 보이는데 잘생긴 걸 어떻게 알아요?"

"이 목선과 턱선이 안 보이세요? 그리고 이 또렷한 눈. 이 정도만 보면 짐작할 수 있잖습니까."

"호호호! 매번 볼 때마다 말이 없으셔서 조용한 분인 줄 알았는데 재미있으시네요."

"김 선생님 앞에서 농담할 순 없죠."

"어머! 제 앞에선 괜찮으시고요?"

전 간호사는 40대 중반으로 수간호사였다.

"제 주변에 전 간호사님과 비슷한 또래의 누나들이 두 명이나 있거든요. 그래서 그런지 편하네요."

"제가 얼마나 무서운지 알고 나면 그런 소리 못 하실걸요?"

알게 된 지 몇 시간에 불과하지만 전 간호사가 무서운 사람이 아님을 확신할 수 있다.

무서운 사람이었다면 그녀가 옆에 있는데 누가 자신에게 먹을 걸 갖다주겠는가.

두삼은 장난스럽게 너스레를 떨었다.

"저한텐 살살해 주세요. 빵과 우유를 바치겠습니다."

"아셨다니 그걸로 만족하죠. 아까 보니 엄청 잘 드시던데 선생님 드세요."

"넵! 수간호사님."

"호호호!"

장난도 빵과 우유를 먹을 때까지.

이제나저제나 오길 기다리고 있을 다음 환자의 방으로 들어갔다.

＊　　　　＊　　　　＊

두삼이 열심히 뇌전증을 환자를 보고 있을 때 민규식은 임철호, 임동환 부자를 만나고 있었다.

어느 정도 의례적인 인사를 나눈 임철호는 자리가 무르익자 본론을 꺼냈다.

"어제 이사회는 잘 끝나셨습니까?"

"임 원장님의 덕분에 무사히 첫 인선이 끝났습니다."

"허허! 제가 한 게 뭐가 있다고."

"무슨 말씀을 임 원장님의 도움이 없었다면 한참 걸렸을 겁니다. 이사진이 한방의학계에 대해 잘 몰라서 쉽게 끝날 줄 알았는데 밤 늦게야 끝이 났습니다."

"고생하셨군요."

"고생은요. 제 일인데요. 참! 인선 명단을 가져왔는데 보시겠습니까?"

"어련히 알아서 하셨겠죠."

말과 달리 임철호는 민규식이 건네는 서류를 받았다. 그리고 제일 처음 확인한 곳은 침구과.

'있다!'

침구과 척추 및 관절, 마비질환 담당의 임동환.

특별한 문제만 없다면 내후년에 생기는 한강대 교수 자리까지 앉을 수 있는 위치였다.

기쁨에 상 밑으로 아들의 손을 꽉 잡아 결과를 넌지시 알려 주던 그는 바로 위에 있는 침구과 과장의 이름을 확인하곤 살짝 인상을 찌푸렸다 폈다.

'꼭 필요할 거라고 그렇게 강조했는데.'

혹시나 싶어 센터장에 이름을 올렸나 싶어 확인을 해봤지만 없었다.

탁고성을 밀려고 했던 이유는 간단했다.

가까이는 침구과를 장악하고 멀리는 센터장까지 만들어 임동환의 디딤돌로 쓰려 했던 인물이기 때문이다.

큰 그림을 그리려 했는데 처음부터 삐걱거리니 기분이 좋을 수가 없었다.

물론 기분을 완전히 내보일 정도로 바보는 아니었다.

부드럽게 돌려서 물었다.

"탁고성 교수의 이름이 안 보이는군요? 침구과에선 그 사람만큼 대단한 사람도 드문데……."

"아! 그 얘기라면 사연이 깁니다. 이사 중에 알력 다툼을 무척 싫어하는 이가 있습니다."

"시작도 하기 전에 알력 다툼이라니요."

"제 말이요. 얼토당토않은 말이죠. 저 같은 경우는 알력 다툼이 어느 정도 있어야 한다는 주의인데 말입니다. 아무튼 그 양반이 임동환 선생과 같은 학교라는 점을 들어 반대를 했습니다."

"…한의사계는 의외로 좁습니다."

"저도 한의대의 숫자를 말하며 그렇게 설득을 했습니다. 한데 막무가내더군요. 거기에 다른 이사들까지 선동하며 임동환 선생과 탁고성 교수 둘 중 한 명만 선택하라고 하더군요."

"……"

"그래서 어쩔 수 없이 둘 중 한 명을 선택해야 했죠. 그렇다면 당연히 임 선생 아니겠습니까?"

"…그리 생각해 주니 감사합니다."

"침구과 과장으로 선택된 분은 뜸을 위주로 하시니 임 선생과 겹치는 부분도 많지 않습니다. 그러니 실력을 펼치기엔 더 없이 좋을 겁니다. 허허허!"

임철호는 웃지 못했다.

찬찬히 인선 명단을 살펴보니 자신이 권한 이들도 있지만 아들의 앞날을 위해 꼭 필요하다고 생각했던 이들은 없었다.

'역시 대학병원 원장이 그냥 된 건 아닌 모양이군.'

기껏 여러 사람 만나가며 노력한 것이 무위로 돌아갔지만 임동환을 자리에 꽂았다는 것으로 일단 만족해야 했다.

민규식과의 만남을 끝내고 돌아가는 차 안.

생각을 정리한 임철호가 임동환에게 말했다.

"최종 면접을 과장급에게 맡길 생각이라니 빠른 시간 안에 경해대병원에 얘기해야겠구나?"

"경해대의 경우 워낙 노리고 있는 애들이 많으니 말만 하면 금방 처리될 겁니다."

"거긴 항상 T.O가 부족하긴 하지. 근데 네가 옮긴다는 거 사귀고 있다는 아가씨도 아냐?"

"예."

"반대하진 않고?"

"제가 잘되는 일인데 왜 반대하겠습니까. 경해대병원 분위기도 잘 알고 있어서인지 꼭 합격하라고 응원도 해줬습니다."

"철딱서니가 없는 건 아니라 다행이구나. 집안만 좀 더 번듯했으면 좋았을 텐데. 쯧!"

"……."

임철호가 주해인과의 관계를 마땅치 않게 생각한다는 걸 알기에 임동환은 입을 닫았다.

"사랑이 얼마나 갈 것 같아? 여자가 남자의 능력을 보는 것이 나쁘지 않듯 남자가 여자의 배경을 보는 것도 나쁘지 않다."

"…그만하시죠."

"다 너 잘되라고 하는 소리다! 후우~ 듣기 싫다니 더 말하지 않으마. 다만 민 원장에게 딸이 있다. 내년 1월에 전문의 시험을 보게 되는 아이지. 미인으로 소문이 자자한……."

"아버지!"

현재 살고 있는 높이에서 올라가면 올라갔지 결코 내려가고픈 생각은 없었다. 그렇다고 해서 조건만 보고 싫은 여자와 억지로 살고픈 마음은 더더욱 없었다.

"그렇다는 말이다. 말한다고 꾈 수 있는 것도 아니고……."

자존심을 살짝 긁었지만 무시했다.

"아무튼 도울 수 있는 건 돕겠지만 내가 해줄 수 있는 건 여기까지다. 또한 민 원장이 알고 했는지 모르고 했는지 알 순 없지만 비빌 언덕은 없어졌다. 이제부턴 네가 알아서 해야 한다."

"…그러겠습니다."

"불행 중 다행이라면 명단을 보니 대부분 유한 인물들로 인선을 했더구나. 네가 어떻게 하느냐에 따라 자연스럽게 네 스스로 파벌을 만들 수도 있을 게다."

"반드시 자리를 잡겠습니다."

"네 미래를 위해서라도 그래야 할 게다."

서로 간에 잠시 언성을 높여서인지 임철호의 말을 끝으로 두 사람은 말이 없었다.

*   *   *

"총각, 천천히 먹어. 급하게 먹다가 체해."

"네, 네."

가게 할머니의 말에 그러겠노라 말하면서도 두삼의 손은 연신 앞에 있는 족발을 먹어치우는 중이었다.

그리고 중 자 두 개를 먹어치운 후에야 숟가락을 놨다.

"하아~ 이러다가 살찌는 거 아닌지 모르겠네."

이틀 연속 폭식을 하고 있다. 그러나 말뿐인 걱정이다.

몸이 필요로 하는데 안 먹을 수도 없는 일이다.

"할머니! 족발 대 자 두 개 따로 따로 포장해 주세요."

가게에서 일하고 있을 두 사람과 화나 있을 한 사람을 위해 족발을 산 후 가게로 갔다.

먼저 들른 곳은 하란의 집.

대문을 열고 안으로 들어가자 마침 하란이 마당에서 요가를 하고 있었다.

근데 하란의 주변에 떠 있던 드론들이 마치 주인을 지키는 개처럼 일제히 두삼의 쪽을 보며 경계를 취한다. 저러다 진짜 무는 건 아닌지 모르겠다.

애써 무시하고 인사를 했다.

"아침엔 약속 있어서 나갈 것처럼 그러더니 아무 데도 안 나갔네?"

"누군가가 자꾸 점심 약속을 안 지켜서 나갈 기분이 아냐. 근데 웬일?"

수영장에서 한 점심 약속을 바빠서 못 지키고 있었다. 그랬더니 기분이 상했나 보다.

"미안. 이거 주려고 왔어."

"…뭔데?"

"족발. 아는 사람만 안다는 진짜 맛집에서 사온 거야. 그러니 용서해 주라. 아파하는 애들을 하루라도 빨리 덜 아프게 해주려고 그런 거야. 너도 그 애들 아파하는 거 봤음 이해했을 거야."

구구절절 변명이 통했을까, 아님 족발 때문이었을까. 한결 눈빛이 누그러졌다.

"설마 족발로 점심 약속 퉁 치려는 건 아니겠지?"

"설마! 점심 약속은 당연히 따로 지켜야지. 저녁도 사준다."

원래는 퉁 하려고 사온 건데 그렇게 말하면 안 된다는 걸 본능적으로 느껴 얼른 대답했다.

"그래? 그럼 용서해 줄까? 가지고 안으로 들어와."

"…효원이도 없는데 괜찮겠어?"

당연히 들어가기 싫어 한 말이다. 30분 후 신혜경이 소개해 주겠다는 마사지사와 약속이었다.

한데 다른 뜻으로 오해를 했나 보다.

"걱정 마. 이 드론들 나름 무기를 장착했어. 앤 마취제, 앤 전기충격기, 앤 …비밀."

비밀이라고 말할 때 눈빛이 사악해지는 걸 보니 독인지도 모르겠다.

먹는 동안만 있다가 가야겠다고 생각하고 들어갔다.

"맛있다! 오빠도 먹어."

"난… 그, 그래!"

방금 전에 먹고 와서 괜찮다고 말하려다 보니 다시 당긴다.

이러다가 입에서 발 냄새가 날지도 모르겠다는 생각을 하며 열심히 먹었다.

"여사님은 여행 즐거우시대?"

"응. 사진 보내셨는데 볼래?"

배영옥은 여고 동창생들과 함께 중국 여행을 갔다.

중국의 멋진 풍경을 배경으로 찍은 사진 속 배영옥은 무척 행복해 보였다.

"행복해 보이시네."

"다 오빠 덕분이야."

"그런 소리 마. 대가는 분에 넘치게 받았으니까. 난 이만 일어나야겠다. 지금 새로운 마사지사 면접 좀 봐야 하거든."

"오빠 여전히 바쁘게 사네."

"이제 그러려니 한다. 하지만 나쁘지 않아. 바쁘게 사는 덕분에……."

말을 하다 말고 멈췄다.

이어 나오는 말이 오해를 불러일으킬 것 같아서였다.

"말을 하다가 말아? 바쁘게 사는 덕분에 뭐?"

"하하! 뭔가 멋진 말을 생각한 것 같은데 까먹었다. 간다."

혹시나 생각한 바를 들킬까 얼른 현관을 나섰다. 그리고 대문을 나서며 중얼거렸다.

"너와 함께하는 짧은 시간에 행복을 느낄 수 있다고 말하려하다니 미친 거 아냐? 정신 좀 챙기면서 살자, 두삼아!"

*   *   *

"다들 일하나?"

가게로 들어가자 카운터엔 아무도 없었다.

그때 현관을 지나면 들리는 차임벨 소리를 듣고 미령이 나왔다.

일을 하다가 나왔는지 손에 화장품이 잔뜩 묻어 있었다.

"오빠 왔어요?"

"응. 카운터는 내가 볼 테니까 넌 일해."

"네. 그럼 좀 이따 봬요."

옷부터 갈아입자는 생각에 탈의실에 들어갔는데 걸어뒀던 유니폼이 없다.

"응? 안 가지고 왔나?"

2층에 올라가서 찾아봤지만 빨래 걸이에 걸어둔 여분의 유니폼밖에 없었다.

"아침에 분명 걸어놓고 나간 것 같은데, 아닌가?"

확신이 없다. 일단 빨래 걸이에 있는 옷을 입고 카운터로 내려갔다. 그러고는 양치를 하고 차를 마셨다.

"그나저나 온다는 사람은 아직 안 온 거야? 아님 내가 늦어서 그냥 가버린 거야?"

하란과 족발을 먹느라 5분쯤 늦었다.

후자라면 사과라도 해야겠다고 생각하는데 신혜경이 일을 마치고 나왔다.

"고생했어요. 근데 오늘 온다는 사람은 안 왔어요?"

"아니, 왔어."

"혹시 제가 늦어서 갔어요?"

"그게 아니라… 지금 안에서 손님 마사지하고 있어. 미안! 갑자기 두 분의 손님이 오는 바람에 마사지를 하게 됐어."

면접 보러 왔다가 일을 하고 있다는 건가?

혹자는 기분이 나쁠 수도 있겠지만 두삼은 딱히 신경 쓰는 부분은 아니었다.

"그건 상관없는데 손님 반응 봐서 돈은 받지 마세요."

"그런 걱정은 하지 않아도 될걸."

"도대체 누구기에 그렇게 말하는 거예요? 몇 번 방에 있어요?"

하는 모습을 직접 확인하고자 일어났다. 한데 도착하기 전에 마사지룸 문이 열리며 덩치 큰 남자가 나왔다.

아주 잘 아는 얼굴이 자신의 유니폼을 터질 듯이 입고 있었다.

"어! 이 선생님! 선생님이 여기에 왜?"

과거에 다녔던 마사지 학원의 강사, 이진철이었다.

"왜긴, 직장 구하러 왔지."

"학원은 어쩌고요?"

"내 학원이냐? 월급도 안 올려주는데 계속 있을 이유가 없지. 근데 계속 여기서 얘기할 거야?"

"아! 저쪽 테이블로 가죠."

손님이 없을 때 수다를 떨거나 간식을 먹던 테이블로 자리를 옮겼다.

"진짜 우리 가게에 오시겠다고요?"

"그럴까 생각 중이다."

"음, 선생님이 오면 좋긴 한데……."

이진철의 실력은 두삼도 인정한다. 덩치가 커서 다소 위압적으로 보이는 건 오랜 학원 생활에서 나오는 입담이면 문제 될 것이 없었다.

"얼굴이 마음에 안 드냐?"

"아뇨. 월급이 마음에 안 들까 봐요."

"학원 강사 월급이 많은 줄 아는구나? 지금에서야 하는 말이지만 형편없다. 그래서 그만둘 생각을 한 거고. 지금 혜경 씨가 받는 기본급에서 조금만 더 주면 돼."

"…진짜요?"

"거짓말을 왜 해. 4대 보험도 다 해준다며? 게다가 열심히만 하면 많이 가져가는 구조잖아. 어설프게 가게 내는 것보다 여기서 일하는 게 훨씬 많이 벌겠다."

이렇게까지 나오는데 반대할 이유가 없다. 특히 가게를 하다 보면 별 거지 같은 놈들이 많은데 그에 대한 대비 차원에서도 적격이었다.

"알았어요. 그럼 일은 언제부터 하실래요? 전 가급적 빠른 게 좋아요."

"그럼 내일부터, 아! 내일은 일요일이구나. 월요일부터 할게."

"학원에 그만둔다고 하셨어요?"

"응. 오늘 여기 오면서 그만하겠다고 했다."

"그러다가 떨어졌으면 어쩌려고요?"

"어쩌긴. 제발 고용해 달라고 싹싹 빌었겠지."

"아깝네요. 선생님이 싹싹 비는 모습을 볼 수 있었는데. 지금이라도… 아야!"

이진철이 딱밤을 때렸다.

"이미 늦었거든! 그리고 앞으로는 그냥 음… 그러고 보니 사장님인데 이렇게 호칭을 부를 순 없겠고… 형이라고 할래? 혜경 씨 실력 보니까 네가 너한테 배워야겠더라."

"가르침을 받겠다는 사람이 스승을 때리면… 이크! 이번엔 피했네."

다시 때리려 했기에 뒤로 슬쩍 물러났다.

"농담입니다. 알고 지낸 시간이 있으니 그냥 형, 동생 하기로 하고… 그럼 월요일부터 나오는 걸로 알게요. 오늘은 족발 사왔으니까 먹고 가세요."

"족발 좋지!"

"제가 가져올게요. 아 참! 근데 형, 혹시 혜경이 누나랑 무슨 관계예요?"

"…가, 갑자기 무슨 소리냐?"

"아니, 혜경이 누나 학원 그만둔 지 몇 달 됐잖아요? 근데 형이 학원 그만두고 싶어 하는지 어떻게 알았나 해서요."

"그, 그게 왜 궁금해? 내가 소개해서 너한테 보냈는데 잘 지내나 싶어서 그런 거지."

"학원생을 걱정하는 마음이다?"

"그래!"

"아하~ 그렇구나. 난 형이 그렇게 학원생들을 위하는지는 몰랐네요. 그럼 미령이와도 연락하는지 물어봐야겠네요."

"…이 자식이! 미령인 내 담당이 아니거든!"

얼굴이 빨개진 이진철은 갑자기 두삼에게 헤드록을 걸었다.

그리고 두삼은 관자놀이가 깨질 듯한 고통을 겪은 후에 비밀로 하기로 하고 풀려났다.

21. 휴식

선선해서 좋았던 날씨는 이제 발코니에 오래 앉아 있는 게 부담스러울 정도로 추워졌다.

"그동안 바빠서 날짜 가는 줄도 몰랐네. 아~ 간만에 여유롭다."

가장 바빴던 뇌전증 환자 치료는 일단락됐다.

입원 환자들을 대상으로 테스트를 해본 결과 확실하게 치료 효과가 있다는 걸 알게 됐다.

그 후 김영태 교수의 말처럼 뇌전증 치료를 한다는 소문이 나면서 환자들이 밀려드는 통에 쳇바퀴 도는 생활을 해야 했다. 하지만 다행히 치료와 환자 유입을 조절하면서 지금은 여유를 찾은 상태다.

물론 곧 치료제 개발을 도와야 하니 이 여유가 계속될지는 의문이다.

아무튼 그렇게 노력한 덕분에 추석 때 못 쉰 거 쉬라고 한 주 동안 휴가를 얻었다.

가끔 농담처럼 민규식에게 등을 떠밀려 일을 한다고 말한다.

하지만 자신의 마음은 이미 병원의 소속으로 기울어 있었다.

그저 개업한 지 얼마 되지도 않은 가게와 신혜경과 한미령에 게 미안해서 아닌 척하는 것뿐이었다.

이효원의 경우는 근육, 혈관, 신경이 어느 정도 자리를 잡고 있어서 이제 다음으로 넘어갈 차례였다.

과연 생각대로 될지, 나을 수 있을지는 여전히 미지수였다.

그리고 마지막으로……

"형! 형! 엉덩이에 완전히 힘이 들어가요! 방금 끊기까지 했어 요."

"…천천히 말해라. 옆집에도 들리겠다."

"까짓것 들으라고 해요. 이제 형이 안 막아줘도 되는 거죠? 다 나은 거죠?"

나연섭의 항문조임근 신경이 연결 직전이었다. 그래서 일주일 전에 신경을 전기적 신호를 이용해 연결시켜 줄 수도 있었다.

하지만 스스로 치유할 수 있으면 그 편이 낫다는 생각에 내버 려 두었다.

"앉아봐. 다 연결됐나 보게."

손을 잡고 조임근을 살펴봤다. 세 개의 조임근이 70퍼센트 이 상씩 연결됐다.

'허어~ 어젠 고작 10퍼센트였는데. 낫기 시작하니 순식간이

구나.'

살펴보고 있는 중간에도 연결되고 있었는데 본래의 상태로 돌아가려는 힘이 느껴진다.

"어때요? 나았어요?"

나연섭은 잔뜩 기대한 얼굴로 물어봤다.

그 모습에 장난을 칠까 하다가 포기했다. 그동안 마음고생이 심한 애한테 할 짓은 아니었다.

"축하한다. 이제 집으로 가도 되겠다."

"진짜죠? 거짓말 아니죠? …와아! 정말 기쁜데 쪽팔리게 왜 눈물이 나는 걸까요? 하하하! 그래도 기분은 정말 좋네요. 하하하하! 우아아아~ 나았다!"

울다가 웃다가, 소리를 지르고 춤을 추고, 나연섭은 마치 미친 사람처럼 굴었다. 그러나 이해가 됐기에 그냥 내버려 뒀다.

어느 정도 진정이 됐을 때 물었다.

"다 했냐?"

"아뇨. 오늘은 하루 종일 이렇게 해야 할 것 같아요!"

"그럼 아침 먹고 해라."

"지금 밥이 문제예요? 형은 안 기뻐요?"

"기뻐. 드디어 군식구 없이 조용히 지낼 수 있잖아?"

"대박… 그게 기쁜 거예요?"

"너는 집에 가는 거 싫냐?"

"그건 아닌데. 형이랑 헤어진다니… 왠지 슬프네요."

"요즘은 아침, 밤으로 잠깐 보잖아. 정 슬프면 가끔 놀러 와라."

새벽같이 일어나 치료 겸 운동을 하고 학교에 갔다가 소속사

연습실에 다녀오면 늦은 밤이었다.

그래서 아침에 잠깐 얘기하는 게 다였다.

"자주 올게요."

"곧 데뷔한다고 하지 않았어? 그럼 잘도 그렇게 되겠다. 괜히 사람 기다리게 하지 말고 올 때 전화하고 그냥 와. 형이 맛있는 거 사줄게."

"…진짜로 자주 올 건데."

덩치는 어른이지만 아직 미성년자이긴 한가 보다.

그새 눈시울이 붉어졌다. 그 모습에 코끝이 살짝 찡해져서 얼른 부엌으로 가며 중얼거렸다.

"처음 만났을 때의 그 기세는 다 어디로 가고, 사내놈이 울긴……."

"안 울었거든요!"

굳이 있어 보이게 회자정리라는 말을 쓰지 않아도 헤어질 때가 있는 법이었다.

＊　　　　＊　　　　＊

"이제 샴페인을 터뜨려도 되는 거야?"

아침을 먹고 나연섭이 학교를 갈 준비를 할 때 오향희가 다가와 말했다.

전에 요도조임근을 고쳤을 때 했던 말을 기억하고 있었나 보다.

"네. 마음껏 터뜨려도 돼요."

"고생했어… 정말."

"누님도요. 이제 집으로 가면 진짜 연섭이의 엄마가 되는 거예요?"

한집에 살다 보니 오향희와 가끔 맥주를 마시며 얘기를 나눈 적이 있었다.

원래 나연섭이 데뷔를 하고 나면 그때 나경록과 결혼을 할 생각이었는데 갑자기 연섭의 문제가 발생하는 바람에 밀려 버린 것이다.

"그야 할 때까진 모르는 일이니까. 짐은 내일 빼야 할 것 같은데 괜찮지?"

"내일 부모님 댁에 이삼 일 정도 다녀올 것 같으니 천천히 빼도 돼요."

"아! 추석 때 연섭이 때문에 못 갔지?"

"꼭 그 때문은 아니고요. 이번에 안 다녀오면 또 언제 갈 수 있을지 몰라서요."

"그럼 경록 씨에게 연락해 오늘 만나라고 해야겠다. 샴페인값은 지불해야지."

"이미 충분히 주셨어요."

"그래선 안 돼. 오늘 병원에 안 가지?"

"휴가예요."

"그럼 점심 같이 먹는 걸로 잡아볼게."

"그래요, 그럼."

받든 안 받든 어차피 한번은 봐야 했다.

작별 인사를 할 때 다시 한번 자주 오겠다는 걸 강조하고 나연섭은 떠났다.

'이래서 같은 집에서 살기 싫었던 건데… 대우 형이 왜 사람들이 떠날 때 고시원 옥상에서 바라봤는지 알 것 같네.'

대문 앞에서 차가 완전히 사라지는 걸 물끄러미 바라보던 두삼은 착잡한 표정을 지우고 하란의 집으로 갔다.

—오늘 표정이 안 좋네요?

가장 먼저 루시가 반겨줬다.

"그런가?"

—네. 평소에 비해 눈이 살짝 더 닫혔고 입꼬리 역시 내려간 상태예요. 보통 슬픈 일이나 안 좋은 일이 있는데 애써 담담한 척하기 위해 짓는 표정이랄까요.

"…의학 서적이라도 읽었어?"

—아뇨. 평소 하란 님이 두삼 님이 돌아갈…….

"뮤트! …프로그램 오류가 난 건지 쓸데없는 소리를 다 하네. 오빠, 어서와."

갑작스럽게 나타난 하란이 당황한 표정으로 루시를 조용하게 만들고 인사를 했다.

"…으응."

"조금 전에 연섭이의 비명에 가까운 함성이 들리던데 다 나은 거야?"

"웅. 여기까지 들렸어?"

"벽에 CCTV가 있잖아."

하란의 CCTV는 소리까지 듣는 모양이다. A.I형 말하는 프로그램도 있는데 특별할 것도 없다.

"다 나았어."

"역시 오빠야. 오늘은 나부터?"

"아니. 이제 넌 지켜봐야 해. 3분의 2쯤 열었는데 더 이상은 안 열리더라. 강하게 밀어붙이면 가능할 것 같긴 한데 너무 위험해."

"그럼 어떻게 해?"

"네가 하는 요가를 계속해 봐. 어쩌면 자동으로 열릴지도 몰라."

"위험하다는데 어쩔 수 없지. 대신 자주 살펴봐 줘."

"그야 물론이지. 효원인?"

"위층 피트니스 룸에."

올라가자 이효원은 러닝을 하고 있었다. 한데 그 모습이 왠지 불만에 차 보인다.

아이스링크를 좋아하는 그녀에게 올라서지도 못하게 했으니 그럴 만도 했다.

"효원아, 그만 뛰고 이쪽으로 와서 앉아봐."

"…또 근골 만지려고요?"

그녀는 앉으라는 말에 흠칫 놀랐다.

"아냐. 거의 완벽하게 자리를 잡았어. 마지막으로 확인해 보고 이제 2단계로 넘어갈 거야."

"그래요! 2단계는 뭔데요?"

근골을 만지지 않는다니 쪼르르 달려와 앉았다.

"왼발의 맥과 오른발의 맥을 똑같이 만들 생각이야."

"어떻게요?"

"글쎄다. 지금부터 생각해 봐야지."

양손으로 각 발목을 잡고 아래에서부터 천천히 살펴봤다.

'일단 보이는 건 완벽해.'

더 세밀하게 들어가 혈과 맥, 근육과 근육 사이, 혈관 하나하나를 비교하면 당연히 큰 차이가 있었다.

하지만 그마저도 완벽하게 똑같이 한다는 건 요원한 일이다.

사실 그 정도면 다 나았다는 말이나 진배없었다.

"어때요? 2단계로 들어가도 돼요?"

"응. 나흘 뒤부터."

"시작하려면 바로 시작하지 왜 나흘 후예요?"

"수영장 열려야지. 그동안 부모님께 다녀오려고. 무리하진 마. 괜히 무리했다간 다시 1단계부터 해야 될지도 몰라."

"…가장 무서운 협박이네요."

이효원을 아니까 하는 협박이다. 괜히 무리하는 것보다 차라리 쉬는 게 나았다.

이효원까지 끝마치고 나자 할 일이 없었다.

점심 12시에 집 근처에서 만나자는 메시지가 와서 어디론가 가기도 어정쩡했다.

그냥 집에서 TV를 보며 시간을 죽이고 있는데 미령이 2층으로 올라왔다.

"오빠, 점심 어떻게 할 거예요? 제가 국수 좀 할까 하는데 같이 먹을래요?"

2층에서 옥상으로 가는 문을 막아뒀기에 옥탑으로 오가려면 비상계단을 이용하는 수밖에 없었다.

그녀는 한 달 전에 이사를 왔는데 가끔 점심을 같이 먹었다.

"오늘 연섭이 아버지와 약속이 있어. 혼자 먹기 그러면 좀 이따 형이랑 누나 오면 같이 먹어."

"…알았어요."

미령이 다시 내려간 후 시간을 보니 슬슬 출발할 때가 됐다.

오토바이를 타고 보내준 주소로 가니 조용한 일식집이었다.

안으로 들어서자 기모노 차림의 직원이 물었다.

"예약하셨습니까?"

"나경록 사장님과 약속이 있어 왔습니다."

"안내해 드릴게요. 이쪽으로."

안내한 방 앞으로 가자 신발이 놓여 있는 것이 이미 와 있는 모양이었다.

안으로 들어가자 나경록은 평소 무뚝뚝한 표정이 아니라 밝은 표정으로 두삼을 맞이했다.

"어서 오게, 한 선생."

"잘 지내셨습니까?"

"하하! 한 선생 덕분에 오늘부터 잘 지내게 될 것 같네. 고맙네. 그저 연섭이가 살아갈 희망만 줘도 괜찮겠다 싶었는데 완치라니! 하하핫!"

나경록이 이처럼 감정을 내보이는 건 처음이었다.

자리에 앉자 1인용 불판이 두 개 들어왔고 고기 역시 각각의 접시에 담겨서 왔다.

"고기를 좋아하는 것 같아 이곳으로 잡았네. 오늘 이 집의 고기를 다 먹어도 좋으니 마음껏 먹게."

"최선을 다해 먹어보겠습니다."

"하하! 그러게."

몇 점의 고기를 올리고 익은 후 먹는 것이 답답하긴 했지만 무슨 고기인지 맛이 기가 막혔다.

게다가 얘기하면서 먹기엔 제격이었다.

"혹시 앞으로 그런 일이 발생할 일은 없겠나?"

"음… 저나 나 사장님이 그런 일을 당할 확률과 같지 않을까 싶습니다. 그리고 만에 하나 다시 발생한다고 해도 어떻게 고쳤는지 연섭이가 아니, 희망을 잃을 일은 없을 겁니다."

"그 말을 들으니 더 든든하군. 혹시 원하는 바가 있으면 말해 주게."

"한 것에 비해 이미 과분하게 받았다고 생각합니다."

매달 받은 돈만 해도 결코 적은 액수가 아니었다.

"하하! 한 선생이라면 분명 그렇게 말할 줄 알았어. 그래서 고마움의 크기만큼은 아니지만 나름대로 세 가지를 준비했네. 첫 번째는 이거네."

그는 뒤쪽에 놔뒀던 백팩을 건넸다. 묵직한 것이 아무래도 돈 같았다.

아니나 다를까 안을 열어보니 돈이 백팩 가득이다.

"많다는 소리는 말게. 그저 들고 가기 힘들 것 같아 그 정도만 준 거네. 그리고 다른 하나는… 자네 핸드폰 좀 줘보겠나?"

그는 핸드폰에 어플을 깔곤 주민번호를 묻거나 아이디, 비밀번호를 만들어서 불러달라고 했다.

고기를 거의 다 구워 먹었을 때 그가 스마트폰을 돌려줬다.

"비상장 주식 일부를 자네 이름으로 샀네. 가방 앞에 보면 통장과 도장이 있는데 그 계좌와 연동시켜 놨으니까 2년간 손대지 말고 놔둬. 그럼 돈이 제법 될 거야."

"…상장이 될 주식이란 말입니까?"

"그렇다네."

"제가 소문을 내면 어쩌려고……?"

"어차피 돈이 있어도 살 수 없는 주식이네. 그렇다고 소문은 내지 말고."

도대체 얼마를 챙겨주려고 이러는 건지 감이 제대로 잡히지 않았다.

실제로 가방 안에 있는 돈만 해도 상당하다.

"감사합니다. 잘 쓰겠습니다."

못 받겠다고 박차고 나가지 않는 이상 어차피 받게 될 것 기분 좋게 받기로 했다.

"기분 좋게 받으니 내 기분도 좋군. 세 번째는… 집에 가서 확인해 보게. 내일 부모님께 간다면서? 급하게 준비해서 마음에 들지 모르겠군."

세 번째 선물이 뭔지 대충 감이 왔다. 하지만 집에 가서 보기 전까진 확신할 수 없었다.

"몇 번을 말해도 부족하게 느껴지는군. 고맙네. 혹시 어려운 일이 생기면 부담 갖지 말고 찾아오게. 내가 할 수 있는 일이라면 뭐든지 돕지."

"왠지 든든해지는군요. 감사히 기억하고 있겠습니다. 저도 사장님처럼 말하고 싶은데 직업이 직업인지라… 찾아올 일이 없으셨으면 좋겠습니다."

"하하! 이 사람, 본인이 의사임과 동시에 마사지사임을 잊은 모양이군. 가끔 식구끼리 마사지 받으러 가겠네."

"아! 그렇군요. 언제든 환영입니다."

나경록은 입에 밴 듯 다시 한번 고맙다는 말을 하고 떠났고, 두삼은 돈 가방을 아기처럼 앞으로 안고 사고가 나지 않게 조심하며 집으로 돌아왔다.

그리고 마당 한쪽에 서 있는 세 번째 선물.

"…대박!"

잘빠진 오픈카와 그 오픈카 옆에 더 잘빠진 짧은 원피스를 입은 여자가 서 있었다.

*　　　　　*　　　　　*

요즘은 TV를 잘 보지 않아 모르겠다.

전엔 홈쇼핑에서 앞다투어 차를 팔았다. 그리고 그 방송은 채널을 마구 돌리다가도 마법처럼 멈춰서 쳐다보게 되는 힘이 있었다. 차에 시선을 두는 것도 잠깐, 솔직히 차 옆에 서 있는 늘씬한 미녀들에게 더 눈이 갔다.

그때 함께 TV를 보고 주해인이 물었었다.

"저 여자까지 함께 준다고 하면 당장 사겠지?"

"옆에 있는 한 명에게 집중해도 행복하게 해주기 벅찬데 두 명? 그냥 준다고 해도 싫다."

…라는 말로 대답을 무사히 넘겼었다.

사실 그때의 속마음은 '웅!'이었다.

문득 과거의 기억이 떠오른 이유는 나경록이 보낸 선물이 혹시나 차가 아니고… 라는 생각이 들 정도로 서 있는 여자가 섹시했기 때문이다.

그 미녀가 다가와 입을 열었다.

"한두삼 선생님?"

"네, 네. 전데요."

"자동차 리스 회사에서 나온 소유연 대리예요. 저희 회사의 주요 고객 중 한 분이 차를 갖다드리라고 해서 가져왔습니다."

"리스요?"

"그분이 그러셨습니다. 리스를 싫어하면 매매 계약을 해도 괜찮다고요."

"아뇨! 리스가 좋습니다."

솔직히 끌고 다닐 여유는 있다. 그러나 현재의 자신에겐 비싼 차가 필요 없었다.

차가 공짜로 생긴다고 공짜로 굴러가는 건 아니다.

취득세, 등록세, 개별소비세, 보험료는 기본으로 들어가고 의료보험이 올라가 이후에 세금 역시 만만지 않게 나온다.

약간의 허세를 위해 지불하기엔 너무 아까웠다.

"차값을 대신해 리스 비용은 그분의 회사에서 총 10년간 지불할 거예요. 2년에 한 번 최신 차량으로 바꿔 탈 수 있으니 타고 싶은 차가 있으면 연락주세요. 그리고 이 카드 받으세요."

10년간 리스 비용을 대주고 2년에 한 번 새 차라니, 이젠 더 놀랄 일도 없을 것 같다.

"이 카드는 뭡니까?"

"주유 카드예요. 회사에서 처리하기 위해선 꼭 이 카드로 주유를 하셔야 한다네요. 오토바이 역시 주유하셔도 되고요."

"…그러죠."

놀람도 계속되니 점점 담담해진다.

"이 차 타본 적 있으세요?"

"아뇨."

"그럼 운전석에 앉아보세요. 간단히 조작법을 가르쳐 드릴게요."

보조석에 앉은 그녀는 부담스러울 만큼 친절하게 차에 대해 설명했다.

이게 네 번째 선물인가 싶었다.

"시험 운행 해보세요. 미사리 쪽으로 가서 덮개를 열고 달리면 아주 좋아요. 제가 동행할게요."

그녀가 가까이 기대어 왔지만 딱히 이렇다 할 감흥이 없었다.

비교할 이유는 없지만 굳이 비교하자면 옆집에 대자연의 풍경이 있는데 스쳐 지나가는 가로수에 마음이 움직일 이유가 없었기 때문이다.

"내일 타야 할 일이 있으니 그때 해볼게요. 친절한 설명 감사합니다. 그분께도 잘 받았다고 전해주세요."

담담하게 내리자 그녀는 잠시 어이없어하더니 금세 원래의 자신만만한 표정으로 돌아왔다.

"이 차를 타고 바람을 쐬면 어떨까 싶었는데 아쉽네요. 이상이나 의문이 생기면 언제든지 아까 드린 명함에 적힌 번호로 연락 주세요."

"그러죠. 수고하셨어요."

휑하니 떠나는 그녀를 일별하고 하란의 집 쪽 CCTV를 향해 말했다.

"나 차 생겼는데 바람 쐬러 안 갈래? 간 김에 저녁 사줄게."

─…….

아무런 반응이 없는 것이 어디 나갔거나 지금은 보고 있지 않은 모양이다.

빤히 CCTV를 바라보는 꼴이 스스로 생각해도 우스웠기에 머리를 긁적이며 돌아섰을 때였다.

CCTV에서 하란의 목소리가 들렸다.

─…씻고 나갈게.

"그래, 천천히 나와도 돼."

헬멧을 써서 눌린 머리를 손봐야 했기에 가방을 들고 얼른 2층 욕실로 뛰어갔다.

*   *   *

형편과 상황에 맞지 않는 차를 타는 걸 꺼려할 뿐 드라이빙 자체를 싫어하는 건 아니다.

대학 입학과 함께 할아버지가 선물로 차를 사주셨고 대학 내내 타고 다녀 운전 역시 익숙했다.

부우우웅~

날씨가 추워 덮개를 열진 않았지만 좋은 차답게 시원하게 고속도로를 내달린다.

현재 부모님이 계신 곳은 전북 고창이다.

고향과도 동떨어진 곳에 계신 이유는 당신의 망한 모습을 고향 사람들에게 보여주고 싶지 않다는 이유도 있고, 아버지의 돈을 왕창 해먹은 이에게서 받은 땅이 고창에 있어서이기도 했다.

―목적지에 도착했습니다.

인터체인지를 나와 달리길 30분.

복분자 농공 단지에서 제법 벗어난 한적한 곳에 이르자 내비게이션이 도착을 알렸다.

"여긴가?"

풀이 자란 도로 한켠에 주차를 하고 내리자 띄엄띄엄 집들이 보였다. 그중 가장 오래되고 낡은 집이 눈앞에 있는 것이 부모님의 집인 모양이다.

콘크리트길에서 벗어나 흙길을 따라 조금 걷자 7, 80년대에나 있을 법한 집이 한눈에 들어왔다.

그리고 그 집 마당에서 들깨를 말리고 있는 어머니가 보였다.

"엄마!"

"…아들? 어머! 아들 맞구나! 아이고, 내 새끼!"

어머니는 얼른 다가와 껴안곤 연신 등을 토닥였다.

두삼 역시 반가워하면서도 기를 내부로 보내 어머니의 상태를 살폈다.

'역시 할아버지가 길을 닦아놓으셨구나.'

두삼은 부모님이 잔병치레하는 모습을 본 적이 없었다.

그래서 혹시나 할아버지가 두 분의 건강을 챙긴 게 아닐까 추측했는데 예상이 맞았다.

연세가 연세인지라 세맥이 조금 약해진 건 어쩔 수 없었지만 십이경맥은 약간의 찌꺼기가 쌓여 있을 뿐 잘 뚫려 있었다.

그래도 혹시 몰라 물었다.

"어디 아픈 데는 없으세요?"

"네 할아버지가 살아계실 때 언제나 살펴주셔서 그런지 없다. 우리 아들은?"

"어느 때보다 튼튼해요."

"그래 보인다. 더 젊어 보이는 것 같기도 하고. 밥은 먹었니?"

"휴게소에서 간단히 먹었어요."

"그걸로 되겠니. 잠깐만 기다려라. 얼른 챙겨줄게."

괜찮다는데도 굳이 밥상을 차려주셨다.

"니 아버지는 다른 집에 일 도와주러 가셨다."

"…핑계 삼아 술 드시러 간 거겠죠."

"술 많이 줄이셨단다. …그리고 그때 그렇게 술을 많이 마셨던 건 너에 대한 미안함 때문이셨어."

"…글쎄요."

아무리 기억이 주관적이라고 해도 돈 내놓으라고 고래고래 고함을 치셨는데 그게 두삼 자신을 위해서라니 이해가 되지 않는다.

물론 지난 과거에 연연할 마음은 없었다.

"이미 지난 얘기 그만해요. 근데 그동안 이 낡은 집에서 사셨던 거예요?"

마루가 악양 집처럼 나무로 되어 있고 벽은 황토벽인 듯 울퉁불퉁 고르지 못했다.

"여기가 어때서. 전에 집에선 네 아버지 술 먹고 오면 온 방이

술 냄새로 찌들었는데 이곳에선 아무 냄새도 안 나고 좋다."

"부엌이 밖에 있는데요?"

"그건 조금 불편하지만 악양 별채 생각나서 괜찮아."

긍정적이신 건지 아들 앞이라 괜찮은 척하는 건지 잘 모르겠다.

"엄마, 집 사드릴 테니 옮기세요."

"됐어. 네가 준 돈으로 근처에 괜찮은 집 충분히 살 수 있는데 안 산 거야. 우리 걱정 말고 우리 아들이나 잘살려무나."

"…엄마, 저 잘살고 있어요. 할아버지가 물려준 만큼은 아니더라도 집도 있고, 가게도 있고, 차도 있어요. 조만간 예전보다 더 부자가 될 거예요."

"아이고~ 내 새끼, 잘살고 있다니 좋구나. 근데 사귀는 아가씨는 없니?"

"…엄만 집 얘기하다가 갑자기 여자 얘긴 왜 해요?"

"엄마, 아빤 잘 살고 있으니 너나 좋은 여자 만나서 행복하라는 소리다."

"……."

맥락 없는 엄마의 '너나 잘살아라'라는 공격을 어찌 당할까.

입씨름을 하느니 그냥 매달 용돈 보내 드리고 자주 찾아와서 뵙는 게 나을 것 같다.

"병원에 다닌다는 건 어떻게 됐니?"

"1월부터 정식으로 들어가서 3월부터 업무를 시작할 거예요."

"내년 설에도 못 오겠구나?"

"시간 되면 올게요."

"애쓰지 마라. 시간 되면 오고, 아니면 다음에 오면 돼지. 참!

그동안 복분자 많이 담갔는데 맛 좀 볼래?"

"네."

복분자 한 접시를 마시고 나니 예전에 좋아했던 부추부침을
해주셨고 그마저도 다 먹자 이번엔 과일을 내오신다.

"좀 이따 저녁엔 네가 좋아하는 전어 구워줄게."

"……."

간만에 온 아들에게 좋은 걸 주려는 엄마의 마음은 이해하겠
는데 위가 따라주지 않았다.

"엄마, 그만하고 여기 엎드려 보세요."

"왜?"

"소화시킬 겸 안마해 드릴게요. 예전에 배울 때 한 번 해드리
고 지금까지 못 해드렸네요."

"그럼 오랜만에 우리 아들에게 안마를 받아볼까?"

엄마는 펼쳐둔 방석 위에 엎드렸고 두삼은 하얗게 빛나는 손
으로 주물렀다.

쌓여 있는 찌꺼기들을 몽땅 없애 버릴 생각이다.

거의 끝냈을 때 밖이 시끄러워졌다.

"김 여사! 나왔소. 어느 놈이 집 근처에 좋은 외제차를 세워뒀
기에 바퀴에다 오줌 싸놓고 오느라 좀 늦었소. 마누라! 임자!"

취기가 가득한 아버지의 목소리.

5년 전 마지막으로 봤을 때도 취한 모습이었는데 오늘도 취한
모습이라니…….

드르륵!

"여보! 뭘 하기에……!"

문이 열리며 아버지가 들어왔다. 한데 두삼을 보곤 그대로 멈췄다.

"…그동안 잘 지내셨어요?"

"…흠! 너는?"

"잘 지내고 있습니다."

"다행이네. …밥은?"

"엄마가 이것저것 챙겨줬습니다."

"그거 가지고 되겠나? 여보, 저녁 준비 좀 하지!"

"그래요. 끙차! 아들 안마하느라 고생했어."

어머니는 무거운 공기가 싫으셨는지 얼른 부엌으로 가버리셨다.

"크흠! …재미있는 거 하나?"

남의 집에 온 사람처럼 어정쩡하게 들어온 아버지는 TV를 켰다.

'후… 5년이나 지났는데 말하기도 힘드네.'

각오를 하고 온 일이다. 한데 엄마와 달리 아버지에겐 평범한 얘기조차 꺼내기도 힘들었다.

TV를 켜준 것이 고마울 정도다.

어색함은 맛있는 전어 구이를 앞에 두고도 계속됐다.

평소라면 보지도 않았을 TV에 시선을 둔 채 입으로 들어가는지 코로 들어가는지도 저녁을 모르게 먹었다.

"어쩜, 이런 건 아버지와 아들이 똑같은지……."

엄마는 포기했는지 고개를 절레절레 흔들며 설거지를 하러 가셨다.

그렇게 또 한참을 있다 보니 도무지 끝이 나지 않을 것 같았다.

'이틀 정도 머물다 갈 생각이었는데 다음에 다시 와야겠어. 나이를 헛먹었는지 도무지 말이 나오질 않네.'

언젠가 아버지를 이해할 날이 오지 않을까.

좀 더 빨리 왔으면 하지만 오늘은 아니었다.

"저……."

일어나겠다고 말하려는데 갑자기 밖에서 큰 소리가 들렸다.

"용세 아저씨! 용세 아저씨!"

드륵!

아버진 현관문을 열고 밖을 보더니 말했다.

"윗집 수한이 아니냐? 무슨 일이냐?"

"어머니가 갑자기 배가 아프다고 하시는데 어떻게 해야 할지 몰라서……."

"뭐? 얼른 가보자!"

아버지는 슬리퍼를 신고는 수한이라는 남자를 따라나섰고 두삼은 한숨을 내쉬며 아버지를 뒤따랐다.

'어설프게 아는 것이 얼마나 위험한지 자식이 그 꼴을 당하는 걸 보고도 못 느끼시나?'

아버지의 병에 대한 지식은 사실 어설픈 한의사보다 낫다.

어린 시절부터 할아버지에게 배웠고 한의대 시험도 준비를 했었다.

다만 시험 운이 없어서인지, 재능이 없는 건지 번번이 미끄러졌고 결국 한의대에 입학을 하지 못했었다.

아버지가 평생 꿈이던 한의사의 꿈을 접고 사업에 몰두한 것은 그때부터였다.

'결국 사업에도 재능이 없으셨지.'

차를 주차해 둔 도로로 나가 조금 올라가 옆길로 빠지니 바로 환자가 있다는 집이었다.

"아이고~ …배야! 으으~"

끙끙 앓는 소리가 밖에까지 들렸다.

"아저씨, 이 방이에요!"

수한이 재촉을 하자 막 방으로 들어가려던 아버지가 두삼을 흘낏 보더니 멈췄다.

그러고는 등을 밀며 말했다.

"의사가 있는데 의사가 진맥을 봐야지. 수한아, 얘가 전에 얘기했던 내 아들놈이다."

"아! 서울의 큰 병원에 다닌다던. 부탁합니다."

"아, 예……."

다닐 거라고 정확하게 고쳐주려 하다가 무슨 의미가 있나 싶어 안으로 들어갔다.

나이 든 할머니가 배를 두 손으로 꼭 쥐고 바닥에 누워 있었다.

"할머니, 잠깐 진맥을 해볼게요."

대답을 기다리지 않고 허리춤에 손을 올렸다. 안으로 들어간 기운은 금세 배가 아픈 원인을 찾았다.

급성 충수염, 맹장에 붙어 있는 충수라는 작은 기관에 염증이 생기는 질환이다.

"급성 충수염, 흔히 맹장염이라고 부르는 질환입니다. 얼른 병원에 모시고 가야 합니다."

"택시를 부르겠습니다!"

"아뇨. 제 차가 있으니 타고 가시죠. 할머니, 아프지 않게 해드릴 테니 조금만 참으세요."

얼른 충수에 있는 신경들을 막았다. 아픔이 가셨을 텐데 고통스러웠던 기억 때문인지 할머니는 일어나지 못했다.

그래서 얼른 안아서 차가 있는 곳으로 뛰었다.

"차 키는 오른쪽 바지 주머니에 있어요."

"…네 차였냐?"

아버지는 실례를 한 차바퀴를 보며 물었다.

"네. 세차하면 되니까 신경 쓰지 마세요."

"…진즉에 말하지 그랬냐."

아버진 이상한 논리로 말을 하곤 문을 열었다.

할머니와 수한은 뒷좌석에, 아버지는 보조석에 태우고 차를 출발시켰다.

내비게이션이 알려주는 대로 가고 있는데 문득 아버지가 차창을 본 채로 중얼거렸다.

"…미안하다."

말투가 차에 실례를 한 것에 대한 사과가 아닌 것 같았다.

그래서 물었다.

"…뭐가요?"

"이것저것. 모두 다."

이것은 과거의 일이고 저것은 오늘 일인가?

"…괜찮아요."

"…뭐가?"

"이것저것. 모두 다요."

짧은 대화를 끝으로 다시 아까 전처럼 침묵이 이어졌다. 그러나 좀 전의 분위기완 달랐다.

어색함이 아닌 쑥스러움에 의한 침묵이랄까.

"……."

"……."

어머니 말씀처럼 부자(父子)는 쓸데없는 걸 참 많이 닮았다.

＊　　　　＊　　　　＊

부모님 집에서 하루를 쉬었다. 그리고 점심을 사 드린 후 서울로 올라왔다.

한데 올라오자마자 류현수에게 연락이 왔다.

─형… 나 왜 이렇게 재수가 없죠?

"뜬금없이 무슨 소리야? 술 먹고 싶으면 술 먹고 싶다고 말해."

─…술 먹고 싶어요.

"그래. 보쌈에 소주 한잔하자."

장충동이 족발로 유명하다고 족발만 있는 건 아니다.

장소를 잡고 위치를 메시지로 보내자 10분이 지나지 않아 그가 도착했다.

술이 먹고 싶어 한 전화인 줄 알았더니 진짜 무슨 일이 있는지 죽상이다. 그리고 자리에 앉기 전부터 소주를 시켰다.

"아줌마! 소주부터 주세요."

"병원에 들어가야 하는 거 아냐?"

"요즘은 병원이 아니라 학교에서 공부하고 있어서 괜찮아요. 그리고 오늘 같은 날은 책 본다고 머리에 들어올 것 같지도 않고요."

"무슨 일인데?"

아주머니가 가져온 소주를 따서 한 잔 따랐다.

"크~ 오늘 면접이었어요."

"그래? 근데 왜? 면접이 잘 안 됐어?"

"면접이야 그럭저럭 잘 봤어요. 그런데 면접관이 지랄이라서 문제죠. 면접관이 과의 과장급이라면서요?"

"응. 아마 그럴걸."

"오늘 절 면접 본 사람이 누군지 아세요?"

그는 소주를 연거푸 두 잔 더 마신 후 말을 이었다.

"임동환! 그 인간이 면접관석에 앉아 있는데 얼마나 당황했는지 한참 멍하니 서 있었다니까요."

"…임동환 선배?"

두삼 역시 믿어지지 않았기에 반문했다.

"예! 진짜 면접이고 뭐고 때려치우고 나올 뻔했어요."

교수급 명단을 다 봤다고 생각했는데 아닌가 보다.

아니면 민규식 원장이나 다른 사람이 꽂은 사람이라는 건데 실력이 좋을 가능성이 높았다.

"수련의 때랑은 다르지. 너도 전문의가 되는데 설마 뭐라 하겠냐?"

"그 인간과 같은 과라는 거 자체가 싫어요. 그리고 분명 사사

건건 간섭할 게 분명해요. 형은 그 선배랑 같이 일하고 싶어요?"

"난 상관없는데?"

"…쿨하시네요. 아무튼 전 싫어요."

"싫으면 어쩔 건데?"

"전과를 하든가, 그것도 아님……."

얼버무리는 것이 현실을 모르진 않나 보다.

"죽기 싫을 정도 아니면 버텨. 그리고 버티면서 실력으로 눌러 버려."

"그게 말처럼 쉽나요?"

"말처럼 쉬우면 그게 이상한 거지. 빠르면 내후년에 한강대학교에 한방의학과가 생기는데 침구과 교수 T.O가 몇 명일 것 같아?"

"…적어도 4명?"

"그래. 적어도야. 내후년에 당장 교수가 되는 건 무리겠지. 하지만 네가 실력을 보인다면 몇 년 안에 교수가 되는 것도 꿈이 아냐."

"……."

"설마 수련의 때보다 힘들겠냐?"

대형 대학병원을 끼고 있는 의과대학의 교수가 되는 건 이사장 배경이 있다면 모를까 그야말로 하늘에서 별 따기다.

수십 년간 온갖 아부를 떨어도 교수의 눈 밖에 나거나 줄을 잘못 타면 교수는 고사하고 하루아침에 실업자가 될 수도 있다.

한데 이런 기회를 사람이 싫다고 놓친다?

바보가 아닌 이상 한번 시도해 볼 만한 일이었다.

"…형은 무슨 과예요?"

한결 누그러진 목소리로 물었다.

"나? 안마과."

"에? 그런 과가 어디 있어요?"

"생길 거야. 대학에선 어떨지 모르지만. 아무튼 고민해 봐. 감정적인 결정이 미래의 네 모습을 완전히 뒤바꿀 수 있단 것만 기억하고."

"……"

해줄 수 있는 말은 여기까지.

그만두고 여자 친구랑 한의원을 내고 알콩달콩 사는 것이 더 행복할 수 있었다.

'그나저나 동환 선배 얼굴 보기 껄끄럽겠다.'

상관없다고 했지만 마음 한편에서 이는 찝찝함은 어쩔 수 없었다.

*　　　　*　　　　*

잔뜩 취한 현수를 택시에 태워 보낸 후 집으로 돌아와 오랜만에 늦잠을 자보자고 알람도 맞추지 않고 잠에 들었다.

"……"

해가 중천에 떠 있길 바라고 눈을 떴는데 조금 일찍 잠이 들어서인지 평소보다 더 일찍 깼다.

아직 해도 뜨지 않은 새벽이었다.

"습관이 이래서 무서워요."

다시 눈을 감았지만 정신이 너무 말똥말똥했다.

결국 몸을 일으켜 자리를 잡고 차분히 내부를 관조하며 기운을 돌렸다.

쓰고, 모으기를 반복해서인지 예전과 비교하면 상당히 많은 양이 몸 구석구석을 돌며 세포를 깨웠다.

'하면 할수록 기분이 좋아지는구나.'

나연섭을 깨우고 아침을 하지 않아도 된다는 생각에 마냥 앉아 기운을 돌리다 보니 묘한 고양감에 멈추지 못했다.

물론 그 고양감이 계속되진 않았다.

어느 순간을 지나자 비행기가 착륙하듯 고양감 역시 서서히 떨어졌다.

"음, 앞으론 이 정도는 해야겠구나."

온몸이 사우나에서 막 나온 듯 가뿐하고 날아갈 것 같았다.

방을 나서자 썰렁한 거실 공기가 반긴다.

"…조용하네. 곧 익숙해지겠지."

어머니가 싸준 복분자 엑기스를 물에 타서 한 잔 마신 후 아침을 준비했다.

"아! 혼자 먹을 거지."

생각 없이 준비를 하다 보니 평소처럼 3인분 이상을 준비해 버렸다.

혼자 다 먹을까 하다가 고개를 저었다.

몸속 에너지를 쓴 후에 폭식을 하는 건 에너지로 가지만 멀쩡한 상태에서 먹으면 살로 갔다.

고민을 하다가 마당으로 나가 건물 옆에 있는 비상계단으로 올라갔다.

자고 있으면 내려올 생각이었는데 한미령은 빨래를 널고 있었다.

"똑똑!"

"…아! 깜짝이야. 오빠였구나."

"여기 아무래도 문을 달아둬야겠다."

비상계단을 쓰지 않을 땐 몰랐는데 아무래도 도둑에 취약한 구조다.

"괜찮아요. 문 꼭 닫고 자는데요."

"아냐. 아무래도 불안해. 대문을 달고 아래층과 연결된 인터폰도 달자."

"돈 많이 들 텐데……."

"괜찮아. 연섭이 치료 끝내고 두둑이 받았어."

"…오빠가 알아서 하세요. 근데 옥상엔 웬일이에요?"

"아! 맞다. 아침을 하다 보니까 너무 많이 해서 같이 먹자고. 아침 했으면 어쩔 수 없고."

"아, 아니에요. 금방 갈게요."

아래로 내려가 양념을 살짝 더했다. 건강식도 좋지만 먹는 행복감 역시 중요했다.

2층으로 올라온 한미령은 얼른 부엌으로 들어왔다.

"오빠, 제가 도와 드릴게요."

"됐어. 다했으니까 앉아 있어. 끝! 자아~ 먹자. 함께 아침 먹는 건 처음인가?"

점심, 저녁을 자주 함께했기에 어색할 일은 없었다.

막 숟가락을 들었을 때였다.

딩동! 누군가가 왔다고 인터폰이 울렸다. 하란과 이효원이었다.

"아침부터 웬일이야?"

—오빠, 오늘부터 혼자 밥 먹잖아. 특별히 같이 먹어주려고 왔지.

"…눈물 나게 고맙네. 들어와."

두 사람이 합류했지만 의외로 식탁은 조용했다.

뭔가 어색한 분위기.

분위기가 싫었는지 이효원이 입을 열었다.

"이야~ 맛있다. 오빠 음식 잘하네요."

"고맙다. 많이 먹으렴."

"사랑받는 남편이 되려고 배운 거예요?"

"아니. 공중보건의 생활할 때 혼자 모든 것을 해야 할 때가 있었거든. 살기 위해 먹다가 문득 '할 일도 없는데 이왕이면 맛있게 먹는 게 낫지 않을까?' 라는 생각이 떠오르더라. 그때부터 열심히 만들어서 먹다 보니 이렇게 됐어."

"…뭐, 뭔가 짠하네요."

"하하하! 새옹지마라고, 그 덕에 맛있는 음식을 먹게 된 거니 좋은 일이지."

"그럼 어떤 걸 제일 잘해요?"

"글쎄? 해산물이려나? 지낸 곳이 섬이라 해산물을 가장 많이 먹었거든. 문어나 게 삶는 거 하나는 기가 막히게 한다."

"그래요? 그럼 저녁엔 해산물 콜?"

"…말이 갑자기 왜 그렇게 되냐?"

"언니, 미령 씨, 먹고 싶지 않아요?"

"오빠도 쉬어야지. 근데 얼마나 잘 삶는지는 궁금하긴 하다."

"…전 괜찮은데……."

이효원의 물음에 하란과 한미령은 괜찮다는 듯 말했지만 어째 먹고 싶다는 표정들이다.

"그래, 먹자. 이럴 때 아님 언제 먹겠냐. 가게 저녁 시간이 다섯 시부터 여섯 시이니 비워둬."

머릿속으로 뭘 사야 할지 생각하는데 하란이 말했다.

"참! 근데 오빠, 차는 저대로 둘 거야?"

"그러게. 큰길 쪽 주차 타워에 주차를 시킬까 생각 중이야."

가게 주차 공간은 잘 주차하면 3대, 어설프게 주차하면 2대가 끝이다. 한데 의외로 차를 끌고 오는 이들이 많아서 항상 차 있다고 봐야 했다.

굳이 더 넓힐 필요는 없지만 자신의 차가 공간을 차지하고 있으면 곤란했다.

"그러지 말고 우리 집 주차장 써."

"그래도 돼?"

"여유로워. 편하게 사용해도 돼. 주차비 얘긴 말고. 오빠가 항상 나에게 해주는 게 있잖아."

누가 오해하면 어쩌려고 말을 저렇게 어정쩡하게 하는 건지.

아니나 다를까 이효원이 눈이 동그래져서 두삼에게 물었다.

"응? 오빠가 언니한테 뭘 해주는데?"

"몸 상태를 체크하는 거야."

"…몸을?"

이효원은 하란의 몸을 아래위로 훑었다.

"건강 상태! 무슨 상상을 하는 거냐? 아침 다 먹었으면 일어나서 각자 일들 봐."

"그렇게 경우가 없으면 안 되지. 설거지는 내가 할 테니까 미령 씨는 차 좀 준비해 줄래요?"

"괜찮아."

"오빤 앉아 있어. 얻어먹었음 먹은 값을 해야지. 효원인 남는 반찬 냉장고에 넣어줘."

세 사람은 결국 차까지 마신 후 복분자 엑기스를 한 병씩 챙기고 돌아갔다.

"후우~ 다 좋은데 정신이 없네."

소파에 앉아 잠시 숨을 돌리고 있는데 전화벨이 울렸다.

처음 보는 번호다.

받을까 말까 잠시 망설이다가 통화 버튼을 눌렀다.

"여보세요?"

―한 선생? 날세, 이방익.

이효원의 담당 한의사였다가 얼마 지나지 않아 안마과 과장이 될 사람이다.

"아! 네, 이 선생님."

―오늘 병원에 언제쯤 오나?

"제가 휴가 기간이라 모레 나갈 겁니다."

―그래? 그럼 지금 가게에 있나? 시간 되면 좀 봤으면 하는데.

"오후엔 나가봐야 하긴 한데 지금은 괜찮습니다. 한데 무슨 일이신지요?"

―가서 얘기하지.

30분 정도 지나자 이방익의 차가 들어왔다.

그는 소파에 앉으며 내부 인테리어에 대해 평가했다.

"젊은 사람답지 않게 고전적인 걸 좋아하나 보군?"

"나무 향이 좋아서요. 차 드시면서 말씀하세요."

"후룩! 음, 차 끓이는 솜씨가 대단하군. 향과 맛이 기가 막히게 좋아."

"재료가 좋습니다."

"재료가 좋다고 해도 약초가 가진 바를 온전히 끌어내는 건 사람이지. 뭐 지금은 그게 중요한 게 아니니까. 다름이 아니라 우리가 맡게 될 안마과에 대해 얘기를 나누러 왔네."

"…전 과장님의 결정에 따라야 하는 입장인데요."

"한 선생이랑 함께하기 위해 한강대학병원에 지원했지 혼자 하려고 지원한 게 아닐세. 게다가 우리 과의 특성상 한 선생이랑 나 빼곤 다 안마사들만 고용되지 않나."

"…그렇습니까?"

어쩐지 면접을 볼 때 안마과 지원자가 한 명도 없더라니.

"몰랐나?"

"예. 솔직히 면접을 보고, 병원 일과 가게 일을 병행하느라 정신이 없었습니다."

"민 원장님도 그리 말씀하시더군. 아무튼 내가 원하는 건 상의해서 발전적으로 나아가는 걸세."

"그러길 원하신다면 일단 듣겠습니다."

솔직히 운영까지 신경 쓸 자신은 없었다. 다만 얘기를 듣고 첨언 정도만 할 생각이다.

"다름이 아니라 어제 센터 회의가 있었는데. 거기서 클리닉에 대한 얘기가 나왔는데 우리 과는 어떤 클리닉을 하는 게 좋을까?"

*　　　　*　　　　*

클리닉은 특정한 병, 혹은 장애에 대해 진단하고 치료하는 곳을 뜻하는데 성장클리닉, 비만클리닉 정도가 예일 것이다.

좋게 보자면 특정한 병에 대해 집중적으로 예방과 치료를 하는 것이라 볼 수 있지만 나쁘게 보자면 몇몇 클리닉은 돈벌이 수단의 하나였다.

이는 개설된 클리닉의 이름만 보더라도 능히 짐작할 수 있다.

두삼은 클리닉을 나쁘게만 보지 않았다.

수요가 있으니 공급이 있는 것이고 클리닉의 이름에 맞게 만족을 주면 되는 일이었다.

사실 대학병원에서는 명성 때문에 생각지도 못하는 여러 방법으로 환자에게 돈을 캐내는(?) 개인도 많았다.

"저희끼리 결정한다고 되겠어요? 각 과마다 돈이 되는 클리닉을 하려 할 텐데요?"

성장클리닉, 비만클리닉, 피부클리닉, 갱년기클리닉 등은 상대적으로 고수익을 올릴 수 있는 클리닉인데 한의학의 특성상 어느 과에서 해도 상관이 없었다.

"확실히 지킬 한 가지를 정하고 나머진 상황을 봐야겠지."

"선생님이 염두에 두고 있는 클리닉이 뭔지 먼저 알고 싶습니다. 아시다시피 병원 일은 제가 문외한이나 다름없거든요."

"현재 내가 운영하고 있는 의원에선 많은 것을 하고 있어. 비만, 성장, 피부, 어깨 질환, 허리 질환 등, 그중에서 가장 자신이 있는 건 비만과 어깨지."

비만과 어깨라, 안마과 특성에도 잘 어울리는 곳이니 괜찮아 보였다.

"비만클리닉은 꼭 해보고 싶네요."

"오! 그런가? 나의 경우는 식이조절과 함께 혈을 자극해 내장의 움직임을 활발하게 만든다네. 그리고 안마를 통해 지방을 분해한 후 배출하게 만들지. 한 선생은 어떤 방법을 쓰나?"

"저라면 혈을 자극해 위의 움직임을 늦추는 방법을 사용하겠습니다."

"응? 그게 가능한가?"

"배울 땐 침으로 배웠지만 안마를 통해서도 충분히 가능합니다."

"늦추게 되면 며칠이나 가나?"

"시술을 하는 사람에 따라 다르겠지만 적어도 며칠은 입맛이 없을 겁니다."

"오호! 한 선생은 정말 재주가 많아. 위 절제술 같은 효과를 낼 수 있다면 그보다 좋을 수 없지."

"그 정도는 아닙니다."

사실 조금 전에 떠오른 생각이지만 위 절제술과 같은 효과를 보여줄 수 있는 방법을 찾아볼 생각이다.

포만감이란 결국 뇌의 작용.

포만감을 느끼는 부분을 찾아 조작할 수 있다면 수술 없이도 비만을 잡을 수 있을 것이다.

'테스트해 보고 싶은 것도 있고.'

다른 한 가지를 더 떠올렸지만 지금은 그저 상상에 불과했다.

"한 선생은 비만 치료에 있어서 가장 큰 적이 뭐라고 생각하나?"

"의지죠."

두삼이 생각하기엔 술, 마약, 도박을 끊지 못하는 것처럼 비만 역시 의지의 문제라고 생각했다.

그런 이들에게 옆에서 아무리 먹는 것을 줄이고 운동하라고 해봐야 소용이 없었다.

결국 강제하거나 생존 본능이 일어나 살기 위해 살을 빼지 않는 이상 치료는 요원하다 얘기다.

물론 의지를 기르면 된다, 라고 말하는 이들도 있을 것이다.

한데 의지가 생기려면 적어도 가시적인 결과가 보여야 했다.

악순환의 고리랄까.

"잘 아는군. 그런 면에서 보자면 혈을 자극해서 위의 움직임을 늦추는 방법도 훌륭해."

"고맙습니다."

"하지만 좀 약한 감도 있어. 비만 환자의 경우 음식에 대한 집착이 생각보다 강하거든."

"인정합니다. 하다 보면 새로운 방법이 생기겠죠."

나연섭의 경우처럼 나아야겠다는 의지로 인해 신체가 되살아

나듯이 비만 환자의 먹어야겠다는 생각에 혈을 자극해서 임의로 걸어둔 제약 따윈 쉽게 깨질 수 있었다.

"…이미 다른 생각이 있는 건 아니고?"

"무슨 생각이요?"

"말하기 싫음 일단 넘어가지. 어깨클리닉은 어떤가?"

"어깨는 검사가 절반이잖습니까."

"훗! 자신이 있다는 얘기군."

"자신이야 있지만 침구과에서 양보하려 할까요? 의료 장비가 없는 것도 아니잖습니까?"

"자신이 없으면 양보하겠지. 아! 장인규 선생님이 계셔서 힘들겠군."

장인규는 침구과 과장이다.

"장 선생님 실력이 좋으십니까?"

"뜸에 대해서는 유명한 분이셔."

"식견이 좁아서인지 처음 듣는 얘기네요."

"자네는 잘 모를 거야. 내가 학생일 때 뜸으로 못 고치는 병이 없다 할 정도로 유명했는데 무슨 일로 갑자기 은거하셨거든."

한의학계엔 은거기인들이 많다더니.

"혹시 뜸에 대해 관심이 있다면 친해지려 노력해 봐. 일단 마음에 들면 아낌없이 자신의 노하우을 전수하신다더군. 물론 마음에 드는 건 힘들 거야. 좀 괴팍하다는 소문이 있어."

"…괴팍한 분 비위 맞추는 건 사양입니다. 과장님께서 맞추시고 노하우는 공유하죠."

"하하하! 나도 그런 일에 젬병이라서 말이야. 자자! 아직 많은 클리닉이 남아 있으니 얘기를 계속하지."

문득 떠오르는 생각.

'현수의 과를 바꿔달라고 원장님께 말해봐야 하나?'

장인규와 임동환의 밑에서 잘 헤쳐 나갈지 걱정이 됐다.

그러나 클리닉을 하나하나 읊어가며 안마과에 맞는 클리닉을 찾으려 하는 이방익을 보자 자신의 코가 석 자임을 깨달았다.

*   *   *

"사장님, 4차 투자자들 명단입니다."

"메인 컴퓨터에 입력은?"

최익현은 팀장이 내미는 서류를 받아 들었다.

현재 HR투자는 고객들의 요청에 의해 투자 지원자를 두 번 추가로 받았다.

그런데도 투자하겠다는 이들이 계속 생기면서 결국 4차 모집까지 하게 된 것이다.

"루시에겐 이미 입력됐습니다."

"쯧! 이 팀장도 컴퓨터를 이름으로 불러?"

"사장님께서도 한번 사용해 보십시오. 자료가 헷갈릴 때나 점심이 고민될 때 물어보면 아주 유용합니다. 직원들 대부분이 이용합니다."

"대표님이 자리를 비웠다고 다들 풀어진 건 아니고?"

"…대부분은 업무용으로 사용합니다."

가볍게 얘기했는데 대답이 무겁게 돌아오자 팀장은 찔끔해서 변명을 했다.

"좋은 때일수록 조심하는 게 좋아. 대표님은 일만 잘하면 뭘하든 신경 쓰지 않았지만 난 달라. 회사임을 명심해."

"죄송합니다."

불과 6개월도 안 돼서 회사의 투자 운영 자금이 6배 정도 늘어나게 되면서 회사의 이득 역시 커졌다.

그에 회사 분위기는 무척 좋았다.

근데 너무 좋아서 약간 풀어지는 느낌이었기에 긴장하게 만들어야 했다.

"투자자 중에 직원과 관련된 이들은 없지?"

"예. 몇 번 확인했습니다. 설마 거위의 배를 가르려는 이들이 있겠습니까. 걸리면 그 즉시 퇴사는 물론 지금 얻고 있는 이익도 토해내거나 못 받게 될 텐데요."

내부의 정보를 이용한 투자를 막을 겸 복지 차원에서 직원들의 투자는 별도로 이루어지고 있었는데 상당한 이익을 보고 있었다.

회사 설립 때부터 일한 이들은 월급보다 투자 이익이 더 컸다.

"그래도 사람 일이란 모르는 일이니 주의하도록. 자! 명단대로 진행해."

"예! 사장님."

서류에 사인을 하고 건네준 후 최익현은 시간을 확인했다.

퇴근까지 1시간 30분 남았다.

오늘 업무를 마쳤기에 퇴근을 할까 하던 그는 좀 전에 루시에 대해 들은 것이 기억났다.

잠깐 머뭇거리다가 노트북에 있는 루시 프로그램을 실행했다.

"루시, 대표님은 뭐 하고 있나?"

—대표님은 현재 저에게 질문을 하고 있어요.

우문현답이었다. 현재 그가 대표였기 때문이다.

"…우하란 대표님."

—우하란 님에 대한 것은 개인정보 보호 차원에서 알려 드릴 수가 없어요.

"……"

뭔가 울컥했다. 기계 따위에게 희롱당하는 기분이랄까, 무시 당하는 기분이랄까.

그리고 잘 생각해 보니 '모른다'가 아니라 '알려줄 수 없다'는 것을 보아 알고 있다는 얘기였다.

"회사 일로 보고할 게 있다."

—아! 그런가요?

어울리지 않으니 놀란 척하는 반응까진 하지 마!

—하란 님은 현재 댁에 계십니다. 하지만 20분 후 집을 비우실 예정입니다.

"어딜 가는데?"

—제가 알려 드릴 수 있는 건 여기까지입니다.

"그 정도면 충분해."

최익현은 우하란에게 전화를 걸었다.

"대표님, 최익현입니다."

—최 대표님이 대표죠.

루시가 누굴 닮았을까.

"호칭이야 어떻게 됐던 보고할 것이 있습니다."

─아직 대표의 뜻을 잘 모르나 보군요. 뭔데요?

"전화상으로 말씀드리기가……."

─1시간, 아니, 1시간 반 후에 집으로 와요.

"알겠습니다."

20분 후에 집을 나서는데 1시간 반 후에 집에 있겠다니 목적지가 짐작이 갔다.

전화를 끊은 최익현은 인상을 구기며 중얼거렸다.

"빌어먹을 자식! 접근하지 말라고 분명 경고를 했었는데…….
좋은 말로 말하면 알아듣질 못한다니까."

─빌어먹을 자식이라는 말은 거지 같은 놈이라는 뜻인데 별로 좋은 말은 아닌 것 같은데요.

프로그램 끄는 걸 잠깐 잊고 있었다.

＊　　　　＊　　　　＊

노량진 수산 시장은 서울의 최대 수산물 전문 도매시장으로 수많은 독립된 점포들이 모여 있다.

장점은 서울 최대 수산물 도매 시장답게 구하고자 하는 수산물은 거의 구할 수 있다는 것이다.

다만 이곳에 가면 싸고 싱싱한 해산물을 양껏 먹고 올 수 있다고 생각하는 이들은 조심해야 한다.

간단하게 수산 시장계의 용산 전자 상가라고 생각하면 된다.

집에서 해 먹을 해산물을 사러 간다면 나쁘지 않다. 그러나 해산물을 사서 조리를 부탁하고 먹을 생각이라면 그냥 동네 횟집을 가는 걸 추천한다.

장소 제공과 간단한 조리(찜, 초장, 간장, 볶음밥 따위)를 하는데 웬만한 음식점에서 음식 먹는 값을 훌쩍 뛰어넘는 기적(?)을 보게 될 것이다.

수산물 가격에 음식점 가격을 더하면 창렬해진다.

또한 수조에 있다고 해서 싱싱하다고 생각하면 오산이다.

특히 패류(貝類)는 절대 조심해야 한다.

고향이 남해안과 가까워 수산물을 좋아했던 두삼 역시 대학교 때 후배들과 함께 왔다가 학을 뗐다.

분명 단골인 선배의 추천으로 왔는데 가격, 품질 두 가지 모두 엉망이었다.

그럼에도 불구하고 다시 노량진을 찾은 이유는 정도만 덜할 뿐 어느 수산 시장이든 비슷했기 때문이다.

물론 정직하게 장사하는 사람 역시 있을 것이다.

그러나 그들의 이마에 정직이라고 찍혀 있는 것이 보이지 않는 이상 발품을 팔고 정보를 검색할 수밖에 없었다.

"음, 분위기가 왜 이래?"

수산 시장 특유의 비린내에 흐뭇하게 수산 시장에 들어섰는데 여기저기 살벌한 플래카드가 보였다.

노량진 수산 시장 신축 건물을 반대한다, 신축 건물은 시장 기능이 부족해 입주를 거부한다, 노점을 하는 이들의 생존권을 보장하라, 는 글들이 적혀 있었다.

"근근이 살아가는 이들이 피해가 없길……."

상인들에 대한 걱정은 하지 않았다.

시장에서 일하는 이들 중 자신보다 더 돈이 많은 자가 수두룩할 텐데 누가 누굴 걱정한단 말인가.

"오늘 들어온 좋은 놈으로다가 싸게 드릴 테니 보고 가세요."

"얼마까지 알아보고 왔어요? 최대한 맞춰 드릴게요."

"학생, 싸게 해줄게."

"오늘 들어온 놈이야. 보고 가. 뭘 원해? 게? 회?"

연신 두리번거리자 여기저기서 말을 걸어왔다. 하지만 두리번거리는 이유가 수산물이 신기해서가 아니었기에 그들의 말이 귀에 들어오지 않았다.

'역시 수산물의 기운도 보여!'

약초, 채소, 과일 따위를 볼 때 기운이 보여 수산물도 그러지 않을까 생각했는데 마찬가지였다.

하얗게 빛나는 것이 싱싱한 수산물이니 굳이 많은 곳을 돌아다닐 필요가 없었다.

"대게 얼마예요?"

"얼마까지 알아봤어요?"

"처음 물어보는 거예요."

"킬로에 3만 5천 원. 많이 사면 서비스도 드릴게요."

"숙성 방어랑 새우는요?"

싱싱한 것을 파는 곳만 세 곳을 들러 가격을 물어봤다.

가격은 비슷했다. 결국 제대로 숙성된 방어를 파는 곳에서 샀다.

"방어는 회를 떠드릴까요?"

"아뇨. 제가 할 거니 포장만 잘해주세요."

포장을 한 수산물을 오토바이 뒤에 잔뜩 싣고 집으로 돌아왔다.

"서둘러야겠네."

남은 시간은 1시간 30분.

수산 시장에 가기 전에 준비해 뒀던 와사비와 초장을 이용해 양념장을 만들고 회를 썰고, 찜을 하려면 아슬아슬했다.

게를 솔로 깨끗이 씻어 찜통에 넣었다.

이어 큼직한 방어 머리를 반으로 잘라 반은 양념을 하고 오븐에 넣고 반은 회를 칠 수 있게 옆에 놔뒀다.

담을 접시를 준비하고 회칼을 들었다.

급하게 준비하느라 비싸지 않은 회칼이다. 물론 비싼 걸 써본 적도 없었다.

"하지만 더 좋은 도구가 생겼지."

기를 볼 수 있다는 건 생각보다 더 많은 일을 할 수가 있었다.

*　　　　　*　　　　　*

펄떡이는 새우의 껍질을 벗기고 기절시킨 문어를 찜통에 넣는다고 죄책감이 들진 않는다.

모든 생명체가 먹어야 살 수 있듯이 인간도 생명체를 먹어야 살 수 있다. 그리고 이왕 먹는 거 생명체가 가진 기운과 맛을 극대화할 수 있다면 더 좋을 것이다.

"와아~ 이걸 오빠가 다 했어? 요리사가 왔다 간 거 아냐?"

이효원은 식탁에 차려진 음식들을 보며 놀라워했다.

"데커레이션이 없는 거 보면 모르겠냐? 일단 앉아."

"음… 인정."

데커레이션에 대해선 배운 적이 없었다.

"하란이도 앉아."

"가게 사람들은?"

"곧 올라올 거야."

말이 끝나기 무섭게 세 명이 올라왔다.

"여어~ 냄새 죽인다. 그나저나 갑자기 무슨 바람이 불어서 해산물 파티냐? 어? 여기 두 미녀분들은… 이효원 선수? 이효원 선수 맞죠!"

이효원을 처음 보는 이진철은 호들갑을 떨면서 이효원의 맞은편에 앉았다.

"저 효원 선수 패, 팬입니다. 나중에 사인 좀 부탁드려도 되겠습니까?"

"아, 네! 먹고 해드릴게요."

"자자! 얘기는 먹으면서 해요. 식습니다. 게는 내가 손질해 줄테니까 일단 방어회랑 문어부터 먹어요."

다른 사람들은 먹기 시작했지만 두삼은 아직 해야 할 일은 있었다.

꽃새우를 회로 먹을 수 있게 만들고, 게도 손질을 해야 했다.

도구가 없어 포크와 젓가락으로 낑낑대고 먹는 걸 보느니 음식점처럼 먹기 좋게 해주는 게 나았다.

"오빠! 진짜 맛있어요! 근데 이 소스는 뭐예요? 찍으니까 맛이 또 달라요. 진짜, 이런 소스는 처음 봐요."

"…어떻게 이렇지? 찍으니까 회의 감칠맛이 살아나는 것 같아."

"진짜, 대박!"

"게 내장과 간장, 맛술, 외국 소스 몇 가지를 섞은 거야. 맛있다니 다행이네. 넉넉하게 사왔으니 많이 먹어."

다들 맛있게 먹는 걸 보니 왠지 기분이 좋다.

예전엔 할아버지께서 자신이 먹는 것만 봐도 흐뭇해하시던 모습을 이해할 수 없었는데 오늘에서야 조금 알 것 같았다.

"오빠도 앉아서 먹어."

하란이 미안한지 자신의 옆에 앉으라는 듯 비켜 앉으며 말했다.

"걱정 말고 먹어. 남는 건 다 내 몫이야."

"…그럼 내가 싸줄……."

딩동! 딩동!

"잠깐만 누가 왔나 보다."

밑에서 현관을 들어서면 나는 소리가 들렸다. 그래서 서둘러 내려갔다.

달갑지 않은 손님이었다.

"…최 사장님이시군요. 지금 저녁 시간이라 50분 정도 기다리셔야 합니다."

"아! 그래요? 대표님과 한 시간 뒤에 만나기로 해서 기다릴 겸 해서 왔는데……."

"하란이 지금 위에 있는데……."

무심결에 말을 하다가 알고 있었다는 듯한 최익현의 눈빛을 보고 아차 싶었다.

'여기 있다는 걸 알고 왔군.'

저러고 싶을까 하면서도 한편으로 안쓰러웠다.

하란과 썸이라도 탄다면 넘보지 말라고 할 텐데 아무 관계도 아닌데 그를 막는 것도 우스운 일이었다.

"…식사 안 하셨으면 같이하시죠. 위에서 조촐히 회를 먹고 있었습니다."

"괜스레 제가 방해하는 건 아닌지?"

방해한다면서 왜 몸은 벌써 올라올 준비를 하고 있는 건데?

"네, 뭐."

내키진 않지만 그를 데리고 2층으로 올라갔다.

"하란이네 회사 직원분이셔. 혜경 누나, 누나가 하란이 옆에 앉아요."

"으응, 근데 넌 어쩌려고?"

"난 사장 자리에 앉으면 돼요. 자자! 많이들 드세요."

잠깐 자리를 비우는 사이에 손질한 게와 새우를 다 먹었기에 다시 손질을 했다.

"…한 시간 뒤에 보자고 말했을 텐데요?"

하란의 목소리는 평소와 달리 사무적이었다.

"아, 퇴근 시간에 차가 막힐 것 같아서 약속 시간까지 마사지나 받고 있으려 했습니다. 한데 대표님이 여기 계신 줄은 몰랐습니다."

"…그래요?"

"…정말입니다. 두삼 씨, 안 그렇습니까?"

'내가 뭘 안다고……?'

"얘기는 식사 끝나고 하고 일단 먹자."

"…알았어. 자!"

하란은 손으로 꽃새우 꼬리를 잡고 내밀었다.

"먹자면서 일만 하고 있으면 어떻게 해. 이렇게라도 먹어야지."

잠깐 머뭇거리자 식탁 전체의 시선이 일제히 두삼과 하란에게 꽂혔다.

이럴 때 잘못하면 더 어색해지는 법. 냉큼 받아먹곤 말했다.

"…하하. 오빠 생각하는 건 하란이밖에 없다! 싱싱해서 맛있네. 고마워. 효원이도, 미령이도 좀 배워라."

"음, 지금까지 바쁜 척한 건 설마 여자들이 주길 바라서였어?"

이효원이 의미심장한 표정으로 중얼거렸다.

"그럼 효원인 직접 까먹는 걸로."

"에? …말이 그렇게 되나요? 이거 드시고 화를 푸세요, 오라버니. 헤헤!"

발 빠르게 말을 바꾸며 대게의 집게발을 내밀었다.

"특별히 봐주지."

"자! 이것도 먹어라."

이효원의 것을 먹고 나자 이진철이 커다란 쌈을 만들어서 내밀었다.

두삼은 아직 손질하지 않은 대게를 그의 앞 접시에 놓아줬다.

"…이제부터 형은 직접 손질해서 드세요."

"왜? 나도 주잖아!"

"누가 형이 주는 걸 먹고 싶대요? 아름다운 숙녀분들이 주는 걸… 읍!"

"닥치고 먹어라!"

그는 번개처럼 다가와 쌈을 입에 구겨 넣었다.

그 후로 여기저기서 쏟아지는 온정의 손길에 일을 하면서도 배를 채울 수 있었다.

한데 혼자만 가만히 있는 것이 어색했는지 최익현이 쌈을 내밀었다.

"저도 드리죠."

"아뇨. 이제부터 저도 앉아서 먹을 거예요. 그건 최 사장님 드세요."

"…그, 그럼."

청양고추를 왕창 집어넣는 걸 봤는데 받아먹을 순 없었다.

쌈을 먹은 후 연신 물을 마시는 걸 보니 딱히 매운 걸 좋아하는 건 아닌 것 같았지만 말이다.

실컷 먹고 마신 다음 달달한 복분자로 차를 만들어 먹는 것으로 저녁 식사를 마쳤다.

"설거지는 여자들이 해요. 언니는 쉬시고요."

"놔둬. 내가 하면 금방 해."

"오빠 고생했는데 좀 쉬어. 곧 일해야 하잖아."

"그럼 그릇이라도 옮겨줄게."

"그건 저분이 도와줄 거야. 그렇죠?"

하란은 이진철을 보며 말했다.

"하하하! 물론입니다. 뭘 하면 됩니까?"

"일단 컵과 큰 접시들부터요."

하란은 마치 대장이라도 되는 듯 진두지휘를 해 빠르게 설거지를 해나갔다.

신혜경은 저녁 영업을 위해 청소를 한다고 내려가고 나니 한가한 사람은 자신과 최익현뿐.

어째 설거지를 하는 것보다 더 어색하고 불편했다. 그래서 발코니로 나갔다.

한데 최익현이 따라 나왔다. 쓸데없는 얘기가 나올 것 같아서 선수를 쳤다.

"식사는 괜찮았습니까?"

"맛있더군요. 근데 제가 지난번에 한 말 기억하고 계십니까?"

소용없는 짓이었나 보다.

"최 사장님……."

"제 말 아직 끝나지 않았습니다. 옆집에 살고, 효원 양을 치료하고 있으니 만날 수밖에 없다는 건 알고 있습니다. 하지만 경고를 제대로 인지했다면 최소한의 노력은 해야 하지 않습니까?"

최익현은 말은 정중했지만 말투나 표정은 화를 내고 있었다.

두삼은 어이가 없었다.

말을 끊는 것부터 행동하는 모양새가 마치 아랫사람에게 말을 하는 것 같았다.

게다가 경고라니.

어린 시절 워낙 말썽을 많이 쳤던 반작용 때문인지 가급적 남에게 피해를 입히며 살고 싶지 않았다.

착하게 살았다는 얘긴 아니다.

영업을 방해한 깡패들의 몸을 망가뜨릴 정도로 음흉한 구석
도 있고 깡패를 보낸 김장혁을 협박할 만큼 고분고분 사는 타입
도 아니다.

"다시 한번 경고……."

"이봐요, 최익현 씨."

"…말이 좀 거칠군요."

"내 말투가 거칠다고요? 그러는 최익현 씨의 말투는 무슨 예
의가 넘치는 줄 아십니까? 경고? 댁이 하란이 애인이라도 돼요?"

"……."

"그리고 당신이 하란이를 짝사랑한다고 내 마음이 가는 걸 막
을 권리가 있습니까?"

"…한두삼 씨! 대표님이 주신 돈으로 겨우 이런 가게나 하는
주제에……."

"말은 똑바로 합시다. 구걸을 해서 받은 게 아니라 한 사람의
목숨을 살려주고 그 대가로 받은 돈입니다. 그리고 그러는 당신
은요? 사장이라고 스스로 대단하다고 생각합니까? 당신 논리대
로라면 당신이야말로 하란이가 주는 돈으로 생활하고 있는 거
아닙니까?"

뱉다 보니 왠지 모르게 속이 시원해진다.

제대로 대화를 해본 건 한 번밖에 없는 최익현에게 이렇게 쌓
인 게 많았다는 것이 의아했지만 내친걸음이었다.

"자신 있음 고백해요. 스토커처럼 뒤에서 이러지 말고요. 아
님 내가 먼저 고백할 겁니다."

"……!"

말을 하다 보니 본심이 튀어나왔다.

물론 뱉은 말을 주워 담기엔 이미 늦었다.

"…무슨 말인지 알겠습니다. 당신도 좋아하면서 시치미를 떼고 있었군요."

그는 어금니를 뿌득 갈더니 거실로 들어가 버렸다.

두삼은 머리를 벅벅 긁었다.

최익현에게 팩폭을 한 것이 미안해서가 아니라 아까부터 발코니 근처를 날고 있는 드론 때문이었다.

"루시, 방금 내가 한 말 지워줬으면 하는데? 아님 하란에게 알리지 않는다든가."

―부탁하는 사람치곤 상당히 고압적이네요.

"…부탁합니다, 루시 님."

―그렇다고 '님'으로 부르지 않아도 됩니다. 어차피 하란 님의 명령이 아니면 지울 수도 알리지 않을 수도 없거든요.

"……."

루시를 삭제해 달라고 부탁하면 하란이 들어줄까?

"아! 하란이가 모든 기록을 확인하지는 않을 것 아냐?"

자신이 아는 카메라만 해도 10개가 넘었다. 한데 그걸 모두 확인할 리는 없었다.

―맞아요. 하루에 1시간 정도 확인하는 게 다예요.

"후우~ 다행이네."

하지만 너무 성급한 판단이었다.

한국말은 끝까지 들어봐야 한다는 속담이 루시에게도 통할 줄이야.

―하지만 두삼 님과 관련된 영상은 꼭 봅니다.

이런 망……

"…응?"

―두삼 님에 대한…….

"뮤트(Mute)!"

설거지가 끝났는지 하란이 발코니로 나오며 외쳤다.

"아직 완성되지 않아서 불안정해. 가, 가끔 인터넷에서 이상한 기사를 읽고 헛소리를 할 때가 많다니까. 근데… 루시랑 무슨 얘길 하고 있었어?"

"으, 응, 그, 그냥 이것저것……."

"말을 왜 더듬어? 혹시 이상한 걸 물은 거야?"

하란은 눈을 살짝 흘겼다.

"아, 아니거든. 그리고 이상한 걸 묻는다고 답해줄 것도 아니 잖아."

"그야 그렇지만 조금 수상해."

"…수상할 것도 없다."

"뭐, 좋아. 저녁 맛있게 먹었으니 넘어가 줄게."

지금 넘어간다고 될 일이 아니었는데 조삼모사인지 안도의 한숨이 나왔다.

그러나 아직 한 고개가 더 남아 있었다.

"최 대표랑 무슨 얘기했어?"

"……."

"얼핏 보니까 꽤 심각해 보이던데?"

"최익현 씨가 할 얘기 있다던데 안 가봐도 돼?"

"잠깐 기다리라고 했으니까 말 돌리지 말고."

말을 해야 하나 말아야 고민하다가 더 이상 그냥 넘길 수 없다고 생각했다.

어차피 루시의 말대로라면 알게 될 일이었다.

"최익현 씨랑 네 문제로 잠깐 말싸움이 있었어."

"내 문제?"

"응. 그 사람이 널 좋아하고 있나 보더라. 그래서인지 나더러 접근하지 말래."

"…관심 좀 끊으라고 회사까지 맡겼는데 눈치도 없다니까."

"알고 있었어?"

"옆에서 매일 부담스럽게 보는데 모를 수가 없지. 다만 엄마 치료 다닐 때 많은 도움을 줘서 모른 척했을 뿐이야. 엄마가 다 나은 다음엔 안 되겠다 싶어 회사를 맡기고 나온 거고."

"그랬었구나."

"오빠 기분 상하게 했다면 미안. 내가 오늘 확실하게 말해둘게."

"아냐. 나보다 최익현 씨가 더 기분이 상했을 거야."

"뭐라고 했는데?"

"그게……."

삐익! 삐익!

갑자기 하란의 손목시계에서 비프 음이 들렸다.

"아! 미안해, 오빠. 지금 가봐야겠다. 루시 서버가 다운됐어. 다음에 내가 저녁 살게."

"…으응."

부리나케 뛰어가는 하란의 뒷모습을 보며 안도의 한숨을 뱉었다.

  루시에겐 미안한 일이지만 다운된 김에 오늘 일을 잊어주기 바랐다.

22. 길을 만들다

오랜만에 이력서를 써서 민규식에게 건넸다.

"이보다 더 자세히 뒷조사를 하셨겠지만 그래도 정식으로 드리는 게 예의일 것 같아서 가져왔습니다."

"허허허! 그 사람 은근히 뒤끝이 오래가는군. 이제 드디어 우리 병원 의사가 되는 건가?"

"이미 절반쯤 그랬다고 보는데요."

"그건 그렇지. 근데 값싸게 부려지는 게 싫진 않고?"

연봉 1억이다. 실수령액을 700만 원이 조금 안 되게 받는 것이니 지금까지 건당 받는 것에 비하면 적다.

그러나 불만은 없었다. 사실 그동안이 너무 비정상적이었던 거다.

"그동안 많이 챙겨주셨잖습니까."

"그야 자네 실력으로 얻은 결과잖나. 능력만큼 버는 건 당연하다고 난 생각하네. 아무튼 나 사장과 같은 건이 있으면 소개해 줄 테니 열심히 해주게."

"예. 원장님. 그럼 이만 가보겠습니다."

"신경과로 가나?"

"네. 오늘 연구실 안내받기로 했거든요."

"치료제를 개발해 보게. 그때부턴 돈 걱정 안 하고 살 수 있을 걸세."

"덕담으로 듣겠습니다."

그게 쉬웠으면 누군가가 벌써 개발했을 것이다.

마스크와 가운으로 갈아입곤 김영태 교수의 방으로 향했다.

"안녕하세요, 선생님!"

"휴가는 잘 다녀오셨어요?!"

"선생님, 이거 드세요."

"네, 안녕하세요. 잘 다녀왔습니다, 김 간호사님. 감사합니다, 어머님."

복도를 걷는데 만나는 사람마다 반갑게 인사를 건넨다.

귀찮지 않았다. 오히려 인사를 할 때마다 그들의 밝은 기운을 받는 느낌이라 좋았다.

"어서 오게. 커피 한잔하고 연구실로 가지."

김영태 교수의 방으로 들어가자 그는 커피부터 권했다.

"그래, 휴가는 잘 보냈나?"

"고향에 다녀왔습니다."

"살아 계실 때 찾아뵈야지. 바쁘다는 핑계가 나중에 후회가 된다네."

씁쓸하게 웃는 것이 커피의 쓴맛 때문만은 아닌 듯 보였다.

"그러겠습니다. 한데 실험 대상자는 구하셨습니까?"

전에 실험 대상이었던 이들은 모두 퇴원을 해서 정기적인 방문만 하면 됐다. 물론 퇴원을 했다고 다 나은 건 아니다. 그중 연령별로 20퍼센트에서 80퍼센트까지 다양한 치료를 한 후 장기적 관점으로 살펴보고 있었다.

"환자는 넘친다고 말했지 않나. 어디서 소문을 들었는지 외국인까지 지원을 했다네. 모두 50명인데, 불쌍하다고 절대 멋대로 치료를 하면 안 되네. 정해진 규칙에 따라 서서히 치료와 실험을 병행할 것이네. 치료할 사람은 실험군을 제외하고도 많으니 우선 그들에게 온전히 집중해 주게."

어차피 지난주처럼 신경과에 온전히 집중을 하긴 힘들었다.

"알겠습니다. 한데 50명을 수용할 공간이 병원에 있습니까?"

"이번에 연구비가 제법 많이 나왔다네. 직접 가보지."

김영태 교수의 연구소는 본관 건물 뒤쪽에 위치한 별관 건물에 있었다.

"여긴 한강대학교 의학연구소. 의사들이 하는 연구를 돕기도 하지만 반대로 이곳에서 자체적으로 새로운 약을 만들어 실험을 하기도 한다네. 한약의 성분을 분석해 새로운 약을 만들 때꽤 유용할 걸세."

"연구원들과 알아두면 좋겠군요."

"모든 일이 그렇지 않나. 오른쪽으로 가지."

로비에서 오른쪽 복도로 들어가자 전자자물쇠가 달린 문이 나타났다.

"자, 이게 자네 신분증이네. 이게 없으면 지문 인식으로도 가능하지만 잊어버리지는 말게."

"보안이 꽤 철저한가 보군요?"

"대단하진 않지만 최소한의 보안은 해야지. 만일 약 개발이 진행되면 그땐 철저해지겠지."

철컹!

문이 열리고 안으로 들어갔다.

"조용하네요?"

"오늘 저녁에 1차 실험자 스물다섯 명이 들어오면 그때부터 북적이겠지. 실험은 이미 나와 있는 약의 반응을 살피는 것부터 시작할 거야. 내일 아침엔 이쪽으로 바로 오면 되네."

"알겠습니다."

보안이 잘된다는 걸 제외하곤 병원과 다를 바가 없었다.

새로운 기기들이 들어왔다고 말했지만 의료 기기, 특히 신경과에서 쓰는 의료 기기까지 알기는 힘들었다.

구경을 다하고 다시 신경과로 가서 입원 환자 중 급한 이들의 치료를 했다. 다만 속도는 예전보다 한결 낮추었다.

처음에 10퍼센트를 치료했다면, 이번엔 5퍼센트로 줄이고 대신 인원을 늘렸다.

중간에 신부전증 환자를 위해 내과와 소아과에 다녀오고 나니 12시 30분이었다.

이제야 오전 일정이 끝난 것이다.

"후우~ 이 선생님이 기다리시겠네."

푸드코트에서 샌드위치와 우유를 사서 먹으며 한방센터로 갔다.
물론 마스크를 벗고 한방의 가운을 입은 채였다.

이곳에서까지 마스크맨이라는 촌스러운 별명을 들을 생각은
없었다.

"안녕하세요!"

"…아, 예."

얼마 전까지 텅 비었던 곳에 이제는 제법 많은 이들이 오가고
있었기에 인사를 했다. 그러다 공동희 대리, 아니, 이제 한방의학
센터 행정지원 팀 팀장을 봤다.

"여어~ 공 팀장."

"…한 선생님, 동갑이지만 서로 존중하면서 지내는 게 낫지 않
겠어요?"

"참나, 너도 너다. 반말한다고 널 존중하지 않는 건 아니거든."

"불편합니다."

"그럼 넌 높임말 쓰든가. 수고."

다시 높임말을 할 것 같지 않다고 생각되었을까 지나가는데
쭈뼛거리며 그가 말했다.

"…안마과에서 주문한 의료 용품 가져가."

"그래? 어디 있어?"

"저기."

그가 가리킨 방향엔 라면 박스 크기의 박스가 수북이 쌓여 있
었다.

캐리어가 있는 것이 저걸 나르는 중이었던 모양이다.

"직원들 없냐?"

"다들 바빠. 오픈까지 두 달 정도 남았는데 벌써부터 다 출근시키면 낭비야."

"지원 팀답다. 나중에 용품 얻을 때 엄청 빡빡하게 구는 거 아냐?"

"아끼는 건 당연한 거야. 물론 치료에 필요한 용품은 아끼지 않겠지만."

"어련하시겠어. 내가 도와줄 테니까 얼른 나르자."

"됐어. 너희 과 것만 챙겨가. 제대로 왔는지 일일이 확인하고 대조해야 해."

"알았다. 대신 끝나고 잠깐 들러. 마사지해 줄게."

"…너 혹시? 아니다. …아무것도 아냐."

"싱겁긴. 이 두 박스 맞지? 수고해."

박스를 들고 안마과로 갔다.

이방익은 접수 데스크의 간호사와 얘기하고 있다가 두삼을 보곤 말했다.

"한 선생, 출근 시간이 너무 자유로운 거 아냐?"

"죄송합니다. 정식 오픈 하면 달라질 겁니다. 이 의료 용품 박스는 어디에 놓을까요?"

"여기다 놓아주세요. 정리는 제가 할게요. 참! 전 안마과를 담당하게 된 도예리예요."

"안녕하세요, 도 간호사님. 한두삼입니다."

"도 간호사는 예전에 내 병원에서 일했었어. 임신하고 그만뒀다가 복귀했어. 몇 년 만이지?"

"5년요."

"애는 잘 크지?"

"…예. 둘째도 있어요."

"둘이면 부지런히 벌어야지. 그만둘 때 다시 시작하게 되면 우리 병원으로 오라고 그렇게 말했는데 여기로 복귀했네."

"선생님도 참. 거긴 T.O가 없잖아요."

"도 간호사가 복귀한다고 했으면 바로 자리를 만들었지. 아무튼 괘씸하긴 하지만 처음 오픈하는 이곳 상황을 생각하면 도 간호사가 이곳에 온 것이 행운이라고 할 수도 있지."

"일을 잘하시나 봐요?"

두삼이 물었다.

"잘해. 두 사람 몫은 거뜬할걸."

"이 선생님 또 비행기 태우시는 거 보니 커피를 마시고 싶은가 보다. 알았어요. 타 올게요. 한 선생님도?"

"감사합니다."

"아! 근데 믹스 커피예요."

"상관없습니다."

도 간호사가 탕비실로 들어가자 이방익이 낮은 목소리로 설명했다.

"마셔보면 믹스 커피의 새로운 맛을 느낄걸. 진짜 그만둔다고 했을 때 도 간호사 커피 못 마시는 게 제일 아쉬웠어."

설마 그 정도일까 했다.

한데 커피를 마셔보고 정말 평소에 마시던 믹스커피인가 싶을 만큼 놀라웠다.

"큭큭! 내 말이 맞지. 그만 놀라고 들어가지. 할 얘기가 있네."

커피를 들고 그의 진료실로 들어갔다.

"참! 자네 진료실부터 구경해야 하지 않나?"

"환자가 있는 것도 아닌데요."

"그럼 먼저 얘기하지. 지난번에 봤을 때 우리 과는 안마사를 채용한다고 하지 않았나?"

"네. 그러셨죠."

"그래서 하는 말인데 일반 안마가 아닌 치료를 위한 안마를 위해서라면 나의 기술과 한 선생의 기술을 가르쳐야 하지 않겠나?"

"아! 그렇군요."

필요하다면 직접 할 수도 있지만 환자가 밀려올 때도 감안해야 했다.

클리닉까지 하게 되면 하루 종일 안마만 해야 할 것이다.

"그래서 한가한 지금 일주일에 두 번 그들을 교육시킬까 생각 중인데 한 선생 생각은 어때?"

"당연히 해야죠."

"오케이! 시간은 편하게 정하게. 한 선생이 하지 않는 날 내가 하는 것으로 하지."

"염치 불고하고 그러겠습니다."

"바쁜 걸 빤히 아는데. 참! 1시간 후에 각 과의 과장들과 얘기하기로 했어. 센터 의원들끼리 얼굴이나 익히자는 차원이니 참석할 수 있으면 해."

"그래야죠."

좋든 싫든 간에 앞으로 봐야 할 사람들이다. 미리미리 안면을 익혀두는 게 좋았다.

"클리닉에 대해선 어떻게 됐습니까?"

"일단 제출해 뒀어. 센터장님이 병원장님이랑 의논해서 결정하기로 했네."

"저희가 원하는 대로 되지 않을 가능성도 있겠군요? 그럼 안마사들 가르치는 건 일단 두고 봐야 하는 거 아닙니까?"

"걱정 마. 비만클리닉은 무슨 일이 있어도 뺏어올 테니까. 그리고 한 선생이 있는데 원장님이 어느 정도 가산점을 주지 않겠나. 하하하!"

"하하. 기대해 보죠."

얘기를 마치고 진료실로 왔다.

책상을 중심으로 오른쪽엔 진료를 볼 수 있는 침상이, 왼쪽엔 간단히 치료를 할 수 있는 장비와 도구들 놓아두는 주사실 겸 창고가 있다.

볼 것이 없음에도 두삼은 구석구석을 천천히 살폈다.

"보건소의 내 진료실이랑 비슷하네⋯⋯."

비슷하다는 건 느낌일 것이다.

오래된 섬 보건소의 진료실과 얼마 전에 리모델링이 끝난 진료실이 비슷할 리가 없었다.

공중보건의를 끝내는 날, 가운을 입고 두 번 다시 누군가를 진료할 거라고 생각하지 못했는데⋯⋯.

'한의사 한두삼'이라 적힌 명패를 천천히 어루만지며 두삼은 격세지감을 느꼈다.

병원 일을 하지 않더라도 먹고사는 덴 문제가 없었다.

그럼에도 불구하고 시간을 쪼개고 쪼개 한강대학병원에 들어온 이유는 한의대를 다닐 때 당연하게 생각하던 꿈이었기 때문이다.

어쩌면 병원 생활이 맞지 않을지도 모른다. 그러나 지금은 좋았다.

"험험!"

헛기침 소리에 정신을 차리고 보니 이방익이 들어와 있었다.

"노크 소리도 못 듣다니 어지간히 좋은 모양이군."

"…한의대를 졸업하고 병원에서 일하는 건 누구나 꿈꾸는 일이잖습니까."

"난 아니었는데. 돈을 많이 버는 게 꿈이었어. 그래서 나만의 한의원을 만들었던 거고."

"…그러시군요."

"이제 돈은 벌 만큼 벌었거든. 그래서 새로운 꿈을 이루고자 들어온 거야."

"안마를 의학의 분야로 인정받기 위해서 말입니까?"

"민 원장님께 들었나 보군. 맞네. 왜? 불가능하다고 생각하나?"

"그럴 리가요. 근데 무슨 일이십니까?"

"갈 시간 됐네."

"…벌써요?"

"푹 빠져 있었나 보군. 괜스레 미안해지네."

"…아닙니다. 가시죠."

가운을 벗어 옷걸이에 걸어두고 과를 나와 센터 출구 쪽으로 나갔다.

다른 과에서도 약속 장소로 가는지 여러 명이 앞에서 가고 있었다.

그때 좌측 복도에서 중년 여성이 나오며 이방익에게 아는 척 했다.

"어머! 이 선생님. 약속 장소에 가시는 거예요?"

"아! 성 선생님. 가시는 길이면 같이 갈까요? 한 선생, 인사드리 게. 한방부인과의 성희숙 선생님."

"처음 뵙겠습니다. 한두삼입니다."

"반가워요, 한 선생. 근데 혹시 경해대?"

"네. 선생님. 말씀 편하게 하세요."

"그래요. 그럼 이은수 선생 알겠네?"

"네, 후뱁니다."

"혹시 한 선생이 면접 봤어요?"

"……"

어떻게 알았지?

"이은수 선생을 뽑아줘서 고맙다고 하려고 꺼낸 말이니 긴장 마. 어쩜 애가 그리 솜씨가 좋은지. 아무튼 3차 면접 점수가 최 고점이라 이것저것 묻다 보니 선배가 면접을 봤다고 해서 유추 해 본 거야."

"…은수 실력이 뛰어난 거지 제가 칭찬받을 일은 아닙니다."

"뛰어난 실력이 있는지 알기 위해선 보는 사람도 실력이 좋아 야 하는 법이야. 아! 그렇게 되면 나도 그렇게 되는 건가? 호호 호!"

꽤 재미있는 양반이다.

약속 장소는 과거 양반집을 현대식으로 고친 고풍스러운 찻

집이었는데 부침 냄새가 나는 걸 보니 곡주도 파는 것 같았다.

막 들어가려 할 때 전화 통화를 하며 나오던 임동환과 마주쳤다.

"어? 넌⋯⋯."

"안녕하세요, 선배."

센터 의사들끼리 만난다고 했을 때 만날 거라 예상했기에 담담하게 인사했다.

*　　　　　*　　　　　*

"여긴 어쩐 일이야? 이방익 선생님과는 아는 사이?"

두삼에게 임동환은 공중보건의로 근무하는 동안 전 여자 친구에게 치근거렸다는 점만 마음에 걸릴 뿐, 류현수가 느끼는 것처럼 보기 싫을 정도는 아니었다.

"저 안마과에서 일하게 됐어요."

"안마과? 안마사로 취업한 거야?"

악의는 없지만 재수 없는 물음에 어이가 없어진다.

"선배, 저도 한의사거든요? 그리고 안마사는 시각장애우들밖에 못 해요."

"으, 응. 그렇지. 그냥⋯ 네가 침을 놨다는 소문이 있어서 그렇게 물은 거야."

"다시 잡기로 했어요."

"⋯그래도 되는 거야?"

"그때 제가 잘못한 건 없어요. 그저 뭔가에 휘둘려서 그런 결정을 했을 뿐이고요."

"…그렇구나. 다행이다. 그럼 네가 안마과에 이방익 선생님과 함께한다는 그 한의사?"

임동환은 뭐가 떠올랐는지 놀란 표정으로 물었다.

'이방익 선생이 이 녀석과 함께 일하고 싶어 병원에 들어온 거라고?'

이방익이 한의사계의 스타라는 건 그도 잘 알고 있었다. 그래서 돈과 명예를 둘 다 가진 그가 왜 굳이 한강대학교병원에 왔는지 의아해했었다.

그때 들은 것이 바로 실력 좋은 누군가와 함께 일하기 위해서라는 소문이었다.

한데 소문의 주인공이 두삼이라니.

대학교 때 두삼에게 가지고 있던 자격지심이 다시 고개를 치켜들었다.

침술의 영재, 교수, 화타의 환생 등. 자신이 들어야 할 환호와 가져야 할 인기를 독차지한 놈.

게다가 자신이 점찍어놓은 주해인마저 차지한 놈.

자신의 앞길을 막기 위해 태어난 놈 같았다.

그래서 치워 버렸다. 한데 다시 나타난 것이다.

'말도 안 돼! 전문의 과정도 거치지 않고 보건의를 끝내고 침도 잡지 않은 녀석이 제대로일 리가 없어. 마사지와 물리치료를 배웠다더니 그걸로 뽑혔을 거야.'

침술에 대해 깎아내려 보지만 그래도 뒷맛이 좋지 않았다.

"네. 그렇게 됐어요. 근데 자세한 얘기는 나중에 하기로 하고 들어가요. 선생님들 기다리시겠어요."

"…그러자."

안으로 들어가자 현재까지 신설된 10개의 과 과장과 센터장이 앉아서 얘기를 나누고 있었다.

그들의 대화가 끊기지 않게 조용히 들어가 이방익의 옆에 앉았다.

한데 그게 더 집중을 시켰나 보다.

반백의 대머리인 센터장 고웅섭이 물었다.

"지금 들어오는 젊은이는 누군가?"

"처음 뵙겠습니다. 안마과의 한두삼입니다."

"오! 한 선생이었군. 너무 어려 보여서 학생인 줄 알았네. 학교는 어딘가?"

"경해대입니다."

"침구과 임 선생도 경해대라고 하지 않았나? 젊은 의원 둘이 있는데 둘 다 경해대라니. 다른 학교 젊은 의원들이 노력해야겠군요."

고웅섭은 그저 칭찬을 한마디 하기 위해 한 말이었다. 하지만 다른 대학 교수들에겐 그렇게 들리지 않은 모양이었다.

그리고 그 한마디가 묘한 기류를 만들어냈다.

"제 모교에도 훌륭한 인재들이 많습니다."

"제 모교도 마찬가지입니다. 합격한 이들의 면면을 보면 우리 원강대가 더 많습니다, 선생님."

"고작 한 명 차이 나는데 '더 많다!'고 표현하기엔 그렇습니다. 저희 한천대야말로 요즘 가장 핫하죠."

과장들은 말을 하지 않으면 자신의 모교가 무시당한다고 생각했을까 모두 한마디씩 했다.

대수롭지 않게 뱉은 한마디에 좋던 분위기가 삽시간에 흉흉하게 바뀌자 당황한 건 오히려 고웅섭 센터장이었다.

"허어~ 내 말을 그렇게 받아들이면 내가 미안하지 않나. 내 사과할 테니 기분들 풀고 하던 센터의 발전 방향에 대해 얘기하세."

연장자이자 센터장인 그가 말하자 교수들은 당장은 수긍하는 듯 보였다.

그러나 마음속으로 모종의 결심을 하고 있었다.

1시간 넘게 영혼이 없는 대화가 이어지자 모임은 어영부영 끝나 버렸다.

병원으로 돌아오는 길에 둘만 남게 되자 이방익이 머리가 아프다는 듯 중얼댔다.

"센터장님이 하필이면 가장 민감한 부분을 말해 버려서 앞으로 볼만하겠어."

"뭐가요?"

"아까 교수들 하는 거 보지 않았나? 얘기하는 내내 아마 자신의 모교 학생들 중 실력이 괜찮은 인물을 생각하고 있었을걸."

"모교 출신을 데리고 온다는 말씀입니까?"

"아마 그럴걸."

"T.O가 납니까?"

"얼마나 많은 환자가 오느냐에 따라 다르지만 백에 구십구는 현재의 인원으로 부족할 거야. 현재 수련의들도 없지 않은가."

"음, 그럼 큰일이네요."

"왜? 교수가 되지 못할 것 같아 걱정되나? 걱정 말게. 만일 안마로 인한 치료가 보다 확실해지면 그땐 어느 대학을 가도 교수를 할 수 있을 테니까."

교수가 된다면 좋겠지만 사실 안 되어도 상관없다.

쉴 시간도 없는데 교수까지 하면… 상상하는 것만으로도 끔찍하다.

"아닙니다. 교수가 되라고 해도 걱정입니다."

"하긴. 근데 뭐가 큰일이라는 건가? 아! 후배들?"

대답은 씁쓸한 미소로 대신했다.

'그래도 다른 곳보단 나으니 잘하겠지.'

미리부터 걱정해 봐야 무슨 소용일까. 일단은 눈앞의 일에 집중하기로 했다.

*　　　　*　　　　*

그저 스케이트를 신고 가볍게 움직일 수 있는 정도만 기대했는데 수영장을 빙판으로 만드는 것이 그냥 기온만 낮춘다고 되는 일은 아님을 알게 됐다.

얼음을 얼리는 전문가가 따로 있었고 온도 역시 꾸준히 맞춰줘야 했다.

"이렇게 거창할 것 같았으면 그냥 링크로 갈걸."

"대신 개인 스케이트장이 생겼잖아."

하란이 대수롭지 않게 말하니 조금 위안이 된다.

"근데 오늘 루시는 조용하네? 아직 못 고친 거야?"

"이번 기회에 용량을 늘리려고 부품을 주문해 놔서 좀 걸릴 거야."

"드론은 여전히 움직이는데?"

"최소한으로 작동시켜 뒀어. 어어… 오, 오빠 잡아."

스케이트를 신고 있던 하란이 미끄러지면서 뒤로 넘어지려 했다.

두삼은 미끄러지지 않는 신발을 신고 있었기에 얼른 손을 뻗었다.

손을 잡자 하란의 다리가 두삼 쪽으로 오면서 몸이 기울었다. 그래서 한 손으로 그녀의 허리를 잡았다.

"……."

"……."

다리와 다리가 엇갈린 상태에서 딱 붙었다.

드라마처럼 우아하고 아름다운 자세가 아니라 성인물에서 나올 법한 꽤 부끄러운 자세였다.

"으음, 조금 나중에 올 걸 그랬나?"

이효원이 눈을 좁히며 중얼거렸다.

"좀 그러지 그랬냐. 하필 지금 딱 나타나서는."

두삼은 하란을 바로 서게 하며 말했다.

"어머! 어머! 이 오빠 태연한 것 좀 봐. 뻔뻔한 거예요? 아님 예전에 바람둥이였던 거예요?"

"우리 치료 1단계로 돌아갈까?"

"…위기에 처한 언니를 돕다니 정말 멋지세요, 오빠. 전 이제 뭐 하면 되는 거예요? 하하!"

"일단 스케이트 신고 내려와서 손부터."

"근데 오빠, 손을 내밀 때마다 강아지가 되는 기분인 거 알아요?"

"뼈다귀라도 사올까?"

"칫! 방해했다고 너무 까칠한 거 아녜요? 그러지 말고 오빠도 타세요. 손잡고 타면 되잖아요."

"네 속도를 어떻게 따라가냐?"

"여기서 무슨 속도를 내요. 그냥 천천히 얼음을 가르는 기분만 내는 거죠. 얼른 타요."

"스케이트 없어."

"짜잔! 그렇게 말할 것 같아서 언니가 준비해 뒀죠."

준비성도 좋으셔라.

사실 이효원이 말하는 방법대로 하는 게 제일 좋았다. 실시간으로 확인이 가능했고 흐름을 단숨에 파악할 수 있으니 말이다. 하지만.

"…못 타. 스케이트 타본 적 없어."

얼음 위에서 뭔가를 해본 건 어릴 때 논에서 썰매를 타본 게 다였다.

"뭐예요? 그것 때문에 이 핑계, 저 핑계 댄 거예요? 오빤 운이 좋은 줄 아세요. 금메달리스트에게 스케이트를 배우게 되는 거잖아요."

"그래, 배워서 같이 타면 되잖아."

하란이까지 등을 미는데 어쩔 수 없었다.

결국 스케이트를 신고 빙판에 섰다. 설 수는 있었지만 앞으로 나가는 건 도통되지 않았다.

뭐랄까, 머리와 다리가 따로 노는 기분이랄까.

"…이래선 집중을 할 수가 없어."

"호호! 처음엔 다 그래요. 무릎 살짝 구부리고, 손!"

"이거야, 원……."

손을 뻗는 것도 쉽지 않다. 이런 곳에서 어떻게 점프를 뛰는 건지…….

오늘따라 이효원의 대단함을 다시 한번 실감했다.

이효원이 양손을 잡더니 서서히 움직이기 시작했다.

"천천히! 천천히!"

중심을 잡느라 이효원의 기를 읽을 틈이 없다. 자신의 운동신경이 이렇게 둔했나 싶다.

"어어! 어어!"

엉덩이에 힘을 너무 줬는지 다리는 앞으로 가고 엉덩이는 뒤로 빠진다.

넘어지겠다 싶은 순간 하란의 손이 허리를 받쳐줬다.

"나도 있으니까 너무 겁먹지 마."

"…고마워."

하란이 빙긋 웃어주니 왠지 모르게 든든했다. 물론 약간 꼴사납다는 생각도 들었다.

'넘어지면 어때. 다치지만 않으면 돼.'

마음을 편하게 먹기로 했다.

한데 그 순간 신기하게 잔뜩 긴장된 몸이 풀렸다. 그리고 잔뜩 힘을 주고 있을 때보다 훨씬 안정적이게 됐다.

"그래요, 그렇게 힘을 뺀 상태에서 한 발씩 대각선으로 밀어요."

요령을 잘 모르니 쉽진 않았다.

살짝 하란을 돌아보며 어떻게 타는지 보고 몇 번 시도를 하다 보니 조금씩 익숙해졌다.

'이제 효원이의 내부를 볼까?'

양손이 하얗게 빛났고 그 빛은 효원의 양팔을 통해 온몸으로 번져갔다. 이효원이 스케이트화를 신고 빙판에 올라서면 온몸에 퍼져 있던 기운이 활성화되며 하체로 활발하게 모여들었다.

언제나 봐도 신기한 현상.

다친 다리에 집중했다.

1단계 치료가 장마로 인해 폐허처럼 망가진 도로의 형태를 복구하는 공사였다면, 2단계는 망가진 도로에 아스팔트를 까는 공사였다.

제대로 된 길을 만들고 그 길을 통해 기운이 지나다닐 수 있도록 할 생각이었다.

고통스러운 1단계를 계속해서 반복했던 이유는 따로 있었다.

아스팔트까지 깔지 않는다 해도 길을 지나다닐 수는 있지 않을까, 라는 생각.

그리고 그 결과를 지금 확인할 수 있었다.

'생각대로 되긴 했는데 기대만큼은 아니네.'

물처럼 빠르게 맥을 타고 내려가던 기운은 망가진 맥에 이르자 호스에서 벗어난 물처럼 옆으로 퍼져 버렸다.

하지만 첫술에 배가 부를 수는 없는 법.

맥에서 벗어난 기운은 예전만큼은 아니더라도 발의 이곳저곳으로 돌아다녔다.

'유도를 할 수 있을까?'

자세히 살펴보기 위해 넓게 퍼져 있는 기운은 내버려 두고 다시 기운을 들여보내 이효원의 기운에 더했다. 그리고 호스(맥)에서 벗어나자마자 왼발의 온전한 맥의 방향으로 내달리게 만들었다.

'따라온다!'

일부에 불과했지만 꼬불꼬불 간 길을 이효원의 기운이 따라왔다. 그리고 따라온 기운 중의 일부가 상승하는 맥으로 들어갔다.

문득 떠오르는 아이디어.

'길이 없는 곳도 계속 지나다니면 길이 생기듯 맥도 비슷하지 않을까?'

한 번, 두 번, 세 번 반복할수록 올라가는 기운은 조금씩 많아졌다.

10번을 반복한 후에 자신의 기운을 끊었다. 그리고 올라가는 곳의 맥을 지켜봤다. 희미하지만 길이 만들어진 걸까, 극히 적은 양에 불과했지만 지속적으로 기운이 들어왔다.

'기뻐하긴 힘들어. 하나 더 해보자.'

이번엔 다른 길로 유도했고 또다시 10번을 반복했다. 그리고 지켜본 결과 흔적이 만들어짐을 확신할 수 있었다.

전체 맥의 0.1퍼센트도 되지 않았고 왼발과 똑같이 만들기까지 얼마나 걸릴지 모르지만 가능성을 봤다는 것에 무척 기뻤다.

지금까지 그저 추측으로 움직이다가 처음으로 가능성이 보이니 기쁘고 재미있었다.

"아자!"

파이팅을 넘치게 외치고 세 번째 길을 만들려 할 때 갑자기 이효원의 내부에서 튕겨지듯 나왔다. 스케이트를 타고 있음을 잠깐 망각하고 '아자'를 외치면서 양손을 하늘로 뻗은 것이다.

"어어!"

퍼억!

갑자기 벽이 보였고 그대로 처박혔다.

혼자서는 달릴 수 없는데 이효원의 손을 쳐냈으니 당연한 결과였다.

"갑자기 손을 놓으면 어떻게 해요! 안 다쳤어요?"

빙판을 침대 삼아 누워 있는데 이효원이 다가와 말을 걸었다.

하지만 다친 사람답지 않게 두삼은 환하게 웃고 있었다. 그리고 곧 크게 웃었다.

"하하하하하!!"

"…머리를 다쳤나?"

하란 역시 걱정스럽게 내려다봤지만 두삼은 한동안 웃음을 멈추지 못했다.

『주무르면 다 고침!』 4권에 계속…